傾国のなりそこない

Keikoku no Narisokonai

Shitara Ume

梅したら

傾国のなりそこない
人物紹介

エレフセリア

若くして賢王とされる連理の王国の国王。代々の王族と同じく青髪。あと少しで二十歳を迎えるため、『王族は国民から任意の一名を選び、性指南役とする』という法律のもと、自らその相手を選ぶことに。

アレス

王宮医療棟に勤務する、平民出身の博士。赤髪の四十一歳。昔、エレフセリアに一目惚れして以来、身分違いと分かりながら長年片想いを続けている。ある日突然、想い人である国王から性指南役に指名される。

エル

アレスの長年にわたる文通相手。エルからアレスに、論文を称賛する手紙を送ったことが文通の始まり。以来、頻度はまちまちだが、途切れずに手紙のやり取りが続いている。王宮敷地内の研究棟で働いているという。

アレクシア

アレスとエレフセリアとの間に生まれた子供。つややかな赤い髪を持つ男児。愛称は『レックス』。

リベルタス

現代に多くの謎を残す、連理の王国の初代国王。

???

現代では『古代王』と呼ばれる、謎多き小国の赤髪の王。

連理の王国

約三千年前に建国された、エレフセリアが治める国。大陸の中では最も大きな国土を持つ。王族は青髪で、異能を持つとされ、古来より長命だといわれている。

比翼の鳥

片目片翼のため二羽で寄り添わなければ飛ぶことができないという、神話の中に登場する存在。連理の王国では、王家の紋章にもなっている。

第一部　傾国のなりそこない

(嘘《うそ》だろ……妊娠、してる……)

俺は手のひらに乗った小さな魔法水晶を見下ろし、呆然《ぼうぜん》としていた。

魔道具である水晶は、握り込むだけで妊娠しているかどうかがわかる。透明な水晶は、妊娠しているなら赤に、そうでないなら青に変わる。赤だった場合、水晶内部に父親や妊娠時期なども映し出されるという優れものだ。

先ほどまで透明だった水晶は、俺、アレスが握った途端に赤く染まり、妊娠を告げた。

そして父親として映し出されているのは、この国の王族しか持ち得ない深い青髪の男。

俺のくすんだ赤髪や加齢で乾いた肉体と違い、何もかもが輝くように美しく、若々しい美丈夫。

信じられず、己の目を疑って何度もまばたきをする。しかし見間違えるはずがない。

水晶に映るのは間違いなく、先日二十歳になったばかりの若き名君だった。

四十一歳の俺よりうんと年下の――それでいて、俺がずっと片想いしている相手。

〝連理《れんり》の王国〟の君主、エレフセリア国王陛下。

彼が、腹の子の父親だ。

「どうして……だって俺、思いとどまったはずなのに……!!」

無意識に出てしまった声に自分でも驚き、咄嗟《とっさ》に手で口を塞ぐ。

自分の部屋とはいえ、言葉には気をつけるべきだ。間違っても、この腹の子の存在を誰かに知られてはいけない。

俺は王より二十歳以上も年上の、平民上がりの男。

当然、王の子を宿すなど許されるはずがないのだから。

（か……隠さないと……隠して……それから……）

水晶が示す妊娠期間は、今日でちょうど二ヶ月目。

――心当たりは、あった。

だが、妊娠するわけがなかったのだ。俺はそのための手段を、実行しなかったから。

しかし腹に子が宿ったのは現実だった。魔法水晶に間違いはない。俺の記憶とも明確に一致している。

だから驚きで混乱した頭でも、妊娠が現実だと理解するしかなかった。

（――産もう）

混乱はあったが、迷いはない。

愛する男の血を引く子を、守る以外の選択肢は俺の中には存在しなかった。

それがどれだけ愚かなことだと、わかっていてもだ。

（腹が目立つ前に国を出て、可能な限り遠い場所で、この子を産む）

今が妊娠二ヶ月なら、安定期まであと三ヶ月。腹が目立ってくるのも同じくらいだろう。

それまでに引き継ぎを済ませ、円満に退職すれば気づかれることもないはずだ。

――そもそも、どうして平民出身の男である俺が若き賢王エレフセリア様の子を宿すに至ったのか？

いまだに混乱する頭を落ち着けるためにも、少し思い出してみたいと思う。

＊＊＊

——五ヶ月ほど前のこと。

「アレス博士。エレフセリア様は君を指名された」

「指名？　指名ってまさか、いや、そんなわけが」

「君が何を思おうとも、これは間違いではないし、決定事項だ。君は王命により、エレフセリア国王陛下の——性指南役を務めることになる」

上司の上司のそのまた上司に突然に呼び出されて何かと思えば、信じられないことを告げられた。

二人きりの会議室で差し出された書類には、今告げられたことと同じ内容が書かれている。

連理の王国の王族の紋章である片目片翼の鳥の刻印つきだ。

『王宮医療棟勤務アレス博士。貴殿をエレフセリア国王陛下の二十歳の式典の日より、性指南役に任命する』

この連理の王国では、王族は国民から任意の一名を選び、性指南役とする。……法律には、そんなことが明記されていた。

性指南役とは要するに、王族がきちんと性行為ができるよう実地で教える役割の者だ。

他国では普通は既婚の貴族が務めるらしいが、この国では王族が直々に指名する習わしになっていた。

相手は公表されないが、王族が選んだ相手なら身分や賞罰に関わらず、即座に決定となるらしい。

過去にはスラム街から選ばれた者もいると、まことしやかに囁《ささや》かれていた。

——だがそんなのは、ただの噂話《うわさ》のはずだ。

普通に考えて、王族の寝所なんていう無防備極まりないところに、王族が指名したからという理由だけで誰でも入れるはずがない。

俺のような平民出身の、うんと年上の男など、候補になるはずがないのだ。

「何かの間違いでは……お、俺は、エレフセリア様にお会いしたこともありません」

俺は昔、彼に一目惚《ぼ》れをした。

それ以来ずっとずっと、一方的に思い続けている。

思い続けるあまり少しでも近くで働けるよう勉強と研究を続け、医療魔法使いとして王宮の医療棟勤めをもぎ取ったくらいだ。

だが、直接的に顔を合わせたことは一度もない。

俺の勤める医療棟は王宮の敷地内ではあるが、王族が住まう区画とは正反対に位置していた。

それにエレフセリア様は多忙な方だし、俺は研究室に籠もりきり。廊下ですれ違ったことすらないだろう。

もしもすれ違っていたならば、俺は真っ先に気づくはずだ。伊達《だて》に長い間片想いをしていない。

なにせ、エレフセリア様が来られるという噂だけで中庭に書類を持ち出し、そこで一日中仕事していたこともある。吹きっさらしで冷えたせいで翌日風邪を引いたが、結局エレフセリア様の姿を拝むことはできなかった。

当然、エレフセリア様と個人的に会ったり話をした経験などはない。エレフセリア様にとって俺は、数え切れないほどいる国民の中の一人でしかないだろう。

それなのに、指名？　あり得ない。

アレスなんて珍しい名前ではない。おそらく他の誰かと間違えたのだろう。

しかし上司の上司のそのまた上司は、静かに首を横に振った。

「間違いではない。王宮付き医療棟勤務、『男でも妊娠する医療魔法』を作り出したアレス博士。平民出身のため名字はなし。住居は独身寮の三階四号室。間違いなく君のことだ」

「それは……確かに、俺にすごく似ていますね……?」

似ているどころか完全に俺の個人情報だったが、いまだに飲み込めない。飲み込めるはずがない。

「似ている、ではなく君だ。君についての調査は一通り済んでいる。四十一歳、性行為は未経験の男性。腹に妊娠を可能にする魔法アリ――自分の体で魔法の定着実験をしたそうだな。だが、性指南の前後三ヶ月は魔法を無効化してもらう」

「そ、それはもちろん。でもあの、性指南って、俺、教えられることなんて何も知りませんが!?」

とうとう俺の喉から、悲鳴のような声が出た。

――俺の人生の大半は、エレフセリア様への一方的な恋慕とともにあった。

叶《かな》う恋などとは最初から思っていない。少しでも近くで役に立ちたいという一心での、勉強と研究漬けの日々。当然その間、別の誰かと恋に落ちたり、愛の行為をするなどは考える暇もなかった。

そんな俺が性指南など、前提からおかしすぎる。

だが上司の上司のそのまた上司は無情にも、再び首を横に振った。

「決定事項だ。詳細は後ほど書類で渡すが、君の行動は今日から監視がつき、他者との接触についても制限を受ける」

「ハイ……」

俺は悟る。これ以降、何を言っても決定事項としか返ってこないだろうと。

信じられないことだが、俺はどうやら本当に——報われない、報われる気さえない片想いの相手に対し、性指南をするらしい。

未経験なのに。

男なのに。

すごく年上なのに。

——会ったことさえないのに、エレフセリア様からの指名で。

これは本当に現実なのか？　混乱で頭が破裂しそうだった。


自室に戻ることを許された俺は、早速監視がついた部屋の扉をくぐり、寝台に身を投げ出そうとした。

しかし途中で思い立ち、窓辺に置いたデスクの椅子を引いて座る。

机の上に散らばった研究メモを適当に端に寄せ、引き出しから取り出したのはレターセットだ。

万年筆にインクを補充し、サラサラと書き始める。

『エル、久しぶり。返事をおろそかにしてすまない。エルが前の手紙で教えてくれた画期的な解釈を元に、ずいぶんと長く研究に没頭してしまった』

手紙の宛名はエル。俺の長年の文通相手だ。

何年も前に俺の論文を読んだエルから、称賛する手紙を貰《もら》ったのが始まり。それ以来、頻度はまちまちだが、途切れないやり取りが続いている。

エルも王宮敷地内の研究棟で働いているらしい。

向こうの仕事は部外秘のものが多いため、会わずに手紙のやり取りのみを希望すると、エルから届いた最初の手紙にあった。

だから互いに顔を合わせたことはない。しかし俺は、この手紙越しの関係を気に入っていた。

雑談の内容などから察するにエルは俺よりもかなり年下だが、顔を合わせることがない分、気軽に対等でいられる。

時として冗談を交えたり、悩みを相談し合うこともあった。

俺にとってエルはすでに親友のようなものだし、彼も——エルはおそらく男だ——そう思ってくれていると感じている。

『今日はすごく驚くことがあった。話したいが、仕事に関わることだから言えるものではない。危険はないが、心労が激しい』

つい書いてしまった弱音を、消すべきか少し悩んでペンが止まる。だがエルならば受け入れてくれるだろうと考え、そのままにした。

何度もやり取りをするうちに、俺たちは弱音や愚痴も交わすようになっていた。我慢すれば、むしろ水臭いと言われてしまうほどだ。

『今はまだ驚きが強いが、俺にとっては喜ばしい仕事かもしれない。失敗しないように頑張《がんば》りたいと思う。できれば応援していてくれ』

それから、エルがくれた手紙への返信を二、三枚ほど書き記し、インクを乾かしてから封筒に入れた。

研究職の職員の手紙には、情報漏洩《ろうえい》を防ぐために検閲が入る。王宮の敷地内で交わされるものであっても決まりは変わらないため、封はしないでおく。

宛先は『研究棟のエル』と書くだけで届くようだった。

明日の仕事前に郵便担当のもとへ持っていこうと、カバンにしまう。その時、上司の上司のそのまた上司から渡された書類が目に入った。

片目片翼の鳥の紋章が刻まれた、分厚い紙。

王命を見たのは、十年以上前に王宮付き医療棟に配属になった時以来、久しぶりのことだ。

「夢じゃ、ないんだな……」

感情の行き場に悩みながら、俺は今度こそ寝台に体を横たえた。


「これより式典の日まで三ヶ月かけて健康診断と、性指南のための性指南を受けていただきます」

(性指南のための性指南……!?)

王命を受けた翌日からは大忙しだった。

通常の業務は半日のみで、残り時間は王宮に隣接した特別棟に出向くようにと指示される。どう説明されたのか、同僚たちも王命ということは知っており、快く送り出された。

通されたのは、窓すらない厚い石壁の部屋。ゆったりしたソファが向かい合わせに置かれており、俺が部屋に入った時にはすでに片方が埋まっていた。

そこにいたのは、俺というたった一人の生徒のための講師。

王宮付き医療棟のトップ。国王陛下の侍医だった。

俺の倍以上の年数を生きていながら、しっかりした足腰で王宮を歩き回っては、働きすぎる国王に説教しているというお方。俺からすると国王陛下と同じくらい雲の上の人だ。

「よろしくどうぞ、アレス博士。戸惑われたことでしょうが、この勉強は性指南のお役目に就かれる方の義務となっております。座学および専用の道具を使用し、エレフセリア様に指南する術《すべ》を学んでいただきます」

「は、はい」

侍医まで出てきては、いい加減俺も、これが間違いなく現実だと実感するしかなかった。

侍医は一見すると白髪の好々爺《こうこうや》だが、長い眉毛の奥に見える目は鋭い。いかなる異常も見透かしそうな、最高の医者の眼差《まなざ》し。向かい合わせに座るだけで身が引き締まる。

「そう緊張なさらずに。三ヶ月もかかるのです、気負わずやっていきましょう。そうそう、アレス博士は『男でも妊娠する医療魔法』を開発した方ですね」

「あ……はい。その業績をきっかけとして、医療棟の末席に連なることとなりました」

さすがは王の侍医、当たり前のように俺の研究を知っていた。

俺は自分の研究でいっぱいいっぱいだが、医療棟のトップに近くなればなるほど貪欲に様々な医療知識を吸収し、実務に励むと聞いている。

だから侍医が俺のことを知っていてもあまり驚かなかった。

しかし、続いた言葉に耳を疑う。

「あの研究は王族——特に国王陛下がお喜びでした。あなたを医療棟へ推薦されたのも、当時は殿下であられたエレフセリア様です」

「……国王陛下、が……？」

目を見開く。

まさかエレフセリア様が俺の研究を見つけ、医療棟へ推薦してくださったなんて。

恐れ多いという感情と抑えきれない喜びが俺の中で渦になり、頬《ほお》が熱くなる。

とっくに諦めた恋心が顔を覗《のぞ》かせないよう、慌ててうつむいた。

この国の王族は皆、古来より医療魔法に強い興味があるという。だから俺もエレフセリア様に一目惚れをした後、真っ先に医療魔法を学び始めたのだ。

その苦労が、このたった一言で報われた。

緩みそうになる口元を取り繕いながら、顔を上げる。

すると、なぜか侍医が優しい微笑《ほほえ》みを浮かべ俺を見ていた。

「どうやら存外に脈がおありのようだ」

「脈……？　ああ、健康診断ですか？」

「そうですね、始めましょう」

「はい」

なんだか少し違和感がある会話だったが、流れるように検査が始まったため口を閉ざす。

老齢の医師に促されるまま、いくつかの検査を受けた。

ただの庶民が王の褥《しとね》に入るには、膨大な検査が必要らしい。だが今日は初日なためか、簡単なものばかりだ。

しかし最後にひとつ、大掛かりな施術が待っていた。

「――アレス博士は自らにも『男でも妊娠する医療魔法』を施しておられますが、そちらは今日から半年の間は無効化させていただきます。王の子を宿さないための処置です、ご理解ください」

「はい」

妊娠状態を確かめる水晶を握り、青に染まったそれを見せる。妊娠していないことを証明した後、俺は服を脱ぎ、魔法陣が刻まれた台に横たわった。

さらけ出された俺の腹部には、疑似子宮と名付けた紋様が刻まれている。黒いインクで書かれた、魔法回路だ。

この紋様こそが『男でも妊娠する医療魔法』の本体。今は非活性状態だが、大量の魔力を流せば活性化し、妊娠可能となる。

今から侍医が行う処置は、紋様の一部を書き換え、暗号化することで無効にするというものだ。再び使えるようにするには侍医本人が直すか、暗号を解読するしかない。解読は不可能ではないが、数年はかかる。

侍医が俺の腹に指先を触れさせ、魔力の流れを変化させ、書き換えていった。

侍医の手が離れていく瞬間、腹の紋様は一瞬、鈍い赤色の光を放つ。だが、しばらくすると黒に戻った。これで無効化は完了だ。

施術が終わったと同時に、俺の視界が揺れる。

「ぅ……うぐぅ……」

咄嗟に口元を手のひらで押さえた。胃の中身を全て吐き出しそうなくらい、目が回る。

「お疲れ様でした。本日は以上となります。起き上がれますかな……?」

「は、はい……。ぐっ……やはり、人の魔力が入ってくるのは、違和感が強いですね……」

侍医の手を借りながら、台から降りる。視界が揺れ、頭が割れそうなほど痛んだ。

疑似子宮の付近には胃がもたれた感覚をひどくしたような違和感がある。

これは、魔力酔いという症状だ。他人の魔力が入ると誰しも多少の違和感を覚えるものだが、俺は飛び抜けて具合が悪くなる方らしい。

侍医の手前なんとかこらえているが、油断すると吐き気がこみ上げてくる。

「どうぞ、安静になさってください。魔力酔いを抑える薬を処方しましょう。——あなたほど具合が悪くなる人は稀《まれ》だ。まるで、他者を全身で拒絶しているようですね」

「はい……おかげで人と触れ合うのが苦手で、手を握るだけでも気持ち悪くなるんです」

無礼だということを気にする余裕すらなく、台から降りてすぐ侍医の手を離してしまう。謝罪しようとする俺に、侍医はお気になさらずと声をかけた。

「……こんな俺が性指南なんて、本当にできるんでしょうか……」

魔力とは、酸素と同じように常に全身から出入りしているエネルギーだ。そのため、肌が触れ合えば魔力も混じる。

この体質に慣れすぎて、人と触れ合うことを避けていたから、今まで忘れていた。

性指南となれば、少なからず王と触れ合うことになる。粘膜同士の接触など経験がないが、肌で触れる以上に魔力が混じり合うのは間違いないだろう。

最悪の場合、王の寝室で嘔吐《おうと》するのではと不安がよぎる。

しかし、侍医は穏やかに微笑み、俺を見た。

「――アレス博士ならやり遂げられますよ、きっとね」

何を言われたのか理解する余裕は、魔力酔いの最中の俺にはなかった。


『アレス、手紙をありがとう。研究に没頭するあなたを好ましく思っているが、私のことを思い出してくれて嬉《うれ》しい』

侍医に見送られ、ふらつきながらどうにか自室に戻ると、エルからの手紙が届いていた。

ずぼらな俺と違い、彼は筆まめだ。おそらく俺からの手紙が届いてすぐに返事を書いてくれたのだろう。

立ったまま手紙を広げていた俺は、気分の悪さを思い出してベッドに寝転び、読み進めた。

『あなたが仕事の何かで驚いたということは伝わったが、喜ばしいという言葉が出たのは意外だ。アレスは自分の研究の他は何も興味がないだろう？　どうして喜ばしいと思ったのかは気になる』

「……珍しいな、エルがこんなに気にしてくるの」

返ってくると予想していたのは『応援している。頑張れ、アレス』くらいだった。

詳細を話せない仕事だと言えば、いつものエルなら上手に距離を取ってくれる。

今回は俺の感情についてだから機密には触れないと思ったのだろうか。そこまで興味を持たれると思っていなかったから、なんだか面映ゆい。

「とはいえ……言えるわけ、ないしなあ」

俺が何を喜ばしいと思ったかなんて、答えはひとつだ。

――長年の片想いの相手と、一夜をともに過ごすことができる。性指南役とはいえ、願ってもいなかった幸福だ。

だがこんなおっさんの色恋関係なんて話したくないし、相手も聞きたくはないだろう。

俺は適当に誤魔化すことにした。

よろめきながら机に向かい、レターセットを広げる。

起き上がることは辛《つら》かったが、気分が悪すぎて寝つけそうにない。手紙に集中する方が体調不良もマシになる気がした。

『エル、返事をありがとう。君がずいぶん興味を持っているようだから恥ずかしげもなく告げてしまうが、俺が喜ばしいと言ったのは報酬がいいからだ。成し遂げれば、まとまった金が入ってくる。贅《ぜい》沢《たく》はできないが、仕事を辞めて遊んで暮らすことだってできるくらいの額だ。夢があるだろう？』

「よし、中々それらしい嘘が書けた」

実際、王命に書かれた報酬はそれなりのものだった。王宮における高額な給料の三年分をやや超えるくらいの額だ。しかも非課税。庶民なら贅沢をしなければ、ひと家族が十年は暮らせる。

その後も、エルの手紙を読み進めながら同時に返事を書いていく。

面白《おもしろ》かった本の話だとか、空を見て季節の移り変わりを感じただとか、雑談や近況に返信していった。

そしてふいに、あることを思い出す。

一週間ほど前にエルから届いた手紙に書かれていた内容のことだ。

年下でありながら落ち着いた男という印象を受けるエルが、その時は珍しく浮かれていた。文字も少し乱れていたから、よく印象に残っている。

『そういえば、エルよ。前に言っていた片想いの相手とはどうなったんだ？　仲が進展するかもしれないと聞いたが、その後は何かあったか？』

エルにはどうやら片想いの相手がいるらしい。

もう何年も懸想しているそうだが、仕事の都合で中々顔を見ることもできないのだと嘆いていた。

しかし一週間ほど前の手紙で突然『関係を進展させられるかもしれない！』と伝えてきたのだ。

俺は研究に没頭していたせいで、読んだ後に手紙をしまい込んで放置していた。だがそれで怒るようなエルではないため、遠慮なく聞いてみる。

「よし、書き終わった……ふあああ……そろそろ寝るか。あれ、気持ち悪いのなくなっているな」

手紙を書き終えふと気づくと、魔力酔いによる不快感が消えていた。

翌日まで苦しむことを覚悟していただけに拍子抜けする。

「なんでだろう……まあいいか……」

不快感どころか、なんだか妙に調子がよかった。温かな湯に浸《つ》かった時のような心地よさがあり、ベッドに入るとすぐに穏やかな眠気に包まれる。

——翌日、仕事場である医療棟の研究室に行くと、掲示板に張り出された紙を前に同僚たちがざわついていた。

「どうした？　朝から賑《にぎ》やかだな」

「おおアレス。聞いて驚け、なんと今日から医療棟所属職員全員の給料が上がるらしいぞ！　しかも長期間勤めれば勤めるほど、退職の際に様々な特典を受けられるらしい」

「ほう、ずいぶん急だな」

連理の王国は元々、人材育成を国全体で推奨しているため、全国的に福利厚生が手厚い。王宮ともなれば、その最たるものだった。なのに、更に待遇が上がるとは。

ありがたいことだが、俺は王宮で研究ができればいいから、給料にはあまり興味がなかった。

しかし、長期間勤めていいのは素直に嬉しい。

「さて、今日も仕事頑張るかー」

医療棟に揃《そろ》った最新の研究設備を見て今日も胸を高鳴らせる。

これがある限り、そして何よりもエレフセリア様が王宮にいる限り、辞める気などさらさらなかった。


……この時は、そう思っていた。


──四十一歳にもなると、月日が経《た》つのを早く感じる。

「もう、この日が来た……」

性指南役の王命を受けてから、三ヶ月経った。

今日は朝から盛大に国王陛下の二十歳の誕生日式典が行われている。

そして夜も更けた頃、ついに恐れ多くもこの俺が、国王陛下に性指南を行う時がやってきた。

「本当に、俺でいいのかな……」

体を清め真っ白な夜着をまとい、控えの間で待機しながらひとりごちる。

王に懸想する男として、この三ヶ月間、王の気が変わることを恐れていたが、期待もしていた。

やはりどう考えても俺は適任ではないからだ。

俺が未経験の男であることや、年齢のことなど、理由は色々ある。だが最も問題なのは――エレフセリア様に恋心を抱いているという点だ。

誰にも言ったことはない、俺だけの秘密。

諦めきったはずの恋が、このような千載一遇のチャンスを得て、邪心が混ざってしまった。

そっと、腹の紋様に手を添える。

(今、魔力を注げば、俺は――妊娠可能な状態になる)

邪心を抱いた俺はこの三ヶ月のうちに、とんでもないことをしていた。

侍医により無効化された『男でも妊娠する医療魔法』を、誰にも気づかれないまま再び有効にする術式を編み出してしまったのだ。

――きっかけは、エルとの手紙のやり取りだった。

今までは俺からの返事がなくても鷹揚《おうよう》にかまえていた文通相手は、俺が彼の片想い相手の話をなんとなしに尋ねた途端に、頻繁な手紙の交換を要求するようになった。

どうやら、よほど惚気《のろけ》たかったらしい。話せる相手が年寄りの同僚しかいないというエルは、俺に片想い相手の話を聞いてほしがった。

『このところ相手とやり取りする機会が増えた。まだ進展と言えるほどではないが、意識してもらえるよう努力していきたい』

『最近は私のために忙しくしている。負担を強いて申し訳ないという気持ちは当然ある。しかし想《おも》い人が頭の片隅ででも私のことを考えてくれていると思うと、喜びを隠せない自分がいる』

『浮かれすぎて仕事に差し支えていると同僚から注意を受けた。想い人に愛想を尽かされないよう、気を引き締めていく』

毎日のようにエルから届く手紙には、俺の煮詰まり諦めきった恋心とは裏腹の、若く可愛《かわい》らしい片想いがつづられていた。

年下ながら落ち着いた冷静な男だと思っていたが、恋が絡むと途端に年相応に見えた。といっても、相手は手紙の文字でしかないが。

エルからの手紙には、惚気以外のこともよく書かれている。

元々俺の論文を読み手紙をくれたエルは、最新の技術や気になった論文などがあれば共有してくれた。

――その中に、あったのだ。一度無効化された魔法を、気づかれないよう有効にするための発想の源となる技術が。暗号を解読するのではなく、暗号側に解かれたと勘違いさせるような技術。応用すれば、一見すると魔法は無効化されているが、実際は使える状態にできる。

俺は密かにその技術を学び、三ヶ月かけて『男でも妊娠する医療魔法』に応用する段階に至った。

今日という日に間に合ってしまった邪《よこしま》な技術。

俺は悩みながらも、腹の紋様にその術式を編み込んできていた。

『男でも妊娠する医療魔法』の着床率は、元々高くない。まして俺は、妊娠するには高齢だ。

たった一晩で妊娠する可能性は、限りなくゼロに近い。

(どうせ妊娠する確率がほぼゼロなら……いいんじゃないか、少しくらい夢を見ても)

邪な気持ちが、紋様を覆う手に魔力を集中させる。

しかし――はっと我に返り、慌てて手を離した。

（いや、駄目だ！　この魔法で幸せになった人が沢山いるのに、製作者の俺が犯罪に使うなんて、絶対に駄目だ。危ないところだった……）

思いとどまれたことに、ほっと胸を撫《な》で下ろす。

恋なんてとっくに諦めたつもりだったのに、自分の中になりふりかまわない感情が残っていたことに驚いた。恋心だけで王宮務めをもぎ取ったあの頃の情熱を、今思い出すなんて。

「……よし、集中しよう。今夜の手順を思い出して……粗相がないようにしないと」

深呼吸をして気持ちを切り替えた。

三ヶ月間、侍医からみっちり仕込まれた性指南の手順を思い出す。

事前の準備は済ませてあった。

あとは王の準備ができ次第、従者が俺を呼びにくる予定だ。

いつになるかはわからないが、待ち時間はまだあるだろう。式典の後、会食やパーティーなどが行われると聞いていた。

緊張する胸を押さえ、教わった手順を最初から思い出す。

「王の寝室に行ったら、まず名乗りと挨拶をして……」

「アレス」

「……え……？」

呼びかけられ振り向くと、廊下の明かりを背に男が立っていた。

己の目を疑う。

従者とは到底思えない豪奢《ごうしゃ》な正装。そして見間違えようもない精悍《せいかん》な顔つきと——王族しか持ち得ない、深い青髪。

俺は彼を、遠くからしか見たことがなかった。

だから、ほんの数歩しか離れていない場所にその人がいるという事実が、俺にとってはあまりにも現実離れしていて、思考が止まる。

「アレス」

俺が何もできずにいるうちに、彼は――エレフセリア国王陛下は、数歩の距離をあっという間にゼロにした。

そしてあろうことか、俺を横向きに抱え上げる。

「!?」

俺の背と膝裏を支える腕は、想像していたよりずっと逞《たくま》しかった。

「アレス、どうか怖がらないでほしい。優しくすると約束する。きっと後悔はさせない」

「え、え……!?」

気がつくと陛下は御自ら俺を寝室に運び――俺は見たことがないほど大きな寝台に、押し倒されていた。

後は、怒涛《どとう》の勢いで物事が進んでいく。

「へ、陛下！　そのようなことはどうか、お許しを……」

「なぜだ、愛の行為なら、しるしを残すことも一興だろう。……しかしあなたは脚の付け根まで細くて心配になるな」

全身を丁寧に愛撫《あいぶ》され、脚の付け根の際どい位置まで口づけされる。

「陛下、そ、そこは俺が、あっ、わ、私が自分で」

「アレス、自然に話してくれ。それから、名前を呼んでほしい」

「そん、な、恐れ多い……」

「……呼ぶまで、やめないと言ったら？」

「……っ!?　陛下、ぁっ、指増やさな、で……!!」

俺が指南しながら自分でやる予定だった拡張作業を陛下は自らの手で行なってしまう。

「えれふせりあ、さま、……っ、ふ、ぅ……大き……っ」

「っ……あまり煽《あお》らないでほしい。優しく、させてくれ」

気がつけば腹の奥まで陛下の雄を受け入れ、揺さぶられていた。

学んだことは何ひとつ活《い》かせず、訓練の時は感じたことがない後ろでの快楽を朝まで教え込まれる。

嵐のように過ぎた一晩。

懸念していた魔力酔いなど欠片《かけら》も起きず、ただただ与えられる快感に翻弄された。

俺が理解できたのはたったひとつのことだけだ。

この御《お》方、性指南なんて必要ない……!!


明け方まで抱かれ、気絶するように眠り、目覚めたのは昼過ぎだった。広い寝台に俺以外の姿はなかったが、離れた場所に国王陛下の侍医がいた。

「立派に役目を果たされましたな、アレス殿」

講師だった好々爺に性指南の役目を果たしたことをねぎらってもらうも、素直に頷《うなず》けない。頭にあるのは反省ばかりだ。

「性指南なんて、できた気がしません……。俺は、流されるばかりでした……」

掠《かす》れきった声で告げたが、侍医は「十分ですよ」と笑顔で頷くだけだった。

そして、俺は日常に戻る。

当初は毎晩のように、抱かれた時のことを思い出した。終わった後は何も考えられないほどだったのに、時間をかけて飲み込むことで、喜びが遅れて訪れたのだ。

長年の片想い相手を間近で見ることができた。あまつさえ触れられて、腹の奥で受け入れた。

自分の人生で得られるはずがなかった幸福。思い出すだけで全身が震え、年甲斐《がい》もなく昂《たかぶ》りかける夜さえあった。

しかしやがて、あの夜は夢だったことにした方がいいと、自分に言い聞かせるようになる。

本来、エレフセリア様と俺はあのように関わりをもつような立場ではない。起きるはずがなかった出来事だ。

思い出として持ち続けるには劇薬すぎた。

だから忘れようと努力しているうちに一ヶ月経ち、二ヶ月経ち——

ようやくあの夜の記憶が遠くなりかけた頃、俺は熱っぽさや吐き気を覚えるようになった。

頭をよぎったのは「まさか」という考え。

あり得ないことだと思いつつ、震える手で研究室から妊娠検査水晶を持ち出した。

＊＊＊

——長い回想を終え、俺は改めて水晶を見る。

何度見ても水晶は俺が妊娠して二ヶ月目だと告げ、親の片割れとしてエレフセリア様を映し出していた。

「やっぱり俺、思いとどまったはずだよな……？」

性指南の夜の記憶は、もはやおぼろげだ。

元々、心の準備をする暇もなく寝室に運ばれた以降はずっと混乱の中にいて、粗相がなかったかさえ自信がない。

目覚めた時、俺の体は清められていた。だから陛下が中に出したのかはわからない。

しかし、心当たりはあの夜だけだった。

まさか俺は、無意識のうちに魔法を発動させてしまったのだろうか？

いや、腹の医療魔法に魔力を注ぐには相当長い時間、強く集中しなければならない。性行為の最中なんて到底不可能だ。

「うぅ……駄目だ、考えてもわからない……」

気分が悪くなり、寝台にうつ伏せて枕に顔を埋《うず》める。

俺は、熱があると意識した途端に熱が上がるタイプだった。最近続いていた体調不良がつわりだとわかって以降は、徐々に吐き気が強くなっている。

しかし、少し考えて寝返りをうち、横向きになった。

薄っぺらい自分の腹をじっと見下ろす。

「この腹に、…………」

子どもがいるのか、と声に出すことを躊躇《ためら》う。

誰かに聞かれてはいけないという警戒心も、当然あった。

しかし一番の理由は、これが夢だったなら、口に出した瞬間に覚めてしまう気がしたからだ。

そうっと腹を撫でる。

そこに刻まれているのは、俺が作り出した『男でも妊娠する医療魔法』。

この魔法を作ろうと思い立った時、俺はまだ若かった。

あわよくばエレフセリア様と……と奇跡を望み、研究の原動力としていた。

だが歳《とし》を重ねた今となっては、その頃の気持ちを思い出すことができない。

若さだけで突き進めた時とは真逆で、奇跡など実際に起こっても戸惑うだけだった。

困り果てて、全部夢だったらいいのにと思う。

それでも、覚めてほしくないと願ってしまう。

相反する愚かな感情。

消えたと思っていた燃えるほどの恋は、見えない場所で埋まっていただけだった。

深く潜っていたはずの思いが、子どもという存在に押し上げられ、露出する。

今更直視するには辛すぎる、大きくて眩《まぶ》しい望みだった。

俺はくしゃりと顔を歪《ゆが》め、腹を抱くように体を丸める。

「俺が、守るから」

混乱でぐちゃぐちゃな頭の中で、たったひとつだけハッキリしている目的。

俺は決意とともに口に乗せた。

妊娠がわかった翌日。上司や同僚に退職の意思を伝え、長年の文通相手であるエルにも手紙を書く。

『親愛なる友、エル。突然ですまないが、あと二ヶ月ほどで退職することにした。隣国の医療魔法を現地で学びたくなったんだ。これからは手紙をやり取りすることは難しくなる。だからこの二ヶ月を最後にするよ。今までありがとう、エル。俺は筆不精ではあったが、君とのやり取りはかけがえのない時間と思っていた。この王宮でエルのような友ができたことは望外の喜びだ。忙しいとは思うが、これからも体に気をつけて過ごしてほしい』

退職の理由は適当にでっち上げた。

腹の子を隠したまま遠くへ逃げて産むことを決めた俺は、ゆっくりと、しかし確実に準備を進めていく。

国を出たことはないため不安はあったが、幸い金なら蓄えていた。

研究馬鹿《ばか》の俺は王宮から支給される高額の給料にほとんど手をつけていなかったし、性指南の報酬もある。

庶民らしく贅沢をしなければ、親と子の二人くらいなら生きていけるだろう。おかげで退職することに迷いはなかった。

俺の実家は王都の郊外にあるが、王の子を妊娠している以上、頼ることはできない。

そちらにも休日に挨拶に出向いたが、研究のために国を出ると言えば「あなたは昔から研究に一途《いちず》だからねえ」と呆《あき》れられただけで終わった。

あの善良な両親は、まさか息子が王の子を妊娠したとは思ってもいないだろう。

エルからの返事は、十日以上も後になってから届いた。

忙しいという時期でも三日と空くことはなかったのに、珍しいことだ。

『親愛なるアレス。親愛なる友と言ってもらえて喜んだのもつかの間、突然の報《しら》せに驚いている。隣国の医療魔法に興味があったとは初耳だ。退職してまで向かうなら、期間は長いのだろうか。この国に戻ってくる予定は？　あなたの望みが叶うならともに喜びたいと思うが、しかし今は驚きが強く、手紙を交わせなくなる寂しさで素直におめでとうと書くことができない。隣国での住居が決まったら連絡してほしい。あなたの助けになりたい。もちろんあなたが立派な大人だと知っているが、他国となれば困ることもあるだろう。どうか心配することを許してほしい』

年下の友は、他国へ行く俺のことを真摯に心配してくれていた。

確かに他国へ行く以上、困ることは数多くあるだろう。そんな時、王宮勤めのエルの助力が得られたらどれほど助かることか。

――しかし、俺は彼に嘘をついている。

王の子を産むのに隣国は近すぎるし、医療魔法を学びにいくわけでもない。

嘘に嘘を重ねてはいずれ綻びが出ると思い、エルからの質問は全てはぐらかして答えた。

隣国にいる期間は決めていない、色んな国を転々とするかもしれない、頼るのは悪いから遠慮するよ――といった具合にだ。

『アレス、あなたが私に迷惑をかけたくないということは十分伝わった。だが、あなたから見た私はそれほど頼りない人間だろうか？　せめてこちらから手紙を送ることだけでも許してほしい。お願いだ、アレス』

しかし、エルは中々諦めてくれなかった。

上司や同僚は驚きながらも、あっさりと「頑張れよ」と言ってくれただけに、エルがこれほど食い下がってくるとは思っていなかった。なにせ俺は四十一歳の男だ。若者や女性ほどの危険はない。

俺はエルから、思っていたよりもずっと強く好かれていたのかもなあと、面映ゆくなる。

手紙のやり取りしかなかったが、エルはかけがえのない親友だった。

そんな彼のひたむきな善意を感じるたびに、胸が苦しくなる。

――俺は、王の子を腹に宿してしまった大罪人なんだ。

エルにとって俺は今も親友であり、尊敬できる相手なのだろう。俺の中でエルがそうであるように。

だが、俺は王の子を密かに産もうとしている。尊敬されるような人間ではない。

エルの思いを裏切っている罪悪感から筆が重くなり、やがて退職の日を待たず、返事を書くことを止《や》めた。

その後もエルからは、何度か手紙が届いた。

しかし開封することなく、旅に持っていけない私物とともに処分した。

そうしているうち、あっという間に二ヶ月経ち、俺は長年勤めた王宮を出た。

表向きは円満な退職だが、俺にとっては逃亡だ。

まだ目立ってこない腹を抱え、夜半、静かに王都を後にした。

『アレス。この手紙を、今日出立したあなたが目にすることはないのだろう。あなたが決めたことを覆す権利は私にはない。それでも願ってしまう。どうか行かないでくれ、私の比翼の片割れよ』

＊＊＊

「ほう、連理の王国から来たのか。この国へは旅行かい？」

「ああ。安い宿を知っていたら教えてほしい」

「それなら二軒先がオススメだよ。素泊まりで飯は出ないが、うちへ食べにくればいい」

国を出て三ヶ月。

俺は当初の予定より近場、隣国を越えた先の国に入ったところで足を止めていた。

顔を覚えられないよう定期的に町や村を転々としながらも、ある事情により遠くへは行けないでいる。

適当に入った食堂の大将は話好きのようで、どこから来たのかと聞かれた。

連理の王国――エレフセリア国王陛下が治める我が祖国は、大陸の中では最も大きい。

そのため国の名前を言っただけで「ああ、あの国か」という反応をされた。

「連理の王国といえばあれだろう？　王族が不死とかなんとか。アンタも不死なのかい？」

「俺は普通の人間だ。王族も不死ではないよ。ただ、長命であらせられる」

連理の王国の王族たちは、古来より常人の十倍は生きると言われている。

普通の人間の寿命が六、七十歳程度であるのに対し、六百歳まで生きた王族がいたという記録が残されていた。

エレフセリア様の前の国王陛下は、退位の時点で御年《おんとし》三百歳ほどで、在位期間は二百余年。退位の時でも三十代にしか見えない若々しい御姿で、健康でおられたはずだが、数年前に亡くなられた。理由は公表されていない。

他の王族についてもあまり情報が公開されておらず、式典などで拝見できるのはエレフセリア様を筆頭に六名ほど。

姿を見せなくなった方々が、生きているのか亡くなったのか、庶民はたまに噂し、答えがないまま宙に消えていく。

「何百年も生きるってどんな気持ちなのかねえ。そんなに生きたら、やりたいこともやり尽くして暇になるんじゃないかねえ」

「……どうなんだろうな」

俺は王宮勤めではあったが、末端のしがない研究者でしかない。だから王族の方々の胸の内などは知る術もなかった。

しかし王宮に長年いると、噂を耳にすることもある。

古来より医療魔法に強い興味を持ち、支援してきたという王族。

その理由は——長い寿命を、縮めたがっているのだと。

ふと、俺が辞める少し前に医療棟全体の給料や待遇が上がったことを思い出す。後から知ったが、あれはエレフセリア様が指示されたことだったらしい。

（エレフセリア様も、長命であることを疎《うと》んでいたのだろうか？）

「おお、中々いい部屋だな」

食堂の大将から紹介された宿は、幸いなことに一人部屋だった。

旅に出て以降、なるべく節約して複数人と共有する安い部屋にばかり泊まっていたから、一人は久々だ。

荷物を投げ出してベッドに寝転がり、体を伸ばす。

凝り固まった背中がべきべきと音を立てた。

深く息を吐き出し、腹を見下ろす。

「……大きくならないなあ……」

腹は数ヶ月前と変わらず、ぺったんこのままだった。

――この腹こそが、俺が遠くまで行けない理由だ。

「生きている……んだよな……」

そっと腹を撫でる。

当然返事はない。わかっていたことなのに、胸に重苦しいものが溜《た》まっていく。

「どうして大きくならないんだよ、お前」

――腹の子は、成長が止まっていた。

気がついたのは二ヶ月前。

妊娠四ヶ月であることを隠したまま退職した後、一ヶ月かけて隣国を横断し、国境を越えた頃だった。

つまり妊娠五ヶ月目だ。いい加減、腹が目立ってくる頃合いのはずだった。

しかし腹は平坦なまま。

俺は「まさか」を考え、すぐさま妊娠検査水晶を購入し、握った。

幸い水晶はすぐに赤く染まり、妊娠していることを示した。

つまり腹の子は生きている。

そのことに俺はほっとしたが、同時に――水晶に表示された内容に混乱した。

――妊娠二ヶ月目。

三ヶ月前に水晶を握った時と、同じ表示だった。

妊娠五ヶ月目であるにもかかわらず、二ヶ月目と表示されたのだ。

念のためもう一つ水晶を買い、握ったが結果は同じ。

俺は妊娠しており、相手はエレフセリア様。そして――妊娠二ヶ月目。

それから二ヶ月経ち、妊娠七ヶ月目になった今も結果は変わらない。

腹の子は生きており、二ヶ月目の状態であると水晶は告げる。

「どうする……一度、国に戻るか……？」

俺が足を止めた理由はこの結果によるものだ。

祖国である連理の王国は、他の国から頭一つ抜きん出た最先端の医療魔法を擁している。

腹の子に異常があるのなら、戻るべきだろう。

それに妊娠検査水晶も、連理の王国が生産・出荷しており、これ以上遠くに行けば入手が困難になっていく。

だが腹の子は「成長しない」ということ以外は、どうやら問題ないらしい。偽名で医者にかかったところ、間違いなく無事だとお墨付きを貰った。

――心配なのは、子の髪の色だ。

連理の王国やその周辺の国で、王族しか持ち得ないはずの深い青髪を持つ子が生まれたら、大騒ぎになる。

俺のくすんだ赤毛を持ってくれていればと思うが、生まれてみるまではわからない。

子が青髪でないことを祈り連理の王国へ戻るか、子がいつか無事に産まれると信じて遠くへ行くか――どちらを選ぶこともできず、俺の足は止まっていた。

『エルへ。俺から連絡を断ち、君から貰った手紙も捨てた。俺はひどい人間だ。躊躇《ちゅうちょ》なくそんなことができたのは、未練になると恐れたからだ。過去の何もかもを捨てなければいけないと思っていたからだ。それでも本当に困った時、君のことが頭に浮かんでしまった。君ならば、俺の悩みをどうにかできるのではないかと、』

「…………っ」

俺は手紙を書いている途中でペンを放り捨てた。

インク染みだらけの手紙をぐしゃりと丸め、買ったばかりのレターセットごとゴミ箱に突っ込む。

「うぅ……」

妊娠八ヶ月目。

相変わらず『妊娠二ヶ月目』と表示した水晶を粉々にした俺は、すっかり気が塞いでいた。

悩んだ末に、今は連理の王国に密かに舞い戻っている。

王都から遠く離れた国境沿いの宿で一人部屋を取り、日がな一日、布団を被《かぶ》って過ごしていた。

今も、手紙を書くために座った椅子から転がるように下りてベッドに潜り込む。

これからどうすべきか、わからない。

どうなるのか、不安で仕方がない。

腹に宿った王の子ども。

いつまでも育たない、不思議な子。

子の命には代えられないと、医療魔法が発達した連理の王国へと戻ったが、そうしたところで成長しない腹の子を、俺はどうすることもできなかった。

腹の子が育たないという症例を聞いたことがない以上、医者に相談することも難しい。もしかしたら王族の子ならではの特徴かもしれないからだ。

前には進めず後にも引けず、誰かを頼ることもできないまま一人で悩み続けた。

その結果、食欲がなくなり夜も眠れなくなっている。

腹の子に障ってはならないと数日に一度医者にかかり、医療魔法による施術でなんとか栄養と健康を維持している状態だ。

「俺は、どうすればいい……？」

この数ヶ月で何十回と繰り返した問いが自然と口をついて出る。

少しでも眠れないかと目を瞑《つむ》るが、不安と悩みばかりが襲いかかる。

一昨日《おととい》買ってきたパンも、一口も食べられないまま机の上で乾ききっていた。

「…………？」

そんな時、何か音がした。

コンコン。

気のせいかと思ったが、耳を澄ませると確かに聞こえた。

俺の部屋の扉をノックする音だ。

(宿代は前金で払ったはず……日付もあやふやになってきたから、払い間違えたのかな)

適当にでっち上げた偽名で滞在しているため、訪ねてくる心当たりなど、宿の人しか思いつかない。

俺は「はい」と返事をしながらヨロヨロとベッドから下り、扉を開けた。

「おまたせしま――」

「――次からは、開ける前に誰がいるか確認してほしい。あなたに危害を加える人物だったらどうする」

「…………エレフセリア、様？」

扉を開けると、立っていたのは俺より頭一つ背が高い、深い青髪を持つ若き美丈夫だった。

高鳴る心臓、混乱する思考。

王宮におわす時と変わらない御姿を前に、俺はひとつの確信を得た。

(やばい、幻覚まで見えてきた)

俺はそこまで弱っていたかと反省し、幻覚を振り払うように首を振る。しかし。

「……部屋に、入れてもらっても？」

「あ、は、はい。どうぞ」

何度かまばたきもしてみたが、幻覚は消えなかった。それどころか低く静かな声で問いかけられ、思わず頷き扉の前から退《しりぞ》いた。

エレフセリア様の声を間近で聞いたのは、八ヶ月前の性指南の夜が最初で最後だ。あの時は何もかもに混乱していたから、こんな声だったのかと初めて意識する。

この声は俺の無意識が再現したものなのか、それともただの妄想か。

わからないが、ずっと耳に留《とど》めておきたくなる素敵な音だった。

体をどけると、陛下は長身を少し屈《かが》めて扉をくぐる。

一人部屋といえど安宿だ。狭く汚い部屋に美しい人が立っているのは、奇妙な感じだった。

さすがは幻覚だ。

「ええと……椅子をどうぞ」

幻とはいえ陛下を立たせたままにするのは忍びなく、椅子を勧める。

「一脚のみだな。アレスはどこに座る？」

「俺は寝台でも床でも、どこでも大丈夫です。ああ、そうだ何か飲み物を。……この水いつ汲《く》んだんだっけな。幻覚ならこれでもいいか……？」

「幻覚？　……そういうことか」

もてなさなければという思考が働いたが、素焼きの水差しに半分ほど残った水には埃《ほこり》が浮いていた。

新しいものを汲んでくるべきだろう。だが、部屋を出ると幻覚の陛下が消えてしまいそうな気がして、嫌だった。

水差しを見下ろし固まっていると、背後から扉が開く音とともに声がかかる。

「少し待っていてくれ」

「エレフセリア様、どこへ？」

「一階だ。すぐに戻る」

幻覚のエレフセリア様はそう言うなり部屋を出ていってしまった。

今いる場所は二階だ。この宿の一階には受付とキッチンがあり、食事を提供する路面店が併設されている。

扉が閉まる音とともに、想い人の姿は消えてしまった。

「……妙な幻覚だったな。また見られるかな……？」

俺は現実逃避気味にベッドへと倒れ込んだ。

陛下の姿を見ただけで心が安らいだように感じていた。今なら眠ることさえできそうだ。

「いや、いや、幻覚に依存したらだめだろ」

幻覚を見るほどとは、俺は自分で思っているより追い詰められていたようだ。

いい加減、改善する道を探るべきだろう。

しかし、そうするための気力も体力も、今の俺には皆無に等しかった。

「はあ……本当に、これからどうしよう」

幻覚のエレフセリア様を見たことで持ち上がりかけた気分が、再び沈んでいく。

なんの解決にもならないが暗闇に閉じこもってしまおうと掛布団を手に取った時、閉まっていた扉が外から開かれた。

「戻った」

「戻った!?　幻覚が!?」

扉を開けたのはエレフセリア様だった。

まさか幻覚が戻ってくるとは思わず、体を起こして見入ってしまう。

「水とスープとパン、それからアレスの分の椅子だ。新鮮な牛のミルクもあったが、飲んだことはあるか？」

エレフセリア様はてきぱきと、小さな丸テーブルに水差しやカップや紙袋を並べ、椅子を向かいに置いた。

国王陛下が、庶民の食事を買ってきている。

あまつさえ、手ずから並べていただいている。

「俺、幻覚の陛下になんてことをさせているんだ。不敬すぎる……!!」

あまりのことに直視ができず、背を向けて頭から布団を被った。

しかしゆっくりと布団を剝がされ、いつかの夜のように横抱きにされてしまう。

「抱き上げられてる……浮遊感まである……なんでだ……？」

「私は幻覚で、これは夢だ。だから何も気にせず食事をしてほしい。あなたはやつれすぎだ、アレス」

「なるほど、夢か……」

夢だというなら納得がいった。

明晰夢《めいせきむ》というやつなのだろう。どうりで俺に都合がいいことばかり起こるものだ。

逞しい腕は俺の体を軽々と運び、エレフセリア様が持ってきた方の椅子に座らせた。部屋に元々あったものより座り心地がいい。

目の前に湯気の立つスープを置かれる。だが夢の中とはいえ食欲は湧かず、背もたれに身を預けて脱力した。

夢だとわかると、なんだか気が抜けてしまう。何も考えず、永遠に浸っていたい。

まぶたを開いておく力も閉じきる力もなく、中途半端な半眼でいる俺を、エレフセリア様は気遣わしげに覗き込んだ。

「眠いのか？」

「眠い……気がするけど、わからない。もう何日も、まともに眠れないでいる」

幻覚の陛下を前に、俺の言葉はずいぶん崩れていた。

なんだかこの短いやり取りの中で、彼の見た目は陛下だが、中身は文通相手のエルのように感じてきたのだ。

俺が陛下のことをあまり知らないから、知っている人を混ぜて幻覚を作り上げたのだろう。

エルが今の俺を見ればこんな風に世話を焼くのだろうなという想像そのままの行為を、陛下はしてくれていた。

「眠れないのか。……辛かったな」

陛下の手が俺の頬を気遣わしげに撫でる。

節が大きいゴツゴツした手だ。

だがそれが妙に心地よく、夢ということも相まって俺は甘えるように頭を擦り寄せた。

「ん……大丈夫」

「我慢をするな。これは夢だ、気負わなくていい。弱音でもなんでも、言ってほしい」

「ふふ、君はいつもそう言ってくれるな、エル」

「………っ」

「ああ、違う。陛下か。間違えた」

息を呑《の》む音にハッとする。

そうだ、陛下とエルは別人だった。

それなら、目の前にいる彼は誰なのだろう。

なんと呼べばいいのだろう。

「……いや、私はエルだ。どうか、エルと」

エルでよかったらしい。

とことん俺に都合がいいことを言ってくれる夢だ。

「うん。……エル、会いたかった。不誠実な別れ方をしたことを、君に謝りたいよ」

陛下――いや、エルが、いつの間にか椅子から立ち上がり俺の傍《そば》に来ていた。

あろうことかそのまま目の前で膝をつき、俺の手を取って見上げてくる。

「謝るのはこちらの方だ、アレス。王族の特権を振りかざし、あなたを抱いた。報酬のためとはいえ、男に体を開かれるのは苦痛だったのだろう。――ずっと、謝りたかった」

「苦痛……？　いや、気持ちよかったけど」

「…………!?」

回らない頭では、謝られる理由がわからなかった。

しかし『男に体を開かれた』という部分で性指南の時のことかなと見当をつける。

性指南の夜について思ったことを雑に返すと、目の前の男の表情がこわばり、その瞳が一瞬ちらりと部屋の隅にある寝台を見た。

だがエルはすぐさま首を振って立ち上がる。

「……とにかく、食事を。冷める前に、一口でもいいから食べてくれ」

「夢で食事してもなあ」

俺の言葉とは裏腹に、温かなスープの匂いに食欲は刺激されていた。

しかし気だるさが勝ち、スプーンを持ち上げようという気力が湧かない。

動かずにいると、エルが息を吐き、俺の体を再び持ち上げた。

「……苦痛ではなかったという言葉、信じるぞ」

「へ？」

椅子に座ったエルが、その膝の上に俺を乗せる。

小さな子に食事をさせるように、背後から伸びたエルの手がスプーンを持った。

「口を開けて、アレス」

「あー……んむ」

促されるまま口を開けると、スープがゆっくりと入ってくる。

玉ねぎの旨味《うまみ》が溶け出した優しい味の温かなスープが、乾ききった体に染み入った。

一口飲めば、また一口。

決して急《せ》かしはしないペースでスープが運ばれてくる。

「ゆっくり飲んで……そう……上手だ」

（な、なんか、淫靡《いんび》だな）

俺がスープを飲み下すたび、耳元で落ち着いた声が囁く。

久々に食事を摂《と》ったせいか段々と思考が明瞭になっていき、今置かれた状況を再認識してドギマギした。

（……あれ？　なんで俺、陛下の――いや、エルか？　エルの膝に座ってスープを食べさせてもらっているんだ？）

冷静になると今の体勢は、逞しい国王陛下の肉体に俺の枯れきった体が覆われ、まるで背後から抱きしめられているようだった。

ドキ、ドキと高鳴っていく心臓。

耳の奥で大きく響く音が背後の男に気づかれていないか、緊張で背に汗が滲《にじ》む。

（いや、これは夢――夢、なんだよな？　でもこのスープ、匂いも味もする）

「一人分、食べてくれてよかった。水を……ああ、牛のミルクは飲むか？」

混乱するうちに、俺はスープを食べきっていた。

冷え枯れていた内臓が、ゆっくりと温まっていく感覚がある。

（スープが染み渡っていく……これ、本当に夢か？）

俺はもう、これがただの夢とは思えなくなっていた。

（でも、夢じゃなければなんなんだ？）

男は俺を椅子に下ろして自らは立ち上がると、水差しから杯へ、なめらかな白色の液体を注いだ。

おそらく、あれが牛のミルクなのだろう。

噂にだけは聞いたことがある。チーズの原料で、新鮮な状態なら非常に美味で栄養がある飲み物だと。

（ミルクなんて見たことがない……俺が知らないものが、俺の夢や幻覚に出るのだろうか？）

「アレス？」

「あっ……ああ、ええと、ミルクですよね。ミルク、ええと」

思考がめまぐるしく働くが、答えが出ない。

限界を越えた脳みそは、とりあえず何か返すべきだろうと考え、適当な返答を出力した。

「ミルクは飲んだことがないのでやめておきます。俺、妊娠しているんです。安定期の前だから慣れない飲食物は避けるべきかと」

腹の子の成長が止まっている『妊娠二ヶ月目』は、安定期より前だ。

そうとは知らず長旅をしてしまったが、今も腹の中で元気にしているらしい以上、気をつけるに越したことはないだろう。

コトン。

ミルクを注いでいた男は、なぜか妙に慎重に水差しを置いた。

ゆっくりと数歩離れ、遠くから俺と視線を絡める。

「…………誰の子だ？」

俺の好きな低い声が、鋭い緊張感を孕《はら》んでいた。

「誰の子、って……」

他ならぬ王の姿を持つ男に問われたことで、俺は動揺した。

（腹の子が育たないのは王族の特性というわけではないのか？　……いや、これは俺が作り出した幻覚だよな。真に受けるな。正気に戻れ）

自分の中で夢と現実、狂気と理性の境界があやふやになっている。

（腹の子を守らなければいけないのに、俺がこんなことでどうする）

不甲斐なさに顔が歪む。

気を抜くと涙さえ流しそうだ。

いい年した男が情緒不安定にもほどがある。

「…………ッ！　あなたに、そのような顔をさせる男なのか？　腹の子の、父親は」

「え？」

見上げると、深い青色の髪を持つ美しい男が憤っていた。

両手でこぶしを作り、ブルブルと震えている。ギリリと歯を食いしばる音が耳に届いた。

「相手は今どこで何をしている。あなたを独りにし、埃が浮いた水を飲ませている、最低の男はどこにいるんだ」

「最低だなんて。彼は何も悪くない！」

自分で作り出した幻覚がエレフセリア様を責めていることに焦りを感じる。

（もしかして、俺は無意識のうちにエレフセリア様に対して恨みを抱いていたのだろうか？　だから幻覚がこのようなことを言うのか？）

必死に頭を動かし、言い返す。

「俺が勝手に逃げ出したんだ。彼は俺が妊娠したことさえ知らない」

「逃げ出した？　……なぜだ。暴力でも振るわれたのか」

「暴力なんて一度も。それどころか、とても優しくしてもらった。ずっと片想いをしていたから、面識もないのに相手に選ばれた時は驚いたけど、嬉しくもあったよ。たった一夜の夢でも、大事な思い出だ。恨むことなんて何一つない」

「面識もないのに……選ばれた……？　たった一夜……？」

俺は説得しようとしているのに、なぜか言葉を重ねるごとに青髪の男の眉間に深い皺《しわ》が刻まれていく。

「アレス。あなたは騙《だま》されている。相手の男はクズだ」

「クズ⁉　そんな、彼は素晴らしい人だ」

「騙されている者は皆そう言うんだ。あなたは今追い詰められていて、通常の精神状態ではない」

「それは……否定できないけれど」

王の子を宿したまま逃亡し、腹の子は育たない。

この状況下で、自分が追い詰められていることは自覚していた。

言い返せずうつむくと、視界に入った幻覚の足元にふと違和感を覚える。

（あれ、靴がボロボロだな……）

幻覚の男は、遠くから見たことがある国王陛下と同じ豪奢な服を身にまとっていた。

当然靴も一流の職人が仕立てたであろう見事な作りで、丈夫で柔らかそうな革でできている。

しかし、その靴がずいぶんとボロボロになっていた。

ところどころに泥もついており、まるで長距離を歩いた後のようだ。

王宮におわす天上人の服装の中で、足元だけが明らかに浮いていた。

「――とにかく」

黙ってしまった俺に、幻覚は低い声を落とす。

怒っているのに、理性で感情を覆い隠しているような声音だった。

「あなたを保護させてほしい。このような状態を見過ごすわけにはいかない。今夜中に荷物をまとめ、明日の朝一番に馬車で王宮へ――」

「ッ！　王宮は、だめだ……!!」

咄嗟に幻覚の言葉を遮った。

王宮にと幻覚が言うのは、きっと俺の甘えなのだろう。

あの場所は日々最先端の医療魔法が研究され、信頼できる上司や同僚やエルがいる、偉大なる王の庇護《ひご》下だ。

戻れるものなら戻りたい。頼れるならば頼りたい。

しかし、王宮だけは駄目だ。

――俺の腹にいるのは王の子なのだから。

「王宮にだけは、行けない……!!」

「……そう、か」

俺の言葉に、幻覚はひどく傷ついた顔をした。

「ならば教えてくれ、アレス。あなたはどこでなら安心できる？　腹の子が生まれ、育つまででいい。あなたを手助けさせてほしい。どうかお願いだ、許すと言ってくれ……」

切なげな懇願。

俺の幻覚なのに、どうしてエレフセリア様の顔でそんなことを言うんだろう。

俺は少し離れた場所に立つ男に、何かをしてやりたくなった。

自分で作り出した幻覚だとわかっている。

けれど、傷ついているこの男を放っておきたくないと思った。

椅子から立ち上がり、踏み出そうとした直前――思わぬ方向から声がかかる。

「あのう……お客様……あっ、失礼しました、何度かノックをしましたがお返事がなかったため……」

見ると部屋の入口で、わずかに開いたドアの隙間から、宿の主人がおずおずと顔を出していた。

「先ほどのお支払いが、その、多すぎてですね、お釣りをお出しすることが困難でして……」

宿の主人の手には、大ぶりの宝石が嵌《はま》る腕輪が握られている。

青髪の男は震える宿の主人に対し、鷹揚に頷いた。

「よい。取っておきなさい」

「は、はい！　それでは、その、失礼しました……!!」

「ま……待ってくれ!!」

足早に立ち去ろうとする宿の主人を咄嗟に呼び止める。

今、明らかにおかしいことが起きていた。

――宿の主人は、俺の幻覚と会話していたのだ。

「も、もしかして……この人が、見えている、のか？」

否定してくれと願いながら問いかける。

しかし宿の主人は間違いなく俺と、俺の前に立つ男を交互に見て——頷いてしまった。

「え、ええ。やんごとなき身分の方と推察します……あっ！　も、もちろん他言はいたしません。何も見ていないことにします！　し、失礼します！」

宿の主人は勘違いした様子で——つまり、この現場を見たことを咎《とが》められたのだと思った様子で、慌てて立ち去る。

残されたのは俺と、一人の男。

「………幻覚じゃ……ない……？」

「……そうだ」

「夢、でも、ない？」

「ああ」

幻覚だと思っていた当人からの肯定が返ってきた。

思考が止まり、喉の奥が重い塊を飲み込んだかのようにぐうと詰まる。

（俺は今まで、幻覚だと思い込んでいて——彼に何を言った？　どんな態度を取った？）

顔にじわじわと血が集まる。

混乱と羞恥で涙が滲み、視界が潤んだ。

「い、今すぐ——」

「今すぐ？」

「世界の果てまで逃げ出したい……」

今の俺はひどい顔をしているだろう。

真っ赤で、泣き出しそうな寸前で、体は止めようもなく震えている。

そんな俺をエレフセリア国王陛下は見下ろすと、しばらく沈黙し――やがて、眉を下げ微笑んだ。

「それは、困る」

「おお……」

想い人の微笑みを間近で浴びて思考が停止する。

目の前の男は、あまりにも美しかった。

黒に近い青髪を持ちながら、太陽の化身のように輝いている。

食い入るように見つめていると、男は照れたように眉を下げた。そんな仕草も美しいと感じる。

――ハッと我に返り、頭を振って微笑みの余韻を追い出した。

「い、いや、おかしい。こんなことが現実であるはずがない」

「……まだ足掻《あが》くか、アレス」

「生ぬるい眼差しを向けないでくれ……!!　俺とあなたは、そんなに親しい間柄じゃない。そうだろう？」

口調を取り繕う余裕は、ほとんどなかった。

そもそも俺はまだ疑っている。目の前の男は偽者ではないかと。

万に一つ本当にエレフセリア様だったとしても、不敬罪はとっくに人生三回分くらいは積み重ねた。

ならばもう、これは偽者のエレフセリア国王陛下だと考える方が、納得ができる分まだマシだ。

俺を騙してどうする気だ、と警戒心を顕《あらわ》にする。

それなのに、俺の言葉を聞いた男は痛みをこらえるように目を伏せた。

「確かに、一度寝ただけで伴侶面するなと言われれば、返す言葉もない……」

「そ、そんな痴話喧嘩《げんか》みたいな意味で言ったんじゃないが……!?」

思わぬ方向に落ち込まれ、動揺する。

反射的に否定すると男は「そうなのか？」と少し嬉しそうな声を上げた。

そこで喜ばないでほしかった。

詐欺師の悪党だと思いたいのに、この男、悪意の片鱗《へんりん》も見えやしない。

「エレフセリア国王陛下がこんな場所にいるはずがないということです。——仮に、あなたがエレフセリア様だとすれば、疑問が三つあります」

「聞こう。どうか座って話してくれ。顔色がよくない」

「……はい」

少しだけ冷静になってきた俺が指を三本立てると、男は頷いた。

そして立ったままだった俺に座るよう促し、自らも対面の椅子に腰掛ける。

向かい合った男に尋ねたいことは山ほどあった。それを大別すると三つだ。

「なぜ、ここにいるのですか。なぜ、親しげにするのですか。そして、なぜ俺の世話を焼こうとするのでしょうか」

少なくとも、この三つに納得いく説明がなければ、俺は彼をエレフセリア様だとは信じられない。

——本当は、信じたいと思っている。

理屈なんてどうでもいい。目の前にいるのは俺が一目惚れしたあの人だと、心が叫んでいた。

だが、どれほど心が信じたがっていても、それで突っ走れるほど俺は若くない。

四十一年の人生、様々な経験をしてきた。その中で凝り固まった理性は頑固《がんこ》で、確固《かっこ》たる理屈を求めている。

「――全ての問いに対して、回答はたった一言で済む。だが、あなたはおそらく、それでは納得しないだろう」

まるで俺の性格をよくわかっているかのように男は呟《つぶや》き、頷いた。

「一つずつ回答しよう。まず、ここへは歩いてきた」

「王都からこの国境沿いの町まで歩いてきたと？　嘘なら、もう少しまともな嘘をついてほしい」

ここは連理の王国内ではあるが、王都からは最も離れた国境の地だ。馬車で一週間、徒歩なら当然もっとかかる。

「……妊娠している者を驚かせることは避けたかったが、あなたは実際に見た方が信じられるだろう。アレス。今から私は一瞬で、あちらの寝台に行く。だが、どうかあまり驚かないでほしい。そしてできることなら――怖がらないでほしい。あなたに危害を加えるつもりはない」

「一瞬でって、…………え」

俺はまばたきをしなかった。

それなのに、目の前からいつの間にか男の姿が消えている。

おそるおそる視線を動かすと――寝台のふちに、消えたはずの男が優雅に腰掛けていた。

まさしく男が言った通り、一瞬で移動したように見える。

「ま、魔法……!?」

「空間を瞬時に移動する魔法はまだ生まれていない。だが、あるいはすでにこの世にあるのかもしれないな。私の力も、世界には秘められたものだ」

男は立ち上がり、ゆっくりと歩いて、向かいの席に戻った。

「私は今、このように歩いて移動した。ただし止まった時間の中で、だ」

「止まった、時間……？」

「そう。これは我が王家の秘密。知る者は連理の王国でも極わずか」

「…………っ！」

緊張で心臓が跳ねる。

これはおそらく俺のような庶民が聞いていい話ではない。

だが、男の言葉を遮ることができなかった。

研究者としての好奇心が——それに何より、好いた男のことを知りたいという感情が、止める言葉をかき消した。

「王族は、自由に時を止めることができる。おそらくは世界中で、連理の王国の王族のみが持つ異能だ。長命とされる王族の寿命も、真実はこの力で体内の時間を止め、老化を防いでいるに過ぎない」

ごくり、と無意識に息を呑んだ。

——時間への干渉。

それは、現代の技術では不可能とされている。様々な研究がそれを証明している。

まさか祖国の王族が、それほど超常的な存在だったなんて、想像もしなかった。

「恐ろしいか？」

「え……？　どうして」

問いかけられた意味がわからず、首をかしげた。

すると対面の男は、驚いたように目を見張る。

「私たち連理の王族は、他の全てが止まった時間の中で、一人自由に動くことができる。まばたきをした瞬間に、あなたの命を奪うかもしれない化け物だ。そんな者に執着されて、恐ろしくないのか？」

「執着、されているのか、俺」

「そうだ」

思いもよらない単語に驚いたが、当然のように肯定された。

——俺は、この男に執着されていたらしい。

心当たりがなく、理解ができない。

だが今の俺の中には、そんなことどうでもいいと思うほどの驚きがあった。

「——俺に会うため、止まった時間の中を歩いてきた？　まさか、王都での仕事を終わらせた後に？」

「ああ。王としての責務を投げ出せば、あなたに軽蔑される恐れがある」

再びあっさりと肯定され、俺は頭を抱えてうつむいた。

今はテーブルに隠れて見えないが、視線は対面の男の足元を向いている。

思い出す。男の靴が驚くほどボロボロだったことを。

——まるで、長距離を歩いた後のようだった。

胸に、言葉にしがたい感情が湧く。

口元が緩み、目の前の男への親近感が口からこぼれた。

「ふ、ふふ……!!　そんなことってあるかよ、あはは……!!」

男は、端整な顔に驚きを浮かべた。

「笑顔に、なってくれるのか？」

「だって、徒歩って……!!　ふふふ……!!　そうだよなあ、時間が止まっていたら馬にも乗れないだろうし……」

真剣な男に対して失礼だとわかっていても、笑い声を殺すことができなかった。

この男、常にそつなく、なんでもこなしそうな雰囲気があるのに、やったことは力技だ。

時を止めるなど夢のような能力だが、不自由も多いのだなと愛《いと》おしくなる。

だが、笑いながらも同時に切なさを感じていた。

時が止まった世界とは、どのようなものなのだろう。

馬も動かず、誰にも認識されない。

時が止まっているなら風はなく、木々が揺れる音も、鳥のさえずりも存在しないのだろう。

無音の世界で一人きり。

それは、どれほどの孤独なのだろうか。

「王都からここまで十日くらいか。……その間ずっと一人だったなら、寂しいだろうなあ」

「…………っ」

ぽつりと呟くと、王の姿をした男は息を呑んだ。

そして——次の瞬間、正面から抱きしめられている。

「うわ!?　また時間を止めたのか？」

「——怖がらない上に、憐《あわ》れんでくれるのか、あなたは」

耳元で聞こえる男の声は、震えていた。

感情をこらえるように、ぐうと言葉を飲み込む音がする。

しかしやがて抑えきれなくなったように、ぽつりと一言、溢《あふ》れた。

「好きだ」

「っ！」

「あなたが好きだ、アレス。すまない、もっと理性的に、あなたが望む対話をすべきなのに」

低く重い声が、何度も囁く。

「好きだ。ずっと、ずっと前から——愛している」

——俺は理解する。理解、させられる。

『なぜ、ここにいるのですか。なぜ、親しげにするのですか。そして、なぜ俺の世話を焼こうとするのでしょうか』

俺が挙げた三つの疑問。

たった一言で回答できると、この男は言った。

それが、今囁かれているものだ。

ただひたすらに愚直で誠実な、愛の言葉。

俺の人生経験や常識や頑固な理性が、全て真正面からぶち壊される。

愛をわかれと強いられる。

——それがなぜだか、心地よい。

「愛している、アレス」

「は、はい……」

容赦なくぶつけられる愛の言葉に、俺は顔を真っ赤にしながら、情けない声を漏らすことしかできなかった。

抱きしめてくる男の背に、おずおずと手を回す。

俺のような冴《さ》えない年嵩《としかさ》の者にそんなことをされても、嬉しくはないだろうと思った。だが男は息を呑むと、腕の力を強くした。

苦しいぐらいだが、喜びの方がずっと強い。胸の奥が温かくなり、そっと目を閉じる。

（こんなに密着しているのに、心地良いな……。魔力酔いしないなんて、あの夜以来だ）

俺は昔から、人と触れ合うことが苦手だった。

他人と握手するだけでも、ひどい魔力酔いが起きたからだ。肉親相手ですら軽く酔うため、子どもの頃は大変だった。

人と触れ合って辛く感じなかったのは、エレフセリア様に抱かれた性指南の夜だけだ。

だから確信する。いい加減、俺の頑固さも白旗を上げた。

「本当に、エレフセリア様なんですね……」

「ああ。あなたに恋する、エレフセリアだ」

「………」

少し体を離し、頭一つ高いエレフセリア様を見上げる。

美しい、蕩《とろ》けるような表情を見て、俺は――青ざめて震えた。

「俺は今まで大変な不敬を……!!」

「待ってくれ、怯《おび》えないで。あなたは私の力を見ても平然としていたのに、権力が怖いのか？」

現実を直視した衝撃で震えが止まらない俺を、エレフセリア様は再び抱きしめた。

温かな腕の中は、なぜかひどく安心してしまう。

しかし、自分の様々な罪を忘れてはいない。

さっきまでは幻覚だの詐欺だのと疑っていたために投げやりだったが、今はすっかり現実と真実を直視してしまった。

俺はぎゅうと目を瞑り、何度も頷いた。

「時を止める能力は恐ろしくありません。俺一人殺すだけなら、動いている時間の中であっても簡単なことだから。ですが権力は家族や親戚にまで及ぶので……どうかお咎めは俺一人に……」

「――怯えながら他者の心配をする、か。アレス、どうか安心してほしい。私は、そんなあなたを尊敬している。粗相がないか不安なのはこちらも同じ。あなたのいかなる言動も、不敬と感じていない」

エレフセリア様は俺の手を取り、寝台に座らせる。

自らも隣に座り、身を屈めて俺の顔を見上げるように覗き込んだ。

「あなたと私は対等だ。願わくば〝エル〟に対するように、私に接してほしい」

「対等だなんて……あれ、エル？　エルのことをなぜ陛下が」

「――エレフセリアは本来、女性につけられる名だ。そのため、親しい者は私のことをエルと呼ぶ」

「そう、なのですか……？」

まさか、という考えが頭をよぎる。

エレフセリア様のこの言い方だと、まさかエルが――そんなはずはない、そんなこと、あるはずがない。

「アレス。あなたと交わした手紙はどれも有意義だった。例えば、あなたが提案した魔鉱石採掘現場における魔力酔いの緩和施策については、特に早い段階で実用性が認められた。現在、制度として運用すべく検討段階だ」

「あれは雑談の延長程度で、提案というほどのものでは……いや、待って、待ってほしい。待って、ください。どうしてあなたがその話を」

信じたくないのに、隣の男は容赦なく畳み掛けてきた。

今告げられたのは、エルと交わした手紙の中にしか存在しない話だ。

とはいえ手紙は検閲されているから、内容がそこから漏れたり、エルが陛下に語ったという可能性もあるだろう。

しかし残念ながら俺は、今この場で話題に出た理由がわからないほど鈍くはなかった。

「俺がずっと文通していた相手は――国王陛下だったと？」

「そう。私があなたの親愛なる友、エルだ」

「なんという……なんというか……なんというべきか……」

俺は顔を覆い、天を仰ぐ。

――片想い相手と親友が、同一人物だった。そんなことってあるのか？

「夢なら覚めてくれ……」

「夢と思ってもらってもかまわない。どうか夢の中にいた時のように、対等に接してくれ」

「ぐいぐい来る……手加減してほしい……」

目の前の人はエレフセリア国王陛下であらせられるのに、中身が完全にエルだった。年下ながら冷静で落ち着いているが時折、若者らしくはしゃぐこともある。手紙を読みながら想像していたエルそのままだ。

「……なぜ、そんなことを。俺と文通を行って、陛下になんの利があると言うのですか」

「どうか、陛下ではなくエルと」

「……それは王命でしょうか？」

「——いや、違う。あなたに命令する気はない。私には、できない」

俺の言葉に、エルは悲しげに目を伏せた。

いやいやいや、エルじゃない。この御方はエレフセリア国王陛下だ、忘れるな俺。

「——最初に手紙を送った理由は、ただひとつだ。あなたに近づきたかった。そして願わくば、親しくなりたいと」

「俺と親しく……？」

「一目惚れだった」

「!?」

悲しげな男からぽつりと溢れた言葉に、俺は目を剝《む》いた。

俺相手に一目惚れ。

そんなことが、あり得るのか。

だって俺も——この人に一目惚れしたというのに。

「興味深い医療魔法があると侍医に勧められ、あなたの論文を読んだ。知らなかったようだが『男でも妊娠する医療魔法』は、我ら王族にとって待望のものだったんだ。だから一言礼を伝えたいと、忍んで授賞式へ赴《おもむ》き——そこで、あなたを見つけた」

「授賞式……そんな昔から？」

「そうだ。私は六歳になったばかりだった」

あの魔法の授賞式は、十四年前に行われた。

そして、確かにエルからの手紙が届き始めたのは、その後からだ。年下とは思っていたが、まさかそんなにも若かったとは。俺と二十一歳も離れている。

「本当はもっと早くに直接会いたかった。しかし元老院から忠告されたのだ、私は若すぎて受け入れられない可能性があると。あなたは歴代の比翼の中でも例外すぎた。そのため、今日に至るまで距離を測りかねていたんだ」

「比翼……？」

意外な単語が出てきた。

〝比翼〟とは王家の紋章にもなっている〝比翼の鳥〟のことだろう。

片目片翼のため二羽で寄り添わなければ飛ぶことができないという、神話の中の鳥だ。

「ああ。——遥《はる》か昔の話だ。我ら王族の祖先は、時を止めるものとは異なる強大な異能を自在に操り、国土を広げていた。大きすぎる力ゆえに精神が不安定だったが、傍らには必ず支えとなる番《つがい》がいた。同じ日、同じ時間、同じ国で生まれた番と寄り添っていれば王族は狂わずにいられ、無敵だったという。ゆえに二人一組で『比翼の鳥』と呼ばれ、片割れを比翼と呼び合っていた」

静かに語られる話。その一部分だけなら、俺も昔、歴史の勉強で聞いたことがあった。

連理の王国の建国神話の中で、王族は無敵の力を使い、周辺諸国を取り込んでいった。しかしいつしか弱体化し、国土も縮小して今に至る……そんな話だったはずだ。

比翼と呼ばれる番の存在は知らなかった。そして、王族が弱体化した理由も。

だが目の前の王族は全てを知り、そしてどうしてか俺に語り聞かせるつもりのようだ。

「——ある時、斃《たお》された小国の、赤髪をもつ王が、我らの祖先に強力な呪《のろ》いをかけたという。その文言は、王族の誰もが物心つくと同時に習う」

目の前の彼も、習ったのだろう。決して忘れないように、繰り返したのだろう。

そうとわかるほど淀《よど》みなく、呪いの言葉をそらんじた。

『呪われろ、青髪の王族たちよ。これよりお前たちは、寿命のうちに番を得ること叶わず。番は必ず違う日、違う時に生まれ、貴様らを見つけることはない』

……ぞっとする内容だ。

番がいなければ狂うとされる王族から番を取り上げる、恐ろしい呪い。

「——呪詛《じゅそ》に秀でた赤髪の王の呪いは、幾千年経っても残り続けると予言された。ゆえに我らの祖先は、強大な異能の力の全てを使い、寿命を延ばすことにしたのだ。幸い、番を一目見れば王族は心惹《ひ》かれ比翼の片割れだと理解する。だから王族は自らの老化を止め、世界の時を止めながら比翼を探し、何百年と過ごすようになった」

「そん……な……」

語られた内容は衝撃的だった。

おそらく国家機密級のことだろう。だが、そんなことはどうでもいい。

問題は――王族とその番、比翼の関係性についてだ。

「俺が、あなたの番……比翼の片割れということなのか？　そんなの、おかしい。あんまりだ！」

「…………っ！　アレス、お願いだ。どうか、どうか拒絶しないでくれ。本当なら比翼は生まれてから数年以内に、王族が見つけるはずだったんだ。比翼が王族より年上というのは初めてのことで――世の常識を知るあなたにとって、これが受け入れがたい話だというのはわかっている。それでも……っ！」

「違う！　俺が番だなんて……っ、あなたが可哀想《かわいそう》だ」

あまりの理不尽に声が震える。

わななく俺を、男は驚いた表情で見つめた。

「可哀想……？」

「おかしいだろう、百歩譲って王族が比翼を求めるという性質は理解する。でも、決められきったその相手が俺だなんて――俺みたいな年上で庶民の男だなんて、あんまりだ」

俺は本来なら、会話すらできない立場なのだ。

それなのにこの男は愚直に愛を囁き、対等に接してくれとまで望む。

「俺なんかを求めるのがあなたの運命だっていうなら、その方がよほどおぞましい呪いで――んんっ!?」

突然引き寄せられ、口を塞がれる。

しばらくの間、起こったことが理解できなかった。

――間近に彼の顔があり、唇が触れ合っている。

呆然としていると舌が入ってきて、ようやくキスされていると気がついた俺は、慌てふためいた。

「んっ、んん!?」

「……アレス、それは違う。運命などきっかけに過ぎない」

男は怒ったような口調で、口づけの狭間《はざま》に低く囁く。

「私が募らせた思いは、私から生まれたものだ。あなたに好かれたいと望み、あなたのことを考えない夜はなかった。少しでも近づきたいと手紙を書いたのは幼い私が必死に考え出した案だったし、時を止めてはあなたに会いにいき、遠くから眺めるなどという拗《こじ》らせた行動を取り続けたのも、自分の意思だ」

「そ、そんな……、んんっ」

反論は許さないとばかりに口を塞がれる。

何度も、何度も。

いつしか寝台に押し倒され、見下ろしてくる男の腕の中に閉じ込められていた。

「六歳の時にあなたを見つけ、今抱く情欲、独占欲、執着、全てこの十四年で私が煮詰めたものだ。この感情を、その重みを、運命などという薄っぺらな言葉で片付けることは許さない」

「ふぅ……、っ、ふ……」

熱烈なキスと止まない愛の言葉を注がれ、俺の頭が茹《ゆ》だる頃、男はようやく唇を離し、俺の首筋に顔を埋める。

「……だからアレス、お願いだ。傍にいてほしい。私を捨てないで」

「…………」

懇願する声は、わずかに震えていた。

「あなたに想い人がいてもいい。二番目でも我慢する。だからどうか、あなたの腹の子をともに育てることを許してほしい。これからずっとあなたの傍にいていいという権利を、私にください」

「……そのこと、なんだが」

頬に触れる青髪をそっと撫でる。

今から告げるのは、誰にも教える気がなかったことだ。

一生秘め、墓まで持っていくはずだったこと。

だが、この男は知る権利がある。

——その権利を今、勝ち取ったのだから。

「俺は君にしか抱かれたことがない。この子は君の子だよ——エル」

エル。正面からこの男を呼ぶのは初めてのはずなのに、驚くほど自然と口をついて出た。

「私の……？」

「ああ」

「私とアレスの子……」

呆然と腹を見下ろすエルを、緊張を隠して見つめる。

信じてもらえないことも覚悟していた。

なにせ目立たない腹だ、偽りと考える方が普通だろう。

しかしエルは——笑った。

花が綻ぶように笑い、瞳から透明な雫《しずく》をこぼす。

「嬉しい――――」

その一言で俺は「ああ、この人を好きになってよかったなあ」と思った。


俺はエルの手配した馬車で、王宮へと戻った。

馬車の中でも片時も離そうとしないエルに俺は、腹の子が育たないことを相談した。エルは驚き、一人で悩ませてすまないと何度も謝ってくれた。エルは悪くないのにな。

腹の子が成長を止めているのは王族の異能によるものではないかと俺は考えたが、エル曰《いわ》く、そのような前例はないという。

異能の発現は通常、五歳程度からだそうだ。

「ふうむ……腹の御子が成長されていないと……」

王宮の医療室で俺の話を聞いた侍医は、しばらく考え込んだ。

「どうなんだ、子は無事に生まれてくるのか」

隣に座るエルが言う。無意識にだろう、俺の手をぎゅうと握っていた。

その力強さに安心する。エルと二人なら、どんなことを言われても受け止められる気がした。

向かいに座る侍医の言葉を、固唾を呑み、待つ。

「これは私の推測ですが……腹の御子は、アレス様が『腹が大きくなったら逃亡する』と考えておられたことを汲み取り、成長を止めたのではないかと。王族の皆様は生まれながらに比翼を求めていらっしゃいます。そのため父親の比翼が失われぬよう手助けすべく、異能を発現させた可能性があります」

「そんな……じゃあ、この子は俺のせいで……」

「いいや、アレス。全ての責はあなたの信頼を得られなかった私にある。私がもっと早く対話の機会を持っていれば……」

青ざめる俺と慰めるエルを交互に眺めた侍医は、ホッホッホと声を上げた。

「大丈夫ですよ。王族の皆様は柔軟でいらっしゃる。なにせ寿命の中で会えないという呪詛をかけられたなら、寿命を延ばしてしまおうと考えられるほど」

長年、王族の傍で医師を勤めてきた侍医の言葉は頼もしく、説得力があった。

「経過を見ましょう。なあに、きっと御子は、親思いなだけでしょう」

＊＊＊

「──と、いうことが、お前がお腹《なか》にいる頃にあったんだよ。覚えている？」

「んー」

珍しく大人しいまま俺の話を聞いていた幼子は、するりと膝から降りた。

東屋《あずまや》の屋根の下から、王族のために整えられた中庭へと元気に飛び出していく。

「ちょうちょ！」

「ああ。綺麗《きれい》な蝶々《ちょうちょ》だな」

小さな体を急いで追い、転びかけたところを咄嗟に支えた。

三歳になったばかりの我が子は頭が大きくて足元が不安定なのに、旺盛な好奇心で沢山動き回るから目が離せない。

幼子は三歳頃まで、腹の中での記憶を保持しているという説があるため尋ねてみたが、興味はひらひらと舞う赤い蝶々へと向かってしまったようだ。

「ちょうちょ！　あか！」

「うん。お前の髪と同じ色だ、アレクシア」

アレクシア。

俺とエルの子。つややかな赤い髪を持つ男児だ。

腹の中で成長を止めていた子どもは、王宮に戻った後は俺たちの心配をよそにすくすく育つようになり、無事に生まれてくれた。

アレクシアとは、エレフセリアと同じく女性の名だ。

王族は比翼がどんな性別であっても愛を向けてもらえるよう、願掛けの意味で異性の名前をつけることがあるそうだ。

「お父《とーと》さん、だっこ」

「はいよ」

小さな体を抱き上げると、少し魔力酔いが起きた。

俺の体質は厄介で、血を分けた息子相手でも魔力を受け入れないようだ。

だが、この子相手の魔力酔いは妊娠後期から常に悩まされていたから、もはや慣れたもの。小さな体を落とさないよう両腕でしっかりと支える。

王宮には優秀な乳母や侍従がいるが、俺は生まれたこの子が愛しくてたまらず、自分で世話を焼くことを好んでいた。

「アレス、無理をしていないか」

ふいに、魔力酔いが和らいだ。

慣れた感覚に振り向くと、この数年ですっかり見慣れた伴侶の姿がある。

アレクシアが嬉しそうに小さな手を伸ばした。

「お父様《とさま》！」

「エル、こんなところにいていいのか？　今から他国の使者が謁見に来る予定だろう」

「………すぐに戻る」

「君、また時間を止めてこっちに来たのか……」

アレクシアごと背後から俺を抱きしめる、俺の比翼の片割れ、エル。

年下の伴侶は困ったことに俺と子に対して、かなり過保護だった。

仕事中でも、異能の力で抜け出しては会いにくる。

あまつさえ一人で処理できる仕事については止まった時間の中でこなし、家族と過ごす時間を増やしているらしい。

過労が心配だから控えてほしいが、そう言うと悲しげな顔で抱きしめてくるのだから、たちが悪かった。

正直、会いにきてくれて助かってはいる。エルと触れ合っているだけで俺の魔力酔いは消え失《う》せるからだ。

だからアレクシアとの触れ合いに、エルの存在は欠かせないものになっていた。

他者の魔力を拒絶する――これは歴代の比翼に時折見られる特徴らしい。受け入れる魔力は、片割れのもののみ。

番だけの不思議な性質だ。

「エル。王様がサボるなんて、アレクシアの教育に悪いだろ。仕事に戻ってくれ」

「お父様《とさま》、おしごともどってー」

「…………!!　あなたたちは、私がいなくても平気なのか……？」

「俺たちは普通で、君が平気じゃなさすぎるんだよ」

エルが会いにきてくれるのは嬉しいが、頻度が高すぎた。

一日に最低五回は仕事を抜け出してくるのだ。

その上、三度の食事も一緒に摂らないと落ち込んでしまう。

幼子を交えた食事は時間がかかるのに、エルは最初から最後までいようとするものだから、仕事に戻るよう王を説得してくださいと大臣に何度か泣きつかれた。

「……わかった。仕事に戻ろう」

「うん。いってらっしゃい」

この場に残りたいという気持ちを隠そうともしない王の頬に、軽くキスをした。

それだけで途端に雰囲気が柔らかくなるものだから面映ゆくなる。

よく三年以上も飽きることなく、俺のような枯れた男からのキスを喜んでくれるものだ。

「アレス、お願いがある」

「お願い？」

口づけを返され受けていると、子に聞こえないくらいの小さな声でエルは囁く。

「今日、夕食の後の予定を空けておいてくれないか？　アレクシアは乳母に任せて、二人で過ごしたい」

「わかった。そうだ、出産の祝いで貰った果実酒がそろそろ飲み頃だから、開けようか」

「ああ。楽しみにしている」

エルは蕩けるような微笑みを見せると、俺とアレクシアの頬に自らの頬を触れ合わせた。

口づけとは違う、家族に対する挨拶だ。

「それではまた後で。我が比翼と我が宝」


「二人きりなんて久々だな」

満天の星空の下、テラスに置かれたソファでエルと並び、果実酒を酌み交わす。

エルも俺も子煩悩で、夜は寝る時間まで三人で過ごすことがほとんどだった。

アレクシアの妊娠中は、俺が王宮に入るための儀式や勉強などで慌ただしかったから、二人だけでのんびりするなんて、初めてのことかもしれない。

「アレクシアとも、そのうちこうやって一緒に酒を飲んだりしたいなあ」

ほろ酔いでそんな夢を語る。

連理の王国での飲酒可能年齢は、十六歳から。

アレクシアが酒を飲めるようになる頃、俺は五十七歳か。

平均寿命から考えればまだ生きているとは思うが、体に気をつけて長生きしないとなあなんて思う。

「アレス」

「うん？　ああ、エルのグラス、もう空か──」

肩を抱き寄せられ、耳元で名を呼ばれる。

その時にエルのグラスが空いていることに気づいたから酒瓶を取ろうと手を伸ばし──引き止められ、柔らかなもので口を塞がれた。

「っ………」

口づけ自体は毎日のようにしているから、慣れている。

いつもは軽く触れ合うとすぐに離れていた。

だが、今は違う。

唇の隙間から舌が入ってきて体が跳ねた。

驚きの声は飲み込まれ、反射的に逃げようとする舌は絡め取られて艶《なま》めかしく睦《むつ》み合う。

口づけの合間、エルが切なげに吐息を吐き出した。

「アレス。あなたを抱きたい。どうか、いいと言ってくれないか」

「え……君、まだ俺を抱けるのか？」

思いもよらない言葉に、声がひっくり返る。

妊娠中は労《いたわ》られるばかりで何もなく、アレクシアが生まれて以降も俺たちはそういう空気になることがなかった。

愛情こそ毎日浴びせられているが、性愛を向けられることは二度とないと思っていたのだ。

しかし、エルは心外そうに眉根を寄せた。

「当然だ……!!　ずっと我慢してきた。男体での出産は後遺症が大きいだろう。あなたが全快するまではと、忍耐の日々だった」

「そうなんだよ、後遺症については当初に比べるとかなり改善されてきたが、今後も重要な課題だよな」

「アレス、頼むから今だけは研究者の顔を横に置いておいてほしい」

「あ、ごめん」

俺が散らしそうになるムードを、エルがかき集める。デリカシーが足りない男でごめん。

「侍医が、今ならもう大丈夫だと」

「……あのさ、出産して一年くらい経った頃、医者から許可が出たからもう大丈夫だって、俺から誘ったことがあったよな……？」

「あの時はまだ腹を切った傷跡が残っていた。傷ついたあなたに無体を強いたくはない」

「あの薄《う》っすらとした傷跡が消えきるまで待ってくれたのか……」

アレクシアが生まれてからのことを思い出す。

毎日、夜は必ず広々とした寝台でエルに抱きしめられて眠っていた。その時にやたら服に手を入れて触ってきたり、はだけた腹を凝視してくるなとは思っていたのだ。

あれはもしかして、帝王切開をした傷を確かめていたのか。

専用の医療魔法を使えば傷跡はもっと早く消えていた。だが、まさか傷跡が消えるのをエルが待っているとは思わず、汎用のもので済ませてしまっていた。

「言ってくれたら、急いで傷を消していたのに」

「……恥ずかしい話だが」

「うん？」

「もしあなたが『早く治す』や『傷が残っててもいいならしよう』といったことを言おうものなら、自制できる気がしなかった。だから、話題そのものを避けていたんだ」

俺が勇気を振り絞って誘った時、ものすごい苦悩と葛藤を浮かべた表情で首を横に振られた理由がよくわかった。

二十一歳差だと中々そういう気になれないよなと納得していたが、どうやら勘違いだったらしい。

「そ、そうか。愛されているな俺……」

「そうだ。あなたは私に狂おしいほど愛されている」

「ありがと……」

気がつくと、俺の足には固いものが当たっていた。

おそらくまだ完全ではないだろうに、俺の全力よりもずっとしっかりと漲《みなぎ》っている。若さだなあ。

好きな男に愛されていることは、嬉しい。

だが、その固さと服越しにもわかる大きさに、俺は怯《ひる》んだ。

「――ちょ、ちょっと、その大きさは無理じゃないか？　前の時は三ヶ月かけて拡張したけど、今はもう戻っているだろうから……少なくとも、今日これからは無理だよ」

「ふむ……」

怖気《おじけ》づいた俺はおずおずとエルを見上げた。

男は俺を見下ろし、神秘的な月明かりの下で思案する。

「わかった」

――俺は、まばたきすらしていないはずだった。

それなのに、テラスにいたはずの体はいつの間にか王の寝室に寝かされ、天蓋を見上げていた。

「は……!?」

「……これくらい慣らせば怖くないだろうか？」

「なっ!?　ん……ぅ……!!」

俺もエルもすっかり服を脱ぎ去り、裸の胸板が触れ合っている。

開いた足の間で男の骨ばった手が蠢《うごめ》き、長い指で腹の中のしこりを押していた。

混乱する頭に、有無を言わさず這《は》い上がってくる快感。

ようやく状況を理解した俺は襲いくる絶頂感に抗《あらが》いながら、異能を持つ伴侶を睨《にら》みつけた。

「エル！　時間を止めて勝手に慣らしたな……!?」

「こうでもしなければ、あなたは理由をつけて何度も延期しそうだから」

「ぐぅ……俺のことをよくわかってい……、ふっ……う、ぁ……んんっ……!!」

理性的だが強引な伴侶は唇を重ね、舌を絡めることで俺を黙らせた。

その間にも指はぐちぐちと俺の中をかき混ぜ、時折空気を感じるほどふちを広げる。

「そろそろ、入っても――？」

「ま、待……あああああっ!?　そん、あっ、んぅ……ああ……っ、ひぅ……!!」

待て、と言う前に雄が割り入ってきた。

文句を言いたくても、口から出るのは自分のものと思えない嬌声《きょうせい》だけ。

せめて痛みがあればよかったのに、感じたのは気持ちよさだけだった。

一体どれだけの時間、慣らされたんだ。

数年ぶりの快感を受け止める方法がわからず、俺はエルにすがりつき、半泣きで受け入れるしかなかった。

「ひぃ……ひう……っ」

「……ふふ。可愛いな、アレス」

「う、うるさ……」

「私だけがあなたを可愛くすると思うと、たまらない気分だ」

「うぁっ!? んっ、んあっ、ひっ……あぅっ……!!」

エルは可能な限り密着し、俺を腕の中に閉じ込める。

そのまま奥深くまで押し込み腰を揺らされると、目の前で雷が弾けた。

「える、えるっ……!! も、むり……おねがい、も、ゆるして……っ」

エルの首に浮き出た血管に口づけながら懇願する。

若い伴侶はこめかみから汗をしたたらせながら頷いた。

「体力がないあなたも愛しいが、今だけは少し歯がゆいな……っ」

「んんっ……ん……っぐぅ……!!」

顎を捕まれ、深く口づけられた。

同時に腹の中でエルのものが膨らみ、熱いものがぶちまけられる。

執着を顕にした男に首筋を甘嚙《が》みされながら、俺も押し出されるように射精していた。

「アレス。素敵だった。受け入れてくれてありがとう」

「……うん……」

いそいそとタオルを持ち出し体を清めてくれる伴侶に、力なく返事をする。

エルと肌を合わせることは、俺にとっても嬉しいことだ。だが、いかんせん体力が違いすぎた。

エルはまだまだ物足りない様子だが、俺は明日は一日、ベッドの住民になるだろう。

だが鼻歌を歌いださんばかりのエルの様子を見るに、遠くないうちにまた求められるのだろうと悟った。

求めてくれることは嬉しいが、二十歳以上離れていることを思い出してほしい。

俺は、体力と精力を短期間で上昇させる術がないか、侍医に相談しようと心に決めた。

「そういえば、疑似子宮は……あれ、無効化したままか」

出産後の俺は、体内を循環している魔力を体の回復に当てるため、『男でも妊娠する医療魔法』を無効化していた。

そのまま活性化させず放置していたから、今回もアレクシアを授かった時と似たような腹の状態で交わったわけだ。

あの時は魔力の相性がいいエルと交わったことで活性化したのかと仮説を立てていたのだが、どうやら違ったらしい。

「前の時は、どうして妊娠したんだろうなあ」

「…………」

「エル？　君、もしかして何か心当たりがあるのか」

体を清め終わりいそいそとベッドに戻ってきたエルが、俺の言葉に息を呑んだ。

向い合わせに寝そべって、目を逸《そ》らす男をじっと見上げる。

「……あくまで、仮説なのだが」

「うん」

視線に負けたエルは、観念した様子で話し始めた。

「初めてあなたを抱いた夜はあまりにも幸福で、夜明けなど来なければいいと――時を止め、あなたをずっと抱きしめていた」

「君、まったく躊躇なくその力を使うよな」

「使えるものは使う主義だ」

この賢王、時折少しばかり理性のタガが外れるの愛おしいな。俺とアレクシアが関わった時だけだということは、うぬぼれてもいいのだろう。

「――抱きしめている間の話だが、止まった時間の中でも私だけは動き続けている。そのため、私の中を循環する魔力がわずかずつでもあなたと混ざるように蓄積したのではないだろうか。蓄積された魔力が、時を動かした瞬間にまとまった魔力として擬似子宮へ作用した、という可能性がある」

「ああ、確かにそれはあり得るな」

エルの話は体感でも理解できた。

先ほどエルが時間を止めて俺の体をいじった時、なんだかこう、蓄積されたものが一気に来る感覚があったのだ。まあ要するに快感だったんだが、前の時は魔力だったのだろう。

「だがアレス、この仮説には穴がある。まとまった魔力を注いだ程度では、侍医が施した無効化が解ける可能性ほぼゼロに等しい。とはいえ、無効化が機能していなかったとも考えにくいのだが……」

「まとまった……魔力……？　ああー……」

俺は思い出す。

当時と今で、俺の腹には大きな違いがひとつあった。

「エル、わかった」

ほんのわずかに緊張する。

昔の俺なら言えなかったであろう罪の自白だ。

だがこの三年間ですっかり心を開かされた俺は、躊躇なく白状した。

「俺はあの時、擬似子宮をこっそり有効にするための術式を編み込んでいたんだ。思いとどまったけど、沢山の魔力を流せば発動するはずだった。俺の企《たくら》みと君の魔力が合わさって、アレクシアを授かった可能性が高いな」

俺たちは互いに相手が好きでたまらなかったために、すれ違いながらも奇跡的な合致を見せたらしい。

当時はなぜ子ができたのかと悩んだものだが、結ばれた今となっては全てが笑い話だ。

「…………!?」

「あれ、エル、どうした？」

ぽかんと俺を見下ろすエルに首を傾《かし》げる。

エルはおそるおそるといった風に、ぎこちなく唇を動かした。

「それは——その企みは、私の子を宿すために？」

「そうだよ」

「あなたは、そんなに前から私を好いてくれていたのか？」

「……いつからだと思っていたんだ？」

「アレクシアを授かり、絆《ほだ》されてくれたのかと……」

そういえばと、この三年間を思い返す。

アレクシアが生まれるまでの俺は、庶民が王宮に入ることによる慌ただしさや、つわりや魔力酔いでへばっていたし、生まれてからは育児で忙しかった。国王であるエルも当然多忙で、二人きりの時間はあまり長く取れずにきている。

すでに番になった以上、今更だろうという照れも相まって、恋をした時期などの話は避けがちだった。

正直なところ、言わないで済むなら墓まで持っていきたい秘密だ。

しかしエルが期待の眼差しを向けてくるものだから、口を閉ざすという選択肢は消え失せる。

「……怖がらないでほしいんだけどさ、エル。俺が君を好きになったのは——」

今でも容易《たやす》く思い出せる、初恋の衝撃。

一目見た瞬間に、恋という感情を知った。

あれはそう——俺が二十一歳の頃だ。

「——君が0歳の時。首がすわったばかりの君が、城のテラスからお披露目されていた。豆粒より小さな君を遠くから見た時が、俺の初恋だよ」

「………っ!?」

「それから俺は、少しでも君の近くに行きたくて医療魔法を学んだんだ。……さすがに引いたか？」

反応が怖くて目を逸らし、体を離す。

だがすぐに大きな手のひらが俺の頬を包み、優しく引き寄せられた。

蕩けるような瞳が、俺をまっすぐに見つめてくる。

「嬉しいに決まっている。アレス、あなたの最初で最後の恋を、私にくれてありがとう」

「喜んでくれるのか。よかった……」

「当然だ。もちろん私の最初で最後の恋もあなただけだからな」

「ん……」

率直に与えられる愛情に赤面する。隠そうとするがエルは許さず、俺の赤い頬を愛おしそうに唇で食《は》んだ。

「しかし、あなたは何もかもが例外だな、アレス」

「例外……？　ああ、年上の比翼は前例がないんだったか……？」

「それもあるが、我ら王族にかけられた呪いの言葉を思い出してほしい」

かつて聞いた赤髪の王の呪いを、エルはそらんじる。

『呪われろ、青髪の王族たちよ。これよりお前たちは寿命のうちに番を得ること叶わず。番は必ず違う日、違う時に生まれ、貴様らを見つけることはない』

「あっ……」

蕩けていた頭が引き締まる。なるほど、俺は確かに例外だ。

「そう、あなたは私を見つけてくれた。そんなことを成した番は、呪詛から幾千年のうち、あなたが初めてだ。アレス——あなたという存在は、これより続く王族達にとっての吉兆となるだろう」

エルは何度も俺に口づける。触れては離れ、またすぐに唇が重なった。

「しかし」

口づけが止み、若々しい腕が俺の背に回って、強く抱き寄せられる。

間近で見上げたエルの表情には、陰りが差していた。

「もっと早くに、あなたと出会いたかった。願わくば同じ時に生まれ、地に還《かえ》るのも同じ日に」

「……エル。多分、俺は後追いを許せないよ」

我ながら身勝手で残酷な言葉だと思った。

だが最愛の男が、俺よりずっと若い年齢で命を落とすことを看過はできない。

「……これからの人生で、説得を試みてもかまわないか……？」

「うーん、二人で過ごす時は楽しい時間にしたいと俺は思うよ。エルはどう？」

「あなたはずるい。そんな言い方をされては、逆らえない」

「ははは、年の功だ」

すがるように俺の肩に顔を埋めたエルの髪を、ぽんぽんと撫でる。

青年は静かに受け入れていたが、ふいに喉の奥で唸《うな》り声を上げた。

「——あなたがいなくなった世界で、正気を保てる自信がない」

「……そうなのか？」

「ああ。我々王族は肉体の時を止めることはできても、進めることはできない。これまで王族たちの番は皆年下だったが、それでも相手が先に亡くなることはあった。番を喪《うしな》った王族は孤独に苦しみながら晩年を過ごしたと聞く。――番と長年をともにした王族ですらそうなのに、私達に残された時間は短すぎる」

「短すぎる、か……」

人の寿命は六、七十年。俺はすでに四十過ぎだ。

あと二十年ぽっちしか一緒にいられず、俺はこの男を置いていくことになるのか。

「それでも、王様が狂ったら駄目だろう。国が傾く」

「だが……!!」

「――だから足掻いてみよう、エル。昔の王族と番は同じ時に生まれることができたんだろう？　その仕組みを解明すれば、同じ日に地に還ることだってできるかもしれない。もちろん俺の寿命に合わせさせるつもりはないから、君の力を応用して俺の老化を止める術も探してさ」

「………!!」

「君と俺、それにこの国の医療魔法技術ならきっとできる。俺は王族の吉兆なんだろう？　――せいぜい、傾国になりそこなってやるよ」

俺は腕を伸ばし、愛しい青年を抱え込んだ。

背中に回った腕が、痛いほどの力で抱き返してくれる。

「アレス。あなたが私の比翼でよかった」

「俺も、好きになったのが君でよかった。――愛している、エル。俺の最愛、エレフセリア」

番外編　傾国になりたくない

王の伴侶として王宮に入ってから数ヶ月。

腹の中の子は俺とエルが結ばれると、成長が止まっていたのが嘘《うそ》のようにスクスクと大きくなった。

今や臨月の二ヶ月前、妊娠後期だ。

「アレス、起きられそうか？」

「ん……起きるよ……。おはよう、エル」

ゆるゆると目を開けると、すっかり見慣れた豪奢《ごうしゃ》な天蓋が目に入る。

俺が長年片想いし、数ヶ月前についに名実ともに伴侶となった男の顔も間近にあった。寝巻きの俺と違い、すでに正装に着替えている。公務の前に寄ってくれたのだろう。

心配そうに覗《のぞ》き込んでくる表情を和らげたくて、笑いかけてみる。だが、効果はあまりなかったようだ。

「アレス、無理に笑わなくていい。私に気を使わないでほしい」

「お見通しか。でも、君の方が辛《つら》そうだ」

「……すまない。これは抑えようがない私のエゴだ。どうか、あなたの苦しみに胸を痛めることを許してほしい」

「ふふ、愛されているなあ、俺」

身を起こそうとすると、過保護な伴侶の両腕が、すぐさま支えてくれる。

俺は空いた手で、自分の腹を支えた。

大人の頭よりも大きくなった腹はすっかり重く、丸い。

「アレクシアも、おはよう」

腹に向かって呼びかける。

アレクシア。まだ生まれていない、エルと俺の子どもだ。

医療魔法が発達したこの国では、腹の子の性別もすでにわかっている。男の子だそうだ。

アレクシアはエレフセリアと同じく、女性の名前。この子の〝比翼〟がどんな性別であっても愛を向けてもらえるよう、願掛けの意味でつけられた名だった。

「ほらエルも、アレクシアに挨拶してあげて」

エルは侍従に、俺の顔色が悪いから侍医を呼んでくるようにと告げていた。心配性の伴侶だ。

その袖を引いて促すと、エルは俺の背もたれになるように後ろに座る。

エルの手を取り、自分の手を重ね、一緒に腹を撫《な》でた。

「おはよう、アレクシア。今日もお前がこの世界にいてくれることを嬉《うれ》しく思う」

エルが呼びかけるとすぐ、腹が内側からぽこんと蹴られた。

「お、今蹴った。返事かな」

「元気がよくてなによりだ。——そのまま、どうかアレスとともに健康で、生まれてきてくれ」

再びぽこん、と衝撃がある。

「ふふ、また返事だ」

「賑《にぎ》やかな子かもしれないな」

エルは俺をごく軽い力で腕の中に抱き込むと身を屈《かが》め、何度も頰《ほお》にキスを落とした。

甘やかな空気が流れる。だが俺は忘れてはいない。連理《れんり》の王国のエレフセリア国王陛下は、非常に多忙の身だということを。

「ほらエル、時間がないからそろそろ」

「…ああ、そうだな。名残惜しいが……」

世辞ではない、本当に寂しそうな口調が面映ゆく、顔が緩んでしまう。

そうしてエルが始めたのは、俺の朝の身支度だった。

エルの手でベッドから下ろしてもらい、椅子に座る。俺はそのまま座っているだけで、くすんだ赤毛を梳《と》かすのも、お湯を持ってきて洗顔するのも全て、エルの手で行われた。

「エル、もう世話を焼いてくれなくても、俺は大丈夫だよ、多分」

真剣な表情で今日俺が着る服を選ぶエルに声をかける。だが男は手を止めない。

「〝多分〟がつく限り、あなたの傍《そば》を離れたくない」

「……俺はかまわないけど、君の負担になりたくないんだよ」

エルが甲斐甲斐《かいがい》しく俺の世話を焼いているのには理由がある。

今は治まったが、俺はつわりがひどかった。一時は衰弱のあまり、侍医がつきっきりになったほどだ。

治まってからも体力が中々回復せず、それでも大きくなっていく腹で他の内臓が圧迫された。水すら飲めず、起き上がれない日が続いたものだ。

そんな中で、魔力酔いも俺を困らせた。アレクシアが育つにつれ、我が子であるにもかかわらず俺の体は他人を相手にするようなひどい酔いをみせた。そんな状態では、侍医の触診や侍従による世話を受けられるはずがない。

だからエルが俺の世話を申し出てくれたのだ。エルの魔力に触れていれば、俺の魔力酔いはすっかり消《う》え失せるから。

最初は侍医の診察の際に手を握ってもらう程度だったが、いつの間にか俺の全ての世話をエルが受け持ってくれるようになっていた。

だが、エルは時を止める能力まで使って、俺の世話と国王としての仕事を両立させている。相当な負担のはずだ。

「負担だなんて……そう思っていたのか、アレス」

エルは手を止め、こちらに歩み寄ると、膝をついて俺を見上げた。

「あなたが私の魔力で安らいでくれるように、私もあなたの世話をしている間、これ以上ない安寧を得ている。願わくば四六時中あなたの傍にいて、あなたの全ての世話を任されたい。どうか許してもらえないだろうか」

「君はまたそんな……」

誇張表現だろうと思いつつ、エルの真剣な目に頷《うなず》きそうになってしまう。

王様が俺の傍に四六時中なんて、許されるはずがないのにな。

困っていると、扉を控えめにノックする音が聞こえてきた。ハッと窓の外を見れば、太陽がすっかり高くなっている。

「っと、邪魔をしてごめん。侍従が君を呼びにきたみたいだ。もういいから、行って」

「……ああ」

俺の支度はもういいと伝えたのに、次の瞬間には着替えまですっかり終え、エルに抱きしめられていた。

「君、また時間を止めてまで全部やってくれたな……!?」

大変だろうからやめてくれと言っているのに、エルはしばしば時間を止めてでも、俺の面倒を見ようとしてくる。

叱《しか》るに叱れず口を開けたり閉じたりを繰り返していると、塞ぐようにキスをされた。

「行ってくる。愛している、アレス」

誤魔化すような、許しを乞うような、そんなキス。

俺のためにしてくれたことで、負担を被《こうむ》っているのは全てエルだ。だから俺の機嫌を取る必要なんてないのに、顔色を窺《うかが》うように覗き込んでくるものだから、感謝を籠めて抱きしめた。

「……俺もだよ、エル。愛してる。今日も支度をしてくれてありがとう」

俺からキスをすると、美丈夫は花が綻ぶように笑い、腹に負担がかからない程度にぎゅうと抱きしめてくる。

「ありがとう、アレス。あなたという伴侶がいてくれて本当に嬉しい」

この程度のことなのに、エルはいつも心から喜んでくれた。

毎日五回、朝と三食後と寝る前にはこうやってスキンシップとともに愛の言葉を伝え合っているはずなのだが、毎回新鮮に嬉しそうにする。足りていないのだろうか……。

「……エル、君はそろそろ行かないと」

「ああ」

控えめだったはずのノックが、だんだんと強めになってきている。

見送るため、体を離そうとそっと胸板を押すが、エルはびくともしなかった。

「エル」

「…………」

「エールー。ほら、またすぐ朝食の席で会うんだから」

「……ああ」

背中を撫でながら声をかけ続けると、ようやく腕が緩み、離れていく。

エルの聞き分けのなさに、最初は驚いた。あまりにも動こうとしないものだから、よほど具合が悪いか、仕事が嫌なのかと心配したものだ。

呼びにきた侍従も、賢王エレフセリアのこんな姿を見るのは初めてだったらしく、最終的に侍医まで呼ばれる大騒ぎになった。

侍医が問題ないと診断するまで、俺も侍従も肝を冷やしていたのをよく覚えている。妊娠している身に心労を与えるなと侍医から説教され、エルも落ち込みながら反省していた。

二人でひとつの比翼の鳥と例えられる王族は、番《つがい》から離れがたい性質をもつらしい。俺も名残惜しいと感じはするが、エルほどではない。

時を止めるという異能の力をもつ王族の方が、比翼の鳥としての性質が強いのだろうか。体調がよくなってきたことだし、有識者に詳しく話を聞いてみるのもいいかもしれない。

「行ってくる。アレス、また後ほど。少しでも不調があればすぐに私を呼んでくれ」

「うん。いつも心配してくれてありがとう。また朝食の席でな」

「ああ」

朝食の約束は、なんだか特別感がある。

エルと伴侶という関係になる前、俺は三食の概念が薄かった。研究に没頭すると時間を忘れ、食事は軽食で済ませていたし、実家にいた頃はパンや果物を、起きた者からつまむ程度だった。

親しい間柄の者と、朝起きてから一旦離れ、食事の席で再会する。人によっては当たり前のことかもしれない。だが俺が一番、エルと伴侶になったことを実感する瞬間だった。

「さて、俺も少しは歩かないとな……痛っ……くそ、腰が……」

いくら実用化した医療魔法であっても、男体での妊娠は、やはり生物学的には無理がある。子を宿す臓器の位置が違うため、内臓が押し上げられ背中が硬くなり、腰痛が出るのだ。エルがいる時は支えてもらうが、それ以外の時は歩行の補助に杖《つえ》を使う。

近くに立てかけられた杖を取ろうとすると、直前で腰が強く痛んだ。その拍子に手が当たってしまい、木製の杖が大理石の床に音を立てて倒れる。

「アレス様、大丈夫ですか!?」

音を聞くなり、廊下で待機してくれていた侍従の青年が飛び込んできた。

途端、俺の胸がざわつき始める。

「あ、ああ。ごめん、杖が……床は傷ついてないかな」

「床のことなど！　仮に傷ついても職人が消します。さあどうぞ、杖を」

「うん……ありがとう」

侍従は少し離れた場所から杖の柄を差し出し、俺に握らせてくれる。

俺が杖をついて立ったことを見届けると、更に数歩ほど下がってくれた。

胸のざわつきが、少し治まる。

「アレス様。この距離なら問題ないでしょうか……？」

「うん、そこなら、大丈夫」

侍従が離れるたび、胸のざわつきが落ち着いていく。部屋の半分ほどまで離れた時点で頷くが、侍従には見透かされたようだ。

「……もう少し離れます。どうか遠慮なくおっしゃってください。アレス様は遠慮が過ぎます」

「だって、もう十分よくしてもらっているのに、更に気苦労をかけてさ……。情けないよ、まさか自分がこんな性質だったとはなあ」

つわりが治まった頃から、俺は他者が同じ部屋にいることすらも受け入れがたくなってきた。まるで巣に近づく者を威嚇する親鳥のように、外敵を排除しなければという凶暴な気持ちが湧き上がってくるのだ。他の部屋であればまだマシなのだが、この寝室だけはひどかった。

そのため、俺付きの侍従も、普段は廊下や離れた場所で待機してくれている。そして俺の服は全て、転びかけた時の衝撃を和らげる、風魔法が籠められた特別な糸で作られるようになった。

俺の威嚇は、歴代の番の妊娠中期以降に時折見られる性質らしい。出産すれば落ち着いていくと聞いて安堵《あんど》した。

「強き王族の番様ほど、より鳥に近い性質をもつと伝えられています。アレス様の威嚇は、子をもつ親鳥なら当然のこと。我ら宮仕えの者にとって喜ばしいことです」

生まれた時から王族の侍従と決められた青年は、俺のこの面倒くさい性質も笑顔で受け入れてくれる。王族とその番の周囲は異能の秘匿《ひとく》のため、代々定められた家の者で固められているのだ。

ありがたいことだと感謝したいのに、今にも「近づくな離れろ！」と叫び出したくなる心があった。

「ごめん、やっぱりもう少し離れて……」

「はい！」

違う言葉が出てこないよう口元を手で押さえてモゴモゴ告げると、侍従は喜んで廊下へと飛び出していった。俺から見えないよう、扉の陰に隠れてくれたようだ。しかし、コツコツと杖をつきながら歩き出すと、倒れないか見守られているのを感じる。気になってしまうが、あれは敵ではないと自分に言い聞かせて平静を装った。

俺は、人の視線には頓着しない方だと思っていた。だからだろうか、妊娠してから、時折自分が別人のように感じる。ほとんどがホルモンの影響だ。知識としてこうなることがあるのは知っていたが、まさか我が身をもって体験するとは想像していなかったな。

（今日は、天気がいいな）

晴れた日は、窓から向かいにある宮の、緑色の壁までよく見えた。王族と伴侶が住む宮は五つに分かれていて、エルと俺だけが住むこの宮は一番広い。

それでも本来はここで働く人達がそれなりに行き来しているはずなのだが、俺が歩く時、廊下はシンと静まり返っていた。

俺が威嚇の性質を見せるようになってからは、常にこうだ。エルは何も言わなかったが、おそらく俺のために人払いしてくれているのだろう。

あちこちに彫刻が施された歴史ある宮は、歩いているだけでも目を楽しませてくれる。

窓から日が差し込み、俺の足音と杖の音だけが響く廊下。まるで世界に一人きりのように錯覚するが、それでも心が穏やかなのは、同じ宮にエルがいることを不思議と感じ取れるからだろう。

ここはエルの巣。会いに行ける場所にいるのなら、離れていても寂しさはなかった。

長い廊下を歩いて階段を慎重に下り、王族専用の中庭に出る。

朝の診察のため、中庭を挟んで向かいの宮にある診察室に向かおうとしていたのだが、途中の東屋《あずまや》に侍医がいた。

「アレス様、おはようございます。きちんと散歩されているようで感心感心」

「おはようございます。もしかして、俺を待っていましたか？」

「今日は気温が高いですから、ここいらで水分補給をしていただこうと思いまして」

侍医は俺を東屋のベンチに座らせると、俺の顔と具合を見てから薬草茶を調合し、淹《い》れてくれた。寝ている間に失われた栄養の補給も兼ねているこのお茶は、いつもは診察室で貰《もら》うものだ。その日の気温や体調で配合が変えられている。

薬草は癖が強いものが多いが、お茶になるとその癖が和らぎ、ほんのり甘くて飲みやすかった。喉が潤い、ひと心地がつく。

四方が空いた東屋は開放的で、診察室より圧迫感がない。

先ほど寝室で侍従を威嚇しかけたため、気を使ってもらったのだろう。俺のことはどんなに些細《ささい》な変化でも、侍医とエルにはいつの間にか全て伝わっているのだ。

「何から何まで、すみません……」

「アレス様、謝罪も遠慮も必要ございません。あなたは王の配偶者である前に、身重なのですから、己と子のことを第一に考えなさいませ。周囲への気遣いは立派ですが、今は後回しにしてよろしいのです」

「そういうものですか……」

「そういうものです」

アレクシアまで同意するようなタイミングで腹をぽこんと蹴ってきて、思わず笑いがこぼれる。

侍医の言葉は心に沁《し》みた。妊娠、そして王宮に入ってからというもの、今までの生活とは何もかもが違いすぎて戸惑うことも多い。それでもどうにかやっていけているのは、周囲の人達の優しさのおかげだった。

俺もここでの生活に慣れたら、優しさを与えられる人間になりたい。だが今は、ありがたく享受しておこう。

「ありがとうございます。今日のお茶も美味《おい》しかったです」

「それは何よりでございます。さて、そろそろ朝食の頃合いですな。立てますか？」

「はい、ちょっと腰が痛くて、立ち上がるのに時間がかかるけど……」

魔力酔いを起こさないため、侍医は数歩離れた場所から杖を渡してくれる。

すがりながらゆっくり立ち上がろうとしていると、ふいに俺の上に影が差した。

「——お手伝いを、しましょうか？」

「え……、あ、あなたは……」

見上げると、ドレスをまとった長身の女性が立っていた。

俺の身長は男性の平均程度。エルは俺よりも頭一つ背が高いが、目の前の女性はエルと同じかやや低いくらいで、俺よりはずっと高かった。

凛《りん》とした顔立ち、そして——腰まである、ウェーブがかった豊かな青い髪。

連理の王国の王族しか持たない、青。

「立ち上がるのでしょう。どうぞ、手を」

「あ、いえ俺は……あっ」

手を差し出され、魔力酔いを避けようと無意識に身を引いた。その拍子に、立ち上がろうとしていた体勢が崩れ、後ろに倒れそうになる。

(しまった、つい……)

風魔法が編み込まれた服もあるから、大きな衝撃はこないだろう。変に抗《あらが》って腹の子に負担がかかってもよくないと判断し、倒れるに任せる。

だが俺の体はいつの間にか、何者かの手によって支えられていた。

「あれ……」

背中に温かな手を感じるのに、魔力酔いは起きない。そんな人間、俺には一人しか心当たりがない。

「エル!?」

「大丈夫か、アレス」

「うん、ありがとう……いや、どうして君がここにいるんだ?」

「無事でよかった」

「話を逸らそうとしていない?」

国王の正装に身を包んだエルは、近寄りがたく感じるほど美しい。なのに、その腕の中にいるだけで、焦っていた気持ちが落ち着いてくるから不思議だ。

ああ、俺は本当にこの男のことを愛しているんだな。

「アレス様、脈を失礼……うむ、問題ありませんな」

侍医が俺の手を取り脈を測る。エルと触れ合っているおかげで魔力酔いは起きなかった。

「ごめんなさい。私《わたくし》、驚かせてしまいましたか」

女性が静かに問うてくる。表情をあまり動かさない人のようだが、長い睫毛《まつげ》の奥にある眼差しから、心配が伝わってきた。

「いえ、大丈夫です。こちらこそ失礼しました。俺は魔力酔いがひどい体質で、つい手を避けてしまって」

「魔力酔い……もしかしてあなたは、エルお兄様の……？」

女性は、俺を抱きしめたままのエルの方に視線をやった。

「ああ。我が比翼のアレスだ。アレス、彼女はミクロス。私の妹だ」

「ミクロス様。アレスと申します。はじめまして」

「アレスお義兄《にい》様。お会いできて光栄よ」

ミクロス様はドレスをつまみ、優雅にお辞儀をした。俺も立ち上がって挨拶を返そうとするが、エルの腕が離してくれない。

「エル、どうした？」

「……過去の王族に、二人で一人の比翼を愛した者がいた。そしてミクロスは、昨日まで比翼探しの旅に出ていて一時帰国したばかりの、独身だ」

「な……!?　まさか君、妹君を警戒しているのか!?」

「あなたには私だけを見ていてほしい」

エルは開き直り、自分の体で俺を隠すようにしてくる。

——あなたには私だけを見ていてほしい。

ただのエルとして文通していた頃も、手紙の中で言われたことがあった。

確か、俺が他の人の論文をベタ褒めしていた時だ。冗談めかした言葉だったから本気だとは思わなかったが、もしかするとあの時も真剣だったのかもしれない。

(エル、もしかして、かなり嫉妬深いのか……?)

エルの陰にしまわれる俺を、ミクロス様は感情の読めない顔でじっと見ていた。

「私、今回も比翼を見つけられませんでしたが、アレスお義兄様には何の感情も湧き上がりません」

「そうか」

警戒しなくていいとわかると、途端にエルの腕が緩む。愛《いと》しいな、この男。

改めて、ミクロス様に礼をする。混乱が収まってくると、今度は緊張が襲ってきた。

庶民の間では、連理の王国の王族は謎が多い存在だった。王室の正確な人数さえも公表されていない国は、他にそうないだろう。時を止める異能や比翼を求める性質を秘匿するためだと知ったのは、つい最近のことだ。

(この方が、エルの妹君……連理の王国の、王族か)

俺は今日まで、エル以外の王族に会ったことがなかった。

というのも、ほとんどが比翼を探して国を出ていたり、自らの時を止めて眠りについているからだ。

「ミクロスは比翼を探すにはまだ若いが、あなたという例外がいたため、自分の比翼ももしやと、積極的に旅をしている」

「アレスお義兄様、あなたは我ら王族の希望なのです」

俺はエルに恋をしただけの、ただの一人の男だ。当然、例外だと言われても、実感は湧かない。

それでも誰かの希望になっているのなら、否定するべきではないだろう。

「そうですか……光栄です」

緊張しつつ頭を下げた俺を、王族の兄妹はなぜか慈愛に満ちた目で見つめてきた。

「な、なに……？」

「エルお兄様。私、お二人と朝食をご一緒したいわ。いいでしょう？」

「ああ。私も朝食にアレスを呼びにきたんだが、今日は天気がいいからここに運ばせよう」

俺の発言を意図的に流して、会話する兄妹。

おかげでエルがタイミングよく現れた理由が判明した。いちいち自分で来ないで人を寄越してくれと言っているのに、多忙なはずの王様は異能の力を駆使し、自ら俺を迎えにくることがあるのだ。

あれよあれよという間に東屋に、三人分の朝食が用意される。

その中に、意外なものを見つけた。銀のボウルに山盛りになった、卵型の赤い果物だ。

「ザカラの実？　王宮に来てから初めて見た」

俺の実家近くの森に群生していた果実だった。果肉にはほのかな甘味があるが、皮が分厚く可食部が少ないため、市場にはあまり出回らない。もっぱら、近所の子ども達のおやつになっている。

「あなたが子どもの頃、好んでいたと言っていただろう」

「ああ、そんな話もしたなあ。それでわざわざ取り寄せてくれたのか」

何日か前、ベッドの中でそんな話をした覚えがある。

エルは妊娠中の俺を抱こうとはしない。だが、眠るまで抱きしめては、昔の話などを聞きたがった。

「アレスが好んだ味を私も知りたくなった。腹の子にも良いそうだ、沢山食べてくれ」

「ありがとう。でもこれ、果汁が結構腕を伝ってくるんだよな。俺は袖をまくればいいけど……」

ザカラの実を割った時に、赤い果汁が溢《あふ》れ出す。その汁はえぐみがあるため飲むには適さず、ほの甘い果肉は、皮の内側にわずかしかないものを歯でこそぎ取るしかない。

妊娠中の俺はゆったりした服装だが、エルもミクロス様も王族の正装とドレスだった。ザカラの実は庶民の子どもならともかく、王族が口にするようなものではないのだ。

どう伝えるべきか悩む俺の視線を受け、エルはニコリと微笑む。

「それなら、アレスが口移しで食べさせてくれ」

「……冗談だよな？」

「今回は冗談にしておこう。アレスは人目を気にするからな」

人目がなかったらやらせる気なのか、と聞く暇もなかった。まばたきもしないうちに、エルの服装が俺と似たゆったりしたものに変わっていたからだ。

「君、わざわざ時間を止めて着替えたのか……!?」

「この程度、造作もないことだ。アレスと一緒にザカラの実を頬張る時を楽しみにしていたからな」

「そ、そうなんだ……」

本当に楽しみにしていたらしいエルは、嬉々《きき》とした様子で俺の袖をまくり、ピンで止めてくれる。お返しに俺もエルの袖を上げて止めると、ありがとうと囁かれ抱きしめられた。一時が万事この調子で、嬉しいが、気恥ずかしい。

「あれ、ミクロス様は……？」

　ふと気がつくと、東屋からミクロス様の姿が消えていた。彼女付きの侍従も一緒にいなくなっている。

「もしかして、俺が何か失礼を……？　気分を害してしまったかな……」

「まさか。問題ない、すぐに戻ってくる」

　焦る俺をエルは抱き寄せ、手のひらで目を覆ってきた。

　理由がわからず頭に疑問符を浮かべていたら、すぐに手が外される。

　すると目の前には、少し息を乱したミクロス様が元通り座っていた。

「失礼……少々離席しておりました」

　その服装は先ほどまでのドレスから、袖がないものに変わっている。消えていたはずの侍従も、何事もなかったかのように、彼女に果汁よけのエプロンを着せていた。

「ミクロス様もドレスを……!?　あの、ザカラの実って、そんなに美味しいものじゃないですよ……？」

「私もアレスお義兄様と同じものを食べたかったの」

　そう言ってミクロス様は、はにかむように微笑《ほほえ》んだ。

　なんてことだ。表情があまり変わらないから気づかなかったが、想像以上に大歓迎されていたらしい。

「私、エルお兄様のために王宮に入ってくださった優しいあなたのこと、沢山知っていきたいわ。許してくださる？」

「も、もちろんです。その……ありがとうございます。嬉しいです」

俺のような庶民出の者が、伴侶以外の王族と食卓を囲むことに違和感を覚えているのは、どうやらこの場では俺だけだったようだ。身分に関わらず比翼を愛する王族達のことを、俺はまだ、全然わかっていなかった。

でも、知っていきたい。俺もミクロス様や他の王族達、そしていずれ生まれてくるアレクシアと、世界を共有したいと思った。

俺の緊張がほぐれたことに気づいたのか、エルはそっと目配せし、頬にキスをくれた。

「さあ、食事にしよう。アレスもミクロスも緊張が解けてきたようだ」

「もうエルお兄様ったら、内緒にしていてくださいな」

ミクロス様は表情が変わらない人だと思っていたが、彼女も緊張していたらしい。

俺達は少しぎこちないながらも歓談しながら食事をし、エルは穏やかな顔で見守ってくれてた。


「アレス。今日は沢山食べてくれたな、ありがとう」

「こちらこそ、ザカラの実をありがとう、エル。懐かしい味だった」

和やかな食卓のおかげか、いつもより食が進んだ。エルに抱きしめられ、頬を擦り合わせる。

「ミクロス様も、ご一緒できて嬉しかった。ありがとうございました」

「私も、とっても楽しかった。ぜひまたお会いしましょう、アレスお義兄様」

三人で東屋を出ると、ミクロス様は優雅にドレスを持ち上げ、礼をしてくれた。俺も腹を支えながら胸に手を当て、頭を下げる。

エルに支えられながら顔を上げると、いつの間にかすっかり元の正装に着替えたエルがそこにいた。

「エル、いつの間に着替えを……!?」

「実は我が国の正装は、一人でも全て問題なく着られる形になっているんだ」

「そ、そうか……過去にも止まった時間の中で着替えた王族がいたんだな……?」

王族達は、時を止めるという異能を本当に気軽に使うようだ。発動している間の負担などは、ないらしい。そのため、俺の中に湧き上がるのは心配ではなく、呆《あき》ればかりだ。負担がなくても脳が起きている時間が増えるのは、健康上望ましくはない。

皺一つない正装をまとったエルを見て、ミクロス様はほうとため息を吐《つ》いた。

「さすがエルお兄様。私の異能では、まだ真似《まね》できないことです」

「ミクロス、その話は」

「……え？　エルとミクロス様、異能に違いがあるんですか……？」

ミクロス様はエプロンこそ外していたが、袖がないドレスのままだ。

何度も着替えるのは大変なのだろう程度に受け止めていたが、エルが話を遮ろうとするのを見ると、どうやら別の意味があるらしい。

「エル……？」

時を止めること自体に負担はないと聞いていた。念のため侍医からも同じことを聞いていたから、そこに間違いはないだろう。

ならばエルは、俺に何を隠そうとしているのか。じっ……と顔を見上げると、気まずそうに目を逸らされた。

「アレスお義兄様はご存じありませんでしたか？　王族は皆、時を止める異能を使えますし、老化を止める時間は無限です。ですが、肉体の外の世界を連続で止められる時間は才能次第。私は止められても一時間のうち二十分程度。歴代王族の中央値もそれくらいです」

「ああもしかして、だから先ほどは息切れを？　移動の時に走りましたか」

「気づかれていましたか。ふふ、お恥ずかしい」

先ほど、着替えから戻ってきたミクロス様は息を切らしていた。

おそらく一度時間を止め、侍従を抱えて走って着替えに行き、どこかのタイミングで時を動かして侍従にも手伝ってもらいながら着替え、時を止めて再び戻ってきたのだろう。

いくら一人で着替えられる形といえど、王族の正装は見るからに複雑で、時間がかかるというのは予想がつく。

「一時間のうち二十分……エルはそれを上回る才能があるんですね？」

具体的な数字を聞いたのは初めてだったが、その短さに驚いていた。

なぜならエルは以前、十日ほどの道のりを止まった時の中で歩き、俺のもとを訪れたからだ。城での公務を終えたその足で訪れ、戻るときも俺を抱えてその日のうちに城に帰還したため、公務に穴を開けることがなかった。

そのため、王族は少なくとも十日以上は時を止めることができると思い込んでいたのだ。

「アレス、ミクロス、話はそろそろ終わりに――」

「俺はもう少し聞きたいな。ミクロス様、いいですか？」

「もちろん」

「エル、君は仕事に戻ったら」

「……つれないことを言ってくれるな、アレス……」

エルはなんともいえない複雑な表情で俺を抱きしめると、せめて座ってくれと俺達を東屋に戻した。すぐにお茶が運ばれてきて、ティーカップが三つ並べられる。エルも当然のように俺の隣に座ったから、どうやらまだこの場にいる気らしい。

「エルお兄様は元々、一度に二時間は止められる方でした。ですが六歳の頃から年々とその時間が延びていき……確か十六歳の頃の計測では、およそ半日は連続して時を止められるようになっていましたね」

「……ああ」

「六歳……？」

六歳といえば、エルが俺に一目惚れしたと言っていた年齢だ。もしかして関係があるのだろうか。だが「俺のことを好きになったから延びたのか？」とは言い出せず悩んでいると、目が合ったミクロス様がニコリと微笑んだ。

「ご推察の通りです。我ら王族は比翼を得た時、能力が延びる傾向があります。エルお兄様はその延びにも才が溢れておりますね」

「へえ。君、すごかったんだな。それで照れて話を止めようとしていたのか？」

可愛《かわい》いところがあるな、と隣に座るエルを見たが、その表情はまだ硬かった。なんだ、他に何を隠しているんだ。

「ええ本当に、エルお兄様はすごい方なのですよ。唯一無二の比翼と伴侶になった時、王族の異能は無限の可能性を得ると言われていますが、それでもここ数百年の記録では、長くて七日程度でした。

十日以上の時をあっさりと止めてみせたのは、数百年ぶりの快挙だったのです」

「数百年ぶり！　それはすごいな……、ん……？　伴侶になった時……？」

「ええ。比翼と心を通じ合わせ、連理の枝に並んだ時にこそ、王族の異能は真に花開くのです」

「………そうなんですね。初めて聞きました。なあエル？」

隠したがっていたのはこれか、とようやく合点がいき、隣に座るエルを見上げる。眉間に深い谷を刻み、苦悩を浮かべる俺の伴侶。

——エルが十日の時を止めた時、俺達はまだ伴侶ではなかった。

歴代の王族の中でも飛び抜けた才能を持っているらしい男は、喉に岩でも詰まったかのように重苦しい声を絞り出した。

「一度寝ただけで伴侶面をしてすまない……」

まるで罪の告白だ。中身は愛の告白なのに。

よほど恐れているのか、いつもはまっすぐに俺を見つめてくる目も今は伏せられている。穏やかで涼し気な眼差しで見つめられるのが、俺は大好きなのに。

「ふふ……あはは！　いいよ、いくらでも伴侶面してくれ。悪くない気分だ」

「……そう、なのか？」

「ああ。そう弱気になるなよ、君は遅かれ早かれ、間違いなく俺の伴侶になったんだからさ」

エルが後ろめたく思うことなんてない。

——比翼と心を通じ合わせ、連理の枝に並んだ時にこそ、王族の異能は真に花開く。

それならきっと、エルからの一方的な気持ちだけでは駄目だ。エルが俺を愛してくれたのと同じように、俺もエルを愛したからこそなのだろう。

花開いた異能をもって、俺に会いにきてくれた。それを責める気持ちになんて、なるはずがない。

「やはり、アレスお義兄様は懐深い方。建国以来三千年ぶりの例外的な比翼が、あなたのような方でよかった」

「そう言ってもらえて光栄です、ミクロス様」

俺のような者が王宮にいていいのか、心の中には今も少し、迷いがある。この迷いはまだしばらくは、消えないだろう。だが今の話を聞いて、その重みがずいぶん軽くなるのを感じた。

俺はエルを愛しているし、エルから愛されている。俺がここにいる理由は、それだけでいいのかもしれない。

「懐深く、心根のしっかりしたアレスお義兄様がエルお兄様の比翼なのはきっと、運命の粋な巡り合わせなのでしょうね。王族は常識を超えるほど比翼に執着しますが、中でも才能ある王族は頭一つ抜きん出ると伝えられていますから、そんなエルお兄様を怖がらずに受け入れてくださる方でよかった」

「ミクロス、執着の話は……!!」

「恐縮です。俺もエルの伴侶として相応《ふさわ》しくなりたいと――……執着？」

褒めすぎではないかとおののいていたが、焦った様子のエルが妙に引っかかった。エルも墓穴を掘ったと気づいたのか、片手で顔を覆っている。

以前、確かにエルから執着していると伝えられたことはある。今ここにいる以上、俺は当然それを受け入れた。

だから、エルが隠そうとしたり焦る理由がわからない。

「ミクロス様、詳しく聞かせていただいても？」

「エルお兄様の執着についてですか？　話してはいけないのはどれなのでしょう……」

「沢山あるんですか!?」

思わず声が裏返った。妹君の口から出るほどのエピソードが複数あるというのか。

「ええそれはもう、沢山」

「ミクロス……!!」

エルがとうとう頭を抱えてしまう。よほど俺に知られたくないらしい。

だが、正直少し興味があった。この年若い愛しい人は、俺がいないところで俺のことを、どんな風に扱っているのだろう。

「エル、俺聞いてみたいな。決して嫌わないと約束するから、よかったら君の口から何かひとつ、選んで聞かせてくれないか」

直球で、エルにねだってみせる。この男が俺に甘すぎるほど甘いことは、よく知っていた。

「……………本当に、嫌わないのなら」

「もちろん。俺は君が十日かけて歩いてきた時だって、愛おしかったよ」

「うん……わかった」

エルは意を決したように思案を始める。その時間があまりに長いものだから、公務に差し支えないか俺の方が焦ってきた。

エル付きの侍従を見ると大丈夫だというように頷かれたから、ひとまず胸を撫で下ろす。どうやらこの賢王、朝食の時間を長く取るために仕事を多少前倒しで終わらせてきたようだ。

たっぷり十五分ほど経過した頃、エルは口を引き結び、俺を見る。

「……決まった」

「お、じゃあ聞かせてくれるか？」

「その……私は、駕籠《かご》を自らの手で作ろうとしたことがある」

「駕籠……？」

聞き慣れないものだった。だがミクロス様も周囲の侍従たちも、思い当たることがあったらしい。

「あの話ですね」とミクロス様は微笑んだ。

「駕籠とは、東洋《とうよう》の国で使われている移動手段だ。箱状の魔道具で、中は人が一人くつろげる程度の小さな部屋になっており、浮かんで移動する。御簾《みす》と呼ばれる薄い壁で覆われていて、中から外は見えるが、外からは中が見えない特殊な作りをしているそうだ」

「へえ、そんなものが」

「外交に来られた方が乗っていたそうです。私も見てみたかった」

魔道具の種類は、国によって大きく異なる。連理の王国は妊娠検査水晶などの、医療魔法に関する魔道具が多い。産出される素材や媒体、国民の魔力の傾向などによるものだ。

輸入で多少は他国の魔道具も見かけるが、基本的には高価で貴重だ。浮かぶ箱型の魔道具なんて、俺は見たことがない。くつろぎながら移動するためのものなら、極力揺れないように作られているのだろう。そういう制御が得意なのは水魔法の体系だから、水が多い国なのかもしれない。

「でも、他国の魔道具を作るなんて難しいし、費用も人手もいるだろ。なんで作ろうとしたんだ？欲しかったなら輸入すればいいいんじゃないか？」

魔法体系は数多いが、メジャーなものは火、水、風、土、天の五種類。連理の王国は土がほとんどで、風が少し。

その土地の体系から外れた魔道具は材料が全て輸入頼りになる上、材料と同じ魔法体系の人も呼んでこなければいけない。輸入品は高価だが、自分で作る方がもっと高くつく上に大変だ。

「どうしても、全工程を自分の手でやりたかったんだ。あなたを乗せるものだから」

「ん!?」

「懐かしいです。三年前、エルお兄様は駕籠を作るため、あちらへ留学しようとしたのでしたね」

「りゅ、留学……？」

「ああ。調べたところ、その国に行って土地のものを食べ、魔力の質を変化させれば私でも制作できそうだったからな」

王族二人はニコニコと会話する。俺は、おそるおそる割り込んだ。

「ま、待ってくれエル、ミクロス様。その駕籠というやつに、俺を乗せようと思っていた？」

「当然だ。あなた以外を乗せる予定はなかった」

「そこじゃない、そこは引っかかってない。なんで当たり前に俺を乗せようとしてるんだ!?」

驚く俺とは裏腹に、二人はきょとんとしていた。

「あなたの負担を減らそうと思って……」

「比翼が健康な時は、片時も離さず連れ歩くでしょう？　一緒に歩いたり抱き上げてお運びするのも素敵だけれど、駕籠という選択肢が増えるのはいいことだと私も思いました」

どうやら俺は妊娠していなかったら、エルに連れ歩かれる予定だったらしい。

（お、王族の価値観……。今までエルしか知らなかったけど、ミクロス様も同じ考えなんだな）

道理で、止まった時の中で十日間抱き上げて運ぶと言われ驚いた俺に、エルが不思議そうにしていたわけだ。

「ああ。……しかし、私はこの国の王でもある。アレスを伴侶に迎えるまでに退位しない限り、いずれは人前に連れ出す時がくる。だが比翼を多くの人目に晒《さら》すことは、胸が裂けるほどの苦痛に等しい」

「人目……御簾……まずい、なんだか繋《つな》がってきた」

箱の形の部屋。中から外は見えるが、外からは中が見えない御簾という壁。

「御簾があれば、あなたも窮屈には感じないだろう？」

「そ、そうかあ……俺をしまい込むためだったか……。あ、でもエルは留学していないし、駕籠作りは未遂に終わったんだよな？」

俺のためにエルが留学まで考えていたというのは驚きだったが、俺は当時、相手がエレフセリア国王陛下だとは知らないままエルと文通していた。

筆まめなエルは、俺が手紙を送れば翌日には直筆の返事をくれたものだ。東洋まで留学していたなら、そうはいかなかったはず。

「…………」

「……エル？　さては、君が言い出しづらそうにしていたのはここからなのか？」

俺はすでに相当驚いたが、考えてみれば王族達にとっては、駕籠作りは悪くない考えだったようだ。ならば、エルはなぜこの話を隠そうとした。

「……実は、五日間の短期留学の手はずを整えて、出立日も決まっていた」

「えっ⁉　は、初耳だけど……」

「言ったんだ。手紙の中で……そのままを書くと私がエレフセリアだと気づかれかねないため、内容は変えたが……」

「あっ……‼　ま、まさか、五日ほど帰省するって……」

雷に打たれたかのような衝撃。脳裏に閃《ひらめ》いたのは、いつかエルからもらった手紙だ。

『アレス。珍しく休みが取れたため、来月の中頃、久しぶりに実家に帰ろうと思う。東の方だが、お土産に欲しいものはあるだろうか？』

こんな感じの内容だった。俺は読むだけ読んで放置する悪癖があったため、それから何通か来たエルの手紙も放置して、やっと返事を書いたのは翌月の中頃になってからだ。

『エル、久しぶり。返事が遅くなってごめん、もう君が出立する時期だろうから土産はいいよ。俺のことは忘れて休暇を楽しんで。でもエルがいないと寂しいから、できれば戻ってきてくれよな。一度仕事から離れると、戻ってきたくなくなるかもしれないけどさ』

そう送ると、返事はすぐに来た。

『アレス。前に書いた帰省の予定はなくなった。悪天候で船が出ない可能性があったため、取り止《や》めたんだ。お土産の代わりに、城下町で評判の焼き菓子を送る。口に合うといいのだが』

「悪天候で船が出ないからやめにしたって書いてたよな……？　でもあの時期に雨なんて珍しいから奇妙だと思って……まさか、俺が寂しいって書いたからやめたのか⁉」

俺が詰め寄ると、エルは困ったように眉を下げながらも、口元の緩みを抑えられない様子で、ぽつりと言った。

「手紙の細部まで、覚えてくれていたのか」

「そりゃエルは俺の唯一といっていいほどの親友だったし……いや喜んでいる場合か!? 王族の留学を直前に取り消しって……下手したら外交問題だろう……!!」

肝が冷えて仕方ない。政治には人並み程度の興味しか持ってこなかったのに、まさか自分がそこまでの影響力を持っていたなんて考えたこともなかった。

「アレス、落ち着いて。連理の王国の王族は物心つくと一定額の資産を国庫から支給され、運用して増やした後に全額を返金している。以降、手元に残った資産は王族個人の財産として扱えるんだ」

「だ、だからなんなんだ……？」

「賠償金に国民の血税は一切使っていない」

「賠償金が発生してる……っ」

俺は頭を抱えた。時を止めるなどという強大な異能の王族を抱えた国が、なぜ大陸に数ある国のひとつでしかないか、その理由の一端を見た気がする。

縁起でもない話だが、異能がなかったらこの国、早々に滅んでいたかもしれない。この国の王族、比翼に振り回されすぎる。

「すまない。全ては私の自制心が効かないせいであり、あなたは何も悪くない」

「いや……なんか読めてきたぞ。思えば歴代の王族はほとんどが、結婚の発表前後で退位していっただろ。本来は、比翼が見つかった時点で退位する習わしなんじゃないか？」

「！　……その通りだ」

王宮に入ってからも見かけない王族。旅に出ていたというエルの妹君、ミクロス様。

断片的だった情報が繋がっていく。

「でも、俺という例外が見つかったことで、王位を継承するはずの独身の王族も比翼探しを希望した。だからエルは王座に座り続けている……違うか？」

「違わない――さすがアレスだな」

俺が歴代の比翼の中でも例外だったなら、その伴侶であるエルも例外なのだろう。どうやら危惧したほどには、歴史の中で比翼に振り回された国政はなさそうだ。

だが、ひとつ大きな懸念が残る。

「――もしかして俺は、賢王エレフセリアの唯一にして最大の弱点なのでは……？」

恐ろしいことに気がついてしまったかもしれない。

どうか否定してくれという祈りを籠めたのに、あっさりと肯定したのはミクロス様だ。

「ご存じありませんでしたか？」

「うわあ！　やっぱりそうなのか……⁉　エル、君かなり悩んだ上でこの話を出したよな⁉　他にもあるのか、これ以上のことがあるのか……⁉」

「……話すのはひとつだけでいいと言った」

「くっ、確かに言った……」

しゅんとするエルに、これ以上は詰め寄れない。

だがこのままでは俺は、傾国になりかねない。俺を大切に思ってもらえているのはありがたいが、エルはこの国の王だ。周囲を巻き込むなら限度はあるべきだろう。

頭を悩ませていると、ミクロス様が俺のティーカップに手ずから温かいお茶を淹れ直してくれた。

「……少し、昔話をしてもよろしい？」

「…………？　はい」

ミクロス様は微笑んでみせると、静かに話し始めた。

「王族は、比翼の好みがどのような人物であっても愛してもらえるよう、逆の名をつけられることはご存じでしょうか」

「はい。男性には女性の名を、女性には男性の名をつけることが多い、と」

「その通りです。ですが私やエルお兄様が生まれた頃は、どの王族も中々、比翼を見つけられない日々が続いていました」

その時代のことは、俺が王宮に入ってから、寝物語にエルが語って聞かせてくれたことがある。

比翼は通常、百年以上見つからないことがほとんどで、見つかっても生まれたばかりや物心つく前であることが多いのだと。

エルが生まれる前、どの王族の比翼も見つからない期間が二百年近く続いていたそうだ。エルの両親がようやく比翼を見つけ、二十四年後にエルが生まれたという。

「そのためエルお兄様や私は、より貪欲に確実に比翼を得られるよう願いを籠めて、性別だけではなく意味も真逆の名をつけられたのです。私は生まれつき大きかったので、〝小さい〟という意味のミクロスという名を与えられました」

「……それじゃあ、エルは」

エルの名前は、正式にはエレフセリア。

その音が表す意味は――〝自由〟だ。

「王族は比翼を求め、国を離れたがるもの。ですが次の継承者が生まれ育つまで、王座に座る独身の者が必要です。……エルお兄様は生まれながらにして、やがて王位を継承することが決まっていました。だからその名は真逆の、自由という意味が与えられたのです」

「そう、でしたか……」

庶民は名前にそこまでこだわりをもたない。俺のアレスという名も、一族の男児によくつけられるもので、曽祖父も同じ名だ。

だから気づかなかった。エルの名前の意味に籠められた願いを。

想像もしなかった。エルが——エレフセリアが、どんな思いで王であり続けてきたのかを。

「ですが、エルお兄様は不自由な玉座から、あなたを見つけた。それも聞くところによると、アレスお義兄様の方が先にエルお兄様を見つけてくださったのでしょう？　エルお兄様がアレスお義兄様を見つけられたのも、あなたの努力があってのことだったとか」

「いや、俺は……そこまでのことは……」

まるで美談だが、俺からすると0歳のエルに一目惚《ぼ》れして、若さに任せて突っ走った結果だ。あまり言いふらしてほしいものではないが、この様子だとそれなりに知れ渡っていそうで恐ろしい。

そして、ふと気づく。俺がエルに一目惚れして、情熱のまま突っ走ったのはちょうど、今のエルと同じくらいの歳《とし》だったなと。

あの頃の俺と同じ、身を焦がすほどの熱量を、この男は抱えているのだろうか。それならば、エルは俺よりもずっと理性的だ。

「あなたは、エルお兄様の心を自由にしてくださった。子どもの頃は毎日をつまらなそうに過ごしておられたのに、アレスお義兄様を見つけた日から目に輝きが宿りましたの。私や他の王族に『自分は早くに比翼を見つけることができたから、お前たちも探しにいくとよい』と、エルお兄様から言ってくださったのよ。……本来は、エルお兄様が結婚されたら、私が王位を継承する予定だったのに、旅に出してくださったの」

「そうだったのか……」

「私はアレスのおかげで幸運だったが、比翼がいない辛さもよくわかる。ミクロスが私の立場でも、きっと同じことを言っただろう」

あくまで当然のことのように言うエル。俺はその顔を引き寄せ、頬にキスをした。

「…………っ！」

「かっこいいな、君」

これくらいのスキンシップはいつもしているのに、エルはいつも新鮮に喜んでくれる。なんて、なんて愛おしい男だろう。

「ふふ、アレスお義兄様、ありがとうございます。どうかこれからも、あなたの寵愛《ちょうあい》を与えてあげてくださいませ」

「はい。でもそれはそれとして、暴走はよくないな」

「まあ、誤魔化されてくださいませんでしたね。しっかりしていらっしゃる」

エルは賢王と呼ばれている。立派な王だ。暴走しても、王としての責務はしっかり果たしてきたのだろう。

エルはよく気が回るし、国民のことを常に考えている。

俺はその責務の重さはわからない。けれど、恋と衝動はわかるから、エルがどれだけ理性的であろうとしてきたかは理解できた。

内心がどうあれ、王として国民に尽くしてきたこの男に、俺は何をしてやれるだろう。

もっと知りたい。エルという個人のことも、エレフセリアという王のことも。

「なあエル。君だけで全部背負うなよ。幸せは倍に、苦しみは半分に——俺は、君の比翼だろう？」

「……あなたが私の伴侶になってくれただけで、身に余る幸福だと思っていた。それなのに、あなたは今よりももっと、私を幸せにしてくれるというのか？」

「当たり前だろ。戸惑うことも多いけど、俺は間違いなく君を愛しているんだから」

愛していると言われただけで、嬉しそうに頬を染める俺の伴侶。

思えば今まで、エルの言葉に返すばかりで、俺の方から積極的に言ったことは少ないかもしれない。だが言い訳させてもらえるなら、俺が言うより先にエルが言いすぎではあったと思う。

これからは、エルに先んじてどんどん伝えよう。俺の愛や、それ以外の気持ちも。

「エル。俺の愛が君にも伝わるようにするから、君も俺にその執着を教えてくれ。俺だけ知らないのは、嫌だよ」

「ああ——ありがとう、アレス」

抱きしめてくれる優しい腕が大好きだ。鼓動が重なる瞬間が愛おしい。これからはもう少し、心のうちを共有していこう。

でも今は、さっそく俺より先に言おうとした男の唇をキスで塞ぐ。ゆっくりと離れて、唇が触れ合う距離で、囁いた。

「愛しているよ、エル」

第二部　比翼連理の鳥は飛ぶ

一章　異変

「アレクシア、どこだー？　そろそろ昼食だよー」

連理《れんり》の王国、王宮。

王族のために整えられている中庭で、俺、アレスは我が子を探していた。

五歳になったアレクシアは、かくれんぼにハマっている。安全のため侍従はアレクシアの居場所を知っているが、教えてはくれない。

俺は植木の陰や遊具の中を覗《のぞ》き込み、つややかな赤毛をもつ少年がいないか目を凝らす。

「アレクシア……あ、見つけた！」

「みつかった！」

背の高い赤い花の中に、擬態するように体を丸めたアレクシアがいた。今日の服は緑だから葉に紛れていて、一見しただけでは見逃しそうだ。

ぴょんと飛び出して突進してきた我が子を、どうにか抱きとめる。五歳でも結構な力だった。

今はまだ受け止められるが、俺ももう四十六歳。どんどん成長していく我が子には、近いうちに力で負ける日が来るだろう——そんな感傷的な気分を誤魔化すように、勢いよく抱き上げた。

魔力酔いが起きるがかまうものか。キャーと楽しげに笑う我が子を、今のうちに沢山堪能しておくことにする。

「アレクシアはかくれんぼが上手だなあ」

「おとうさん、アレクシアじゃなくてレックスって呼んでってば！」

「レックス、レーックス」

「うふふふ～!!」

幼子は宙に浮いた足をバタつかせながら喜んだ。

最近のアレクシアは特に、愛称のレックスと呼ばれたがる。俺はアレクシアという響きが好きでついそっちで呼んでしまうのだが、そのたびに訂正されていた。

はにかむ我が子は非常に可愛《かわい》い。だがはしゃぐ男の子を落とさないよう力を籠《こ》めていると、老いた腰が悲鳴を上げてきた。

「アレクシ……レックス、一度下ろしていいか？」

「やだ！」

やだ、と言いながら、アレクシア改めレックスは、思いっきりのけぞる。突然の軟体動物のような動きに焦る。取り落とさないように必死になった。

イヤイヤ期は終わったが、子どもは行動も言動も予想がつかない。やだというのはマイブームなのか、あるいはそろそろ反抗期だろうか。だが、子どもを優先していると俺の腰がきしみだす。

「レックス、お父さんちょっと腰がな……!!」

「やだー!!」

「嫌かあ……嫌なら仕方ない……よいしょっ！」

レックスが怪我《けが》をしないよう気をつけながら、整えられた芝生に勢いよく転がった。ゴロゴロゴロと、芝生の上を転がっていく。

やがて止まった時、俺はすっかり息を切らしていた。だがレックスは目を爛々《らんらん》と輝かせ、すぐさま起き上がる。

「今のもう一回やってー!!」

「ちょ、ちょっと休憩させて……」

「もう一回！　もう一回！」

「休憩、休憩……」

レックスが両手で俺を揺らしてくる。子どもの体力は無尽蔵だ。朝から侍従たちも巻き込んで遊び続けているのに、疲労の片鱗《へんりん》すら見せやしない。

俺が目を閉じ、レックスによる横揺れと魔力酔いでこみ上げる吐き気をこらえていると、ふいに幼子の体が離れていった。

「レックス、お父さんと遊んでいたのか？」

「お父様《とうさま》！　あのね、お父さん《とーと》ゴロゴロゴローってすごかった！」

レックスと俺に交互にキスを落とすのは、レックスの父にしてこの国の王。エレフセリア国王陛下だ。愛称はエル。

賢王と呼ばれ続ける男は、今や愛夫家で子煩悩としても知られていた。

世間の噂《うわさ》は真実で、エルはどれだけ忙しくても、必ず日に三度の食事は家族と時間をともにする。伴侶としては、ありがたいことではある。だがその時間を捻出するために、エルが時を止めて仕事をしていることを俺は知っていた。

いくら時を止めること自体に負担がないといっても、仕事に家族サービスにと、体力を使っていることは間違いない。あまり無茶をしてほしくはなかった。

「エル、お疲れ様。でも、君が来るには少し早い時間じゃない？」

エルは俺の言葉に、気まずげに視線を逸《そ》らす。

「私もあなた達と過ごしたい。私とは遊んでくれないのか」

「君というやつは、すぐそうやって愛《いと》しいことを……。君が来てくれて、俺達はもちろん嬉《うれ》しいよ」

年下らしく拗《す》ねたりわがままを言うエルに、俺は妙に弱い。エルもそれを知っていて、時折こうやって甘えてくる。

緩みそうになる口元を誤魔化すように、背伸びしてエルの頬《ほお》にキスをした。続いて、エルの腕の中のレックスの額にも唇を触れさせる。

「そうだレックス、昼食の前にお父様ともかくれんぼをしたらどうだ？　さっきの隠れ方は本当にすごかったから、お父様にも見せてあげて」

「かくれんぼ！　するー!!　お父様《とさま》、目をつぶって十秒ね！」

「ああ、十秒だな。一……………二…………」

エルの腕から下りると、レックスは嬉々《きき》として走り出した。エルはその背を愛おしげに眺めた後に目を瞑《つぶ》り、ゆっくりと十秒数え始める。

だが、すぐさま戻ってきたレックスによって、そのカウントは中断された。

「お父《とー》さん、お父様《とさま》、見て！　ちょうちょ！」

中に何かを閉じ込めた両手を突き出し、レックスが駆け寄ってくる。

足元を見ていない幼児が転ばないかハラハラしたが、レックスは俺達の直前でぴょんと跳ね、元気よく着地までしてみせた。

「ちょうちょいた！」

「どんな蝶《ちょう》だ？」

「……潰れてないよな……？」

エルと俺はしゃがみ込み、レックスの手を見守った。

大人よりはずっと小さい手を合わせ、虫かご代わりにした幼子は、慎重にその手を開く。

ひらり、と飛び出てきたのは、赤い蝶々だった。

潰れてはいない。だが、その姿を見て俺は息を呑《の》んだ。

「赤いちょうちょ！」

「赤い蝶がいたのか。逃げてしまったようだな」

「うん」

レックスは、飛び去っていく赤い蝶を目で追っていた。

だが、エルは蝶を見ていない。

――見えていないのだ。

「……かくれんぼは今度にして、手を洗ってこよう！　レックスも俺も、汗をかいたから着替えないと。さあ昼食まで時間がないぞレックス！　かけっこ一番になりたいのは誰だ～!?」

「はい！　はいはい！」

大ぶりな動作で走り出そうとすると、レックスは顔をぱっと輝かせた。この子はかくれんぼの次にかけっこが大好きなのだ。

「よーしスタート！　あ、エルは服が乱れるから来るなよ」

「つれないことを言う……」

エルは残念そうだが、午後も公務がある男には待っていてもらう。

かけっこは僅差でレックスが勝った。子どものすばしっこさには、もう勝てそうにない。

「さあレックス、爪、手のひら、手首、全部綺麗《きれい》に洗おうな」

「うん」

今日は暖かく、冷たい井戸水は気持ちがいい。

――だが、俺の心は重く沈んでいた。

レックスが捕まえて、俺にも見えた赤い蝶。しかしエルや他の侍従は、見えていない様子だった。レックスの手のひらにも、鱗粉は残っていない。

この現象は、今日が初めてではない。

レックスは喋《しゃべ》れるようになった頃からしばしば、赤い蝶がいると言い続けてきた。

(レックスと俺にしか見えない、赤い蝶か……)

＊＊＊

昼食を終えるとエルは公務に戻り、レックスは昼寝と勉強の時間になる。

俺はというと、ここ数年は時間がある時は常に王宮の書庫に籠もり、王族にかけられた〝呪い〟の研究に当たっていた。とはいえ、難航している。

『呪われろ、青髪の王族たちよ。これよりお前たちは寿命のうちに番《つがい》を得ること叶《かな》わず。番は必ず違う日、違う時に生まれ、貴様らを見つけることはない』

呪いについて、現代に残っている記述はこれくらいだからだ。

連理の王国が建国されたのは、約三千年前。その頃の王族――エルの祖先である青髪の王族達は、時を止める異能とは異なる、強大な異能を自在に操って国土を広げていたそうだ。

力の代償として不安定な精神をもっていたが、同じ日、同じ時間、同じ国に生まれた番――〝比翼〟が傍らにいることで、狂わずにいられたという。

だがある時、青髪の王族に滅ぼされた小国の、赤髪の王が呪いをかけた。

生涯、比翼に巡り会えないという呪い。

そして青髪の王族は強大な異能の力の全てを、時を止めることにのみ使うことを選んだ。

自らの時間を止め擬似的に寿命を延ばすことで、いつ生まれてくるかもわからない比翼を待つことにしたのだ。

そして俺は、連理の王国の三千年の歴史の中でも例外的な比翼だった。

番であるエルより二十一年も早く生まれ、こちらから先にエルを見つけ、恋に落ちたのだ。俺の存在は、王族にとって吉兆とされた。

だが、エルにとっては、よいことばかりではない。あの男は年の差ゆえに俺が先に逝くことを、受け入れがたいと嘆いた。

だから約束したのだ。

『足掻《あが》いてみよう、エル。昔の王族と番は同じ時に生まれることができたんだろう？　その仕組みを解明すれば、同じ日に地に還ることだってできるかもしれない。もちろん俺の寿命に合わせさせるつもりはないから、君の力を応用して俺の老化を止める術《すべ》も探してさ』

それから俺はすぐに、昔から秘密裏に研究されてきた、王族の異能や比翼についての研究論文を読み漁《あさ》った。

だが一流の研究者をもってしても謎が多く、どちらともほとんど解明されていない。

ならばと、俺は違う方向から調べてみることにした。それが、呪いだ。

呪いは、現代には残っていない技術だった。資料もほとんど残されていない。確かなのは、王族の異能が変化した三千年前に使われていたというだけ。

そんな呪いを研究することは気が遠くなるような話だが、王族の異能と同時期の技術を調べることになるし、王族にかけられた呪いを調べることにもなる。決して無駄にはならないだろう。

そのため俺は日々、他の研究者とも連携して、王族の呪いの研究を進めているわけだ。

王の伴侶である俺は、王宮の書庫にある貴重な本を申請せずに読むことができる。

ここ最近の俺の役目はその特権を駆使し、書庫の本から呪いを示す記述を探し出すことだった。

(赤髪の王族……赤い蝶……まさか関係はないよな……？)

一人きりの書庫の中、車輪つきのテーブルを押して移動し、目当ての本を立って読みながらメモを取る。

いつもは時間を忘れるほど没頭する作業だ。だが今日は気が散って仕方がない。

(レックスと俺以外には観測されない赤い蝶、か。虫かごに入れてもいつの間にか消えている。翅《はね》の一枚や、鱗粉すらも残さない。……幻覚ではないはずなのに……)

あの蝶のことは当然、エルや侍医、今の同僚である研究者達にも相談した。

だが過去にそういった蝶が発見されたという記録はなく、幼少期に見る幻――イマジナリーフレンドの類《たぐい》ではないかと推測された。だがそれでは、俺にも見える説明がつかない。様々な調査や検査が行われたが、原因は不明のままだった。

疲れているのではないかと心配され、下手したら研究から外されかねなかったために、それからは蝶の話はあまりしないようにしている。

俺のそんな様子にエルは気づいているようだが、蝶が見えない以上、彼は俺を労《いたわ》ることしかできない。本当に悔しそうな伴侶に、俺の心は癒やされるが、やはり不安は消えなかった。

そしてもうひとつ、気になっていることがある。

王族は通常、五歳の始め頃から異能を使い始めるそうだ。そのため子ども服には事故を防ぐ魔法がふんだんに練り込まれている。

だがレックスは五歳になってから半年過ぎた今でも、時を止める異能を使う様子がない。

いくら時が止まったことを知覚できなくても、一瞬前と立ち位置や仕草、服の皺《しわ》などに違和感があるため、異能を使ったならば案外気づくものだ。

しかし俺もエルも侍従や護衛達も、レックスが力を使った痕跡を誰も見つけていない。

侍医の意見では、レックスは胎児の頃に異能を使いすぎたのではないかということだった。

レックスは妊娠した俺の腹の中にいる間、自らの時間を止め、胎児のままの状態を維持していた。

王族の異能は元々、自らの時間を止めて擬似的に寿命を延ばし、比翼を探すためのもの。外の時間を止める力はあくまで副産物だ。

そのため自らの時間を止めることは、王族なら誰しもが当たり前のように、いくらでもできる。

だから胎児であっても使うことができたが、それゆえに余計に力を使ってしまい、今は異能の力を再充填している最中なのではないか、という推測だ。

レックスはつややかな赤い髪をもつが、まごうことなき王族。いずれ比翼を求めるようになるだろう。

もしもレックスの比翼が誕生するのが百年以上後で、その時までに異能を使えるようにならなかったら――レックスは俺のせいで、比翼を得られないかもしれない。

レックスはまだ幼いのだから気にしなくていいと誰もが言うが、俺の心は重かった。

＊＊＊

「レックスのために、何をしてやれるんだろう」

夜の寝室でエルに髪を梳《と》かしてもらいながら、俺はぽつりとこぼした。

頭の中でぐるぐる考えていたことが思わず出てしまった独り言だったが、当然エルが聞き逃すはずはない。

「あなたはすでに十分あの子に尽くしてくれている。異能や赤い蝶のことは、時が経《た》てば解決する可能性が高いと言われているだろう。私達は、あの子の成長を守っていけばいい」

「うん……そうだよな……」

髪を梳かし終えたエルはブラシを置くと、俺の体を寝台に横たえた。

自らも寝台に乗り上げると、俺の寝巻きから左足を露出させ、ふくらはぎを指圧してくれる。

エルは毎朝毎晩、何かと俺の世話を焼いてくれていた。俺が自分でできるようなことでも、任せなければ肩を落として落ち込んでみせるため、されるがままになっている。

エルは俺と二人で一対の比翼の鳥。鳥というのはあくまで比喩のはずだが、マッサージをしてくれるエルの姿を見ていると、せっせと番の羽づくろいをする小鳥を連想させた。

この男は、俺のことを本当に大切にしてくれる。

そして俺も同じくらい、エルに何かしてやりたかった。

「……なあエル、最近の俺は体力がついてきたと思わないか？」

「ああ。あなたに長時間遊んでもらえて、レックスも嬉しそうだ。ありがとう、アレス」

確かに以前の俺は、朝食後にレックスと遊んでいても三十分保たず侍従と交替していた。

だが今は休憩を挟みながらも、はしゃぎまわるレックスに午前中ずっと付き合うことができる。

これは、密かなトレーニングの成果だった。

俺は、書庫に籠もっている間は椅子を使わず、机の使用もメモを取る時だけ。歩く時も早足を心がけ、筋力と持久力を少しずつ鍛えてきたのだ。

もちろんレックスと遊ぶためというのもある。

だが最初にトレーニングをすると決めたのは、違う理由からだった。

「君が礼を言うのは、まだ早いかも」

「……アレス？」

いつもはされるがままにマッサージを受け、そのまま眠ることもある俺が勢いよく体を起こしたものだから、エルは少し驚いた様子だった。

俺は指圧を受けたばかりの左足で、エルの太ももを撫《な》でる。

服の上からでは見えづらいが、触れると若く逞《たくま》しい筋肉がついているのがわかった。

「アレス……そう煽《あお》られると、忍耐が効かなくなるが……？」

「いいよ」

「っ！」

エルは若い盛りにもかかわらず、俺の歳《とし》や体力をおもんぱかって我慢してくれていた。毎晩同じ寝台で抱き合って眠るが、肌を重ねるのは週に一、二日程度、それも一晩に一回。

二十代は、俺自身も通った道だ。そんな頻度で下半身が収まらないのは、よくわかっている。

「君を満足させるために毎日こっそり努力してたって言ったら、どうする？」

言い終わるかどうかの時点で、柔らかな寝台に押し倒されていた。

天蓋を背に覆いかぶさってくる男は、先ほどまでの小鳥の可愛さを脱ぎ去り、猛禽類《もうきん》のような目をしている。

普段は理性的で子煩悩な、賢王エレフセリア。

だが彼は、俺の番であるただの男でもあって、俺達はそれを決して忘れはしない。

「一晩中、礼を言わなければ」

「あんまりうるさかったらキスで塞いでや……んっ」

言いきる前に唇が重なってくる。舌を絡め合いながら、剝ぎ取るような勢いで寝巻きを脱がされた。

「アレス、ありがとう」

「ふふ、どういたしまして」

囁《ささや》かれる低い声に、その熱さに、腰が震える。

どうやら長い夜になりそうだ。

「はぁ……っ、エル、んっ……きみ、ほんとに、はっ……疲れを知らないな、んっ……!!」

エルが出したものでドロドロの奥を、先端でくじられ声が途切れる。

俺はもうすっかり息が上がり、寝台に伏していた。尻だけ上がっているが足に力が入っておらず、支えているのはほとんどエルの手だ。あと中に居座る、いまだ熱く硬いもの。

「すまないアレス、無理をさせているな」

「ん……いいよ……だけど、少し休ませて……」

「わかった。水を飲むか？」

「うん。……んぅ……っ」

エルは繋《つな》がったままの俺の体をゆっくり回し、仰向《あおむ》けにする。水差しを取ると中身を豪快に呷《あお》り、口移しで飲ませてくれた。

水を飲み干すと、体がのけぞるほど強く抱きしめられる。苦しいくらいなのに、更にキスで呼吸を奪われた。妙に興奮して、夢中で舌を絡め合う。

湿った肌が吸い付くように密着して、このまま混じり合ってひとつになるんじゃないかと錯覚した。

「はぁ、ふっ……エル、あつい……」

腹の中のものも、密着した体温も、何もかもが熱くて茹《ゆ》だりそうだった。

だがエルは聞こえていただろうにわざと無視をして、俺の首筋に何度もついばむようなキスをする。

エルのものはまだまだ硬いが、腰を動かしはしない。

忍耐の代わりに、くっついていたいのだろう。引き離す気も失《う》せ、エルの背に腕を回す。

「んっ……」

抱きしめると、腹の中のものがびくんと跳ねた。その刺激で俺も締め付けてしまい、ビリリとした快感が背を上がってくる。

「……大丈夫か、アレス」

「うん……はぁっ、んむっ……」

身を震わせた俺の髪を、エルの手のひらが撫でる。

快感をやり過ごしたくて、目の前にある汗ばんだ肌に甘噛《が》みした。

何度も食《は》んでいると、こらえるような低い唸《うな》り声が耳に届く。

顔を上げたら熱い視線とかち合い、口を開けば獣のように食らいついてきた。

視線は合わせたまま、互いの呼吸を貪り合う。

長く続いた交合で俺のものはすっかり力をなくし、四肢も力が入らない。しかしキスをするうちに興が乗ってきて、腹の中に居座る男をぎゅうぎゅうと締め付けてみた。

すると、あれだけ離れたがらなかったエルが勢いよく身を起こす。

ベッドに仰向けに寝そべった俺を見下ろし、唇の片側だけを持ち上げて笑った。

「こら、アレス」

大好きな低音が、俺を甘く叱《しか》りつける。

「ふ……なに、エル」

「あなたは休みたいんだろう」

「そうだよ」

言いながら、力の入らない足をどうにか持ち上げエルの腰に回す。

挑発を受け取った伴侶は俺の顔の横に肘をつき、額をくっつけてきた。

「朝まで、休ませてやれなくなる」

「朝になったら時間を止めて、ちゃんと睡眠を取ってから仕事に向かうなら、いくらでもいいよ」

「……あなたはどこまでも、私を気遣ってくれるな」

エルは話しながら、ちゅ、ちゅと何度も唇に懐いてくる。その仕草にも、囁かれる声にも俺は弱い。

「ふふ、君の方こそ、いつもすごく我慢してるだろ。ありがと」

体力はきついが、今の俺はこの男を満足させたいという欲の方が勝っていた。

明日は一日ベッドの住民になるだろうが、たまにはこんな日があってもいい。

「アレス……ッ」

「んぅ……っ」

心地よい重みに押しつぶされる。腹の奥までエルが入り込んでくる。

熱い吐息を耳で感じ、俺はそれだけで軽くイった。

「はぁ、ん、あぁ……っ、くっ……」

ゆるゆると腰が動かされ、口から勝手に嬌声《きょうせい》が漏れる。

エルの理性は固く、俺に負担をかけないようにしてくれている。でもこんな動きでは、若い性は満足できないだろう。

「エル、もっと、うごいて……っ」

「………ッ!」

ギリ、とエルが奥歯を噛み締める音が聞こえた。獣のような獰猛《どうもう》さを持っているのに、この男はいつも冷静にそれを隠して、優しい。

「アレス、あなたを大事にしたいんだ」

熱い吐息とともに届けられる、エルの理性。

若い体は逞しく、その腕だけでも俺の足より太い。

エルは俺のことをよく痩せすぎだと言うから、体格差を気にしているのだろう。

だが、俺はもうとっくに、君にめちゃくちゃにされる覚悟を決めているのだ。

エルの頬を手のひらで包み、軽くキスをしてから、耳元で囁く。

「我慢しない君が、見たいな」

「…………後悔しても、止まってやれない」

「いいよ。ぜんぶ——ッ、あ、あぁあっ!?」

奥に居座っていた先端が、ずるりと抜け出していく。だが抜けきる寸前、奥まで叩《たた》き込まれた。

ズチュ、ズチュと粘った水音が、俺の声を覆い隠すほどに響く。

「あぐっ……、んんぅ……ああっ、あ、ぅう……!!」

「アレス、アレス……ッ」

「んっ、エル、あっ……、ん、んぅ……」

とっくに枯れきった俺のものは、揺さぶられるまま揺れ、透明な雫《しずく》をわずかに吐き出した。

目の前にチカチカと星が舞い、襲い来る快感に頭が痺《しび》れていく。

「エルッ、すき、すきだ、おれのエル……っ」

「ああ、私もだアレス、愛している」

嬌声の合間にうわ言のように好きだと繰り返す俺を、エルは蕩《とろ》けるような眼差《まなざ》しで見下ろしていた。

口を塞がれ、舌を絡めながら、腰が密着する。

「んん――……っ！」

「……………っ」

腹の中に熱いものが出されるのを感じると同時に、俺も深くイった。

上がった息も嬌声も、全て丸ごとエルに飲み込まれる。

小刻みに痙攣《けいれん》する体を押さえつけるように抱きしめられ、肌を擦《こす》り合わせながら、快感を逃がすことができず全てを丸ごと受け入れさせられた。

唇が離れると、はぁ、はぁと互いの息遣いだけが聞こえる。朝は遠く、エルのものはまだまだ硬い。

再び重なってくる唇と動き出す腰を、俺は多幸感とともに受け入れた。


いつの間にか気絶していたらしい。目が覚めると天蓋のカーテンは開かれ、昇り始めた朝日が差し込んでいた。

体は拭き清めてくれたようでさっぱりしていたが、一糸まとわぬままだ。同じく裸のエルに、枕のように抱きしめられている。

裸の胸に擦り寄ると、力強い腕でぐっと引き寄せられた。

「もう朝だよ、エル……」

すっかり掠《かす》れた俺の声に、エルはすぐさま身を起こすと、ベッドサイドに置かれた瓶を取って渡してくれた。

中身は喉によい果物のジュースだ。終わってからわざわざ絞ってくれたのだろう、驚くほど新鮮なそれは、渇いた喉を潤した。

「ありがとう、エル」

ジュースを少しずつ飲む俺を、エルは背後から抱きしめる。エルにとって、俺のいるべき場所はこの腕の中なんだな。

飲み終えた瓶を俺から受け取りベッドサイドに戻しながら、エルは懺悔《ざんげ》のように囁いた。

「……このままずっと二人きりで、朝が来なければいいと願っていた。私は悪い王で、悪い父親だな」

「ふふ、静かだと思ったら、朝が来たことを拗ねていたのか」

「ああ。――素晴らしい夜だった」

「そんなに喜んでくれたら、やる気出るなあ。頑張《がんば》ってもっと体力つけるよ」

エルの手はゆっくりと動き、形を覚えるように丹念に俺の顔を撫で、背を辿《たど》り、腹に触れる。

そこに刻んだ『男でも妊娠する医療魔法』は、もうずいぶん長い間不活性化していた。

二人目は欲しいが、俺はどうしたって高齢出産になるから中々言い出せない。エルもおそらくは同じ理由で口をつぐみ、話題に上がることもなかった。

エルに産んでもらうという選択肢もあるはずなのだが、あいにく俺には想像さえも難しい。

年下の伴侶に愛され慣れた体は抱く側としての能力を忘れかけており、近頃は加齢も相まって勃起《ぼっき》すらままならなくなってきた。

ふいに、腹を触っていたエルの指がへそをくすぐってきた。

「ふふ、こら、くすぐったい。いたずらするな」

「…………」

「あ、こら、ふふふ……っ」

エルは黙ったままいたずらっぽく笑うと、脇腹にも指を這《は》わせてきた。身を捩《よじ》り、お返しにこちらも脇腹をくすぐってみるが、残念ながらエルへの効果は薄い。

逃げる俺を追うエル。二人で広い寝台をゴロゴロ転がった。

「あはははは、降参、降参！　はぁー……。んっ」

ぐったりして寝転がると、エルは覆いかぶさってきて勝利のキスをする。

目を瞑って受け入れ、俺もしばらく堪能した。だが、賑《にぎ》やかな鳥の鳴き声が聞こえ、一気に現実に引き戻される。太陽はもうすっかり、日の出どころではない高さになっていた。

「ん、んん……？　まずい、そろそろ侍従が呼びにくる頃じゃないか？　遊びすぎたな」

「……ああ」

エルは残念そうに眉を下げ、起き上がる。

この寝台を出ればエルは、二十五歳の青年から、良き王であり良き父である偉大な男にならなければいけない。

本来ならば、比翼に強く執着する王族は国政に影響を出さないためにも、比翼を得た時点で退位する。だがエルは自らが王座に納まり続けることで、他の独身の王族に比翼探しの機会を与えていた。

エレフセリア——自由という意味の名を持つ、不自由な男。

せめて一時でも満足を与えてやりたいのに、俺ではその体力もない。

「――止まった時の中で、俺も一緒に過ごせたらいいのにな」

「！」

「そうしたら何日でも何週間でも、君が満足するまで二人きりで過ごせる」

俺の言葉に、エルは息を呑んだ。

「……あなたも、そう思ってくれるのか」

エルは驚いた様子だった。このくらいで驚かせてしまうなんて、俺は反省すべきだな。

だが、大きな声で言うのはさすがに抵抗がある。エルを手招きすると、大人しく身を屈《かが》めてくれた。

その耳元で、そっと囁く。

「君に抱かれるの、好きだよ。気持ちいいし、すごく幸せな気持ちにしてくれる」

「アレス……」

すぐさま抱きしめられ、感極まった男に何度もキスをされる。口だけではなく、首や肩、腹、足、全身に。

「君はキスが好きだな、エル」

「あなたが好きなんだ」

「ふふ、そうか。――そうだな、俺も君といる時間、君とする全てのことが宝物だよ」

俺からも、目につくところ全てにキスをした。体は疲労困憊《こんぱい》だったが、エルに愛を伝えるためなら不思議といくらでも動ける気がした。

時間さえ許せば、このままもう一回体を重ねるところだっただろう。

だが実際には期限が訪れてしまう。侍従のノック音に、俺達は動きを止めた。

次の瞬間、エルは寝台の外できっちりと王の正装を着込んで立っていたし、俺は寝巻きを着せられ、肩までしっかりと毛布をかけられた状態で横たわっていた。エルの時止めによる早業にも、もう慣れたものだ。

「アレス、行ってらっしゃい、エル」

「うん。行ってくる」

エルは俺の額にキスを落とすと、天蓋のカーテンに手をかけた。

カーテンが引かれ、太陽の光が遮られていく。

その刹那《せつな》、エルの背後に人影が見えた。俺はすぐさま起き上がり、悲鳴に近い声を上げる。

「エル、後ろ……!!」

「!!」

エルはすぐさま振り向いた。だが、背後には誰もいない。

俺の声で飛び込んできた侍従が調べてくれたが、部屋のどこにも俺達以外の姿はなかった。

「あ、あれ……？」

「落ち着いて、アレス。何を見た？」

エルは服に皺が寄ることもかまわず、抱きしめてくれた。

俺は、先ほど見えた人影を思い出す。

「……赤い髪の男だった。でも、見間違いかもしれない。だって……」

ふいに現れただけなら、エルのように時を止める王族の可能性はあった。

だが俺が見た人物は『止まった時の中での移動』では説明がつかない。

「透き通っていた……顔や体の向こうに、部屋の風景が見えたんだ……」


「ちょうちょ！　きいろ！　しろ！」

中庭で長椅子に横たわり、蝶を追って走り回るレックスを眺める。

俺の隣には、長身の女性が優雅に腰掛けていた。

「すみませんミクロス様、わざわざ来ていただいて、おかまいもできず……」

「いいの、謝らないで。アレスお義兄《にい》様やエルお兄様のお役に立てて、私は嬉しいです」

寝室で俺が人影のようなものを見た後、エルは傍《そば》にいると言い張った。

だが見間違いかもしれないし、公務に行ってくれと説得していたら、次の瞬間現れたのがエルの妹君であるミクロス様だ。

止まった時間の中、エルが連れてきた。俺が見た男が万一、暗殺者やそれに類する者だったとしても、王族の時を止める力があれば、最悪の事態は防げるからと。

ミクロス様は他の独身の王族と同じように普段は比翼探しの旅に出ているが、時折帰国する。偶然王宮にいたミクロス様は、突然連れてこられたにもかかわらず、俺の傍にいることを快諾した。

「みくろすさま、ちょうちょだよ！　好き？」

「ええ。綺麗ですね。私、蝶も蛾《が》もカマキリも好きです」

「カマキリ！　ぼくも好き！　まってて、捕まえてくる！」

レックスはあまり会えないミクロス様に大興奮で、色々捕まえては彼女に見せようと、手の中に入れて連れてきた。

小さな手が開かれるたび、赤い蝶が出てこないか、密かに緊張する。幸い、現れるのは庭のどこにでもいる昆虫だった。

（赤い蝶……今朝見た半透明の男も赤い髪をしていたな……）

一瞬だったためあまり覚えていないが、あの男はレックスの髪色によく似た赤毛だったように思う。つややかな、赤色。そして赤い蝶も、同じような色だ。

（まさか、何か関係が……？　ん……）

考え事をしながらレックスの方を見ると、違和感があった。

目を凝らし、俺はすぐに立ち上がって走り出した。

「レックス！　ミクロス様！」

色とりどりの植物に囲まれているためわかりにくかったが、レックスの背後に例の赤い髪の男が立っていた。その体はやはり透けており、景色と同化している。

それでも赤い髪の向こうから覗く目が、レックスを見ていることがわかった。

（見間違いじゃなかった！　あの男はやっぱりいた!!）

透き通った手が、レックスに向かって伸ばされる。俺は間に割り込むと我が子を抱きしめ、自分の身体で隠した。

「レックスに触るな!!　お、お前は！　何者だ!!」

虚勢を張り、男を睨《にら》みつける。

正面から見た男は、前髪が長く目元を隠しているためわかりにくいが、二十代後半程度に見えた。肩までつく長さのウェーブがかった赤い髪の中に、複雑な形の編み込みが何箇所か施されている。服装は、体と一緒に透き通りすぎていて、よくわからなかった。

赤毛は兄弟姉妹や親戚に何人かいるが、こんな男は当然知らない。

男は何か言いたげに口を開いたが、何の音も発さないまま、信じられないことにそのまま溶けるように消えていった。

「な……っ⁉　……い、いや、レックス、無事か？　何もされていないか？」

信じられない光景に息を呑むが、それよりも我が子の安否が気になった。

急いで全身を確認する。レックスはきょとんとしていたが、顔色はいい。怪我などもしていないようだ。

「よかった……」

「……あの、アレスお義兄様」

膝をつき安堵の息をこぼした俺に、上から気遣わしげな声がかけられた。ミクロス様だ。

「アレスお義兄様は、何を見ていましたの……？」

「え……？」

顔を上げると、ミクロス様や、近くにいた侍従や護衛も訝《いぶか》しげな表情を浮かべて俺を見ていた。

「今……ここに、例の赤い髪の男が……半透明だったけど、でも確かに……‼」

年齢や髪型すらわかるほど長い時間、あの男はここにいた。いくら半透明で見えづらくても、この距離ならば皆見ていたはずだ。

だが、全員が困惑していた。訝しげだった表情は、俺を気遣うものに変わっていく。

「誰も……見ていないのか……」

愕然《がくぜん》とする。あの男は確かにこの場にいたというのに。レックスに何かをしようとしていたのに、誰も見ていないなんて。

「お父《とーと》さん」

レックスが俺の手を引いた。

そして、エルに似た輝くような笑みを浮かべ、俺に告げた。

「ぼく見たよ！　赤いひと！」

＊＊＊

十日後。

寝台に横たわった俺は二人きりの寝室で、エルと言い争っていた。

「これ以上あなたを一人にしたくない。アレス、明日から休暇を取ることを許してくれ。あなたの傍にいなければ」

「だーめーだー!!　俺は傾国になりたくないの！　もう仕事中に俺のところに来るのも禁止!!」

「そんな……!!」

十日前の中庭での騒ぎの後、すぐにエルと侍医が呼ばれた。

様々な検査を受けたが俺にもレックスにも異常は見つからず、疲れから幻覚を見たのではと診断された。

しかし、あれから毎日――ひどい時は一日に数度、俺はあの赤髪の男を見るようになった。

俺が反応すると消えるため、レックスが見ないこともある。そしてどうやら、レックス一人の時は出ないようだ。

そのため、俺が見たと言ったからレックスも見たと……親の真似《まね》をしているのではという推測も出てきた。

——つまり、あの男を見ているのは俺一人なのではないか、という話だ。

「ちょっと疲れが溜《た》まっているだけだって。休めば落ち着くよ」

「そう言って、もう十日も経つ。……食も進んでいないだろう」

エルは手の甲で優しく、俺の頰に触れる。ただでさえ肉付きはよくなかったが、この十日間はいつあの男が出るかという緊張で食べ物が喉を通らなかったため、やつれていた。

「それを言うなら、君もだろう」

エルは俺の傍にいようとしてくれていたが、断って公務に送り出した。しかしこの男は、いつも以上に異能を駆使して仕事をこなし、俺の元へ何度も顔を出している。俺が起きている時は必ず近くにいるほどだ。

そんな生活が十日も続けば、いくら若く体力がある男でも顔に疲労が滲《にじ》んでいた。

「私のことはいい。今苦しんでいるのは、あなただ」

「エル。……聞いてくれ」

ここ数日、考えていたことがある。

俺が弱っているところを見せていると、エルは無理をしてしまう。

あの幻覚——幻覚かもしれない男の目的はわからないが、俺やレックスに近づいてくる以上、いずれエルにも害をなすという可能性は捨てきれない。

そうでなくても、エルには負担をかけている。エルは国王で、この国で最も守られるべき存在だ。

——俺達は今、一緒にいるべきではない。

「俺さ、保養地に行くよ。レックスと一緒に」

「なっ……!?」

「侍医からも勧められている。気分転換になるし、王族の保養地に行ってみたかったから、ちょうどいい機会だ」

王族の保養地は国内に数多くある。比翼を得た王族が、子が産まれ育った後は王宮を出て二人きりの余生を過ごすことが多いからだ。エルとミクロス様のご両親も、今は東の保養地で暮らしている。

俺は今回、西の端にある保養地へ向かおうと思っている。

隣国との境に高い山がそびえるため長年争いがなく、広い農地と古代の遺跡に囲まれた、のどかな土地だそうだ。今は誰も使っていないが、定期的に手入れされていて、いつでも向かえるらしい。

「私も一緒に……」

「駄目。君が王都を動くとなると大事《おおごと》になる。侍従も護衛も連れていくから大丈夫、安心して」

「私も護衛はできる」

「ふふ、そうかもしれないけど、君には君にしかできない別の仕事があるだろ、国王陛下」

「ぐっ……」

エルが必死に考えているのが伝わってくる。どうにかして俺達を引き止めたいのだろう。

だが、疲れていると診断されている俺が保養地へ行くのは自然の流れだ。引き止めてよいのか、エル自身も悩んでいるところだろう。

俺は、あの赤髪の男が幻覚ではないと思っている。俺がそう思っていることをエルも理解し、信じようとしてくれていた。しかしエルにはあの男が見えないから、侍医の診断との間で揺れるしかない。

俺はエルが何かを言い出すのを静かに待った。

やがて、エルが引き止めるための理由を絞り出す。

「――そのようにやつれたあなたでは、保養地への移動も負担だろう」

「言ったな？」

「えっ？」

俺はニヤリと悪どく笑った。


更に十日後、俺はレックスを抱きかかえ、馬車に乗り込もうとしていた。

「じゃあ、行ってくる。毎日手紙を書くからな、エル」

「お父様《とさま》、またねー」

「……ああ……。元気で、アレス、レックス」

食事と運動、医療魔法の力も使い、俺は健康体を取り戻している。赤髪の男は変わらず現れていたが、目標があれば緊張を誤魔化し、食事を飲み下すことができた。

頬に肉が戻ってくる俺を、エルは毎夜複雑な顔で見てきた。俺を保養地という離れた場所へやっていいのか、いまだに悩んでいる様子だった。

だから、最終的にはセックスで黙らせた。

元気になったことを証明するためにも、エルの上に乗っかって自ら咥《くわ》え込み、腰を振ってキスをしながら「お願い、エル」と甘えてみたのだ。

頑固なエルの理性を少しでも崩せるといいな程度の、駄目で元々の作戦だったが、これが想像以上に効果があった。エルは渋りながらも、とうとう俺達の保養地行きを許可したのだ。

王族《エル》、比翼《俺》に弱すぎる。連理の王国の王座に就くのは基本的に独身のみとされている理由がよくわかった。もし俺に散財癖や悪い心があれば、簡単に傾くなこの国。

かくして、俺達は馬車に乗り、保養地へ向かった。

赤髪の男は王宮にしか出ないのでは……という杞憂《きゆう》も、馬車に乗ったことで消える。

馬車には例の男がすでに乗っており、前髪の奥から俺をじっと見つめていた。

すぐに消えたが――さすがに少し肝が冷え、レックスを抱え直した。

馬車の窓から遠ざかっていくエルが見え、目の奥が熱くなる。

（エル、君が俺と一緒にいたいと思ってくれているのと同じだけ、俺も君のことを思っているよ）

馬車はどんどん離れていく。俺がそう望んだからだ。そうすることを選んだからだ。

それなのに、胸が張り裂けそうだった。四十年以上、俺は一人だったのに、エルから離れるのがこんなにも辛《つら》くなるなんて。

レックスを妊娠した時、俺は逃げるように国から離れたことがある。だが今回は同じ国内なのに、あの時とは比べ物にならないほど寂しく、心細かった。

「お父《と》ーさん《と》、どうしたの？」

「ん……ちょっと酔ったみたいだ。レックスは馬車の揺れ、平気か？」

「うん！　たのしい！」

「そうか。疲れたら横になっていいからな」

王族のための馬車は広く、揺れも少ない。レックスは初めての長旅にはしゃいでいた。

今はまだ、恐怖や悪意に触れたことがない、愛しい我が子。

俺はエルへの恋しさに蓋をして、気を引き締める。

（あの赤髪の男からレックスを守れるのは、俺だけだ……）


『親愛なるエル。毎回手紙で全て確認しようとしなくても、俺はちゃんと君に言われた通り毎日食事を摂《と》り、太陽の光を浴び、運動し、医師の診察も受けているよ。こっちでは牛が飼われていて、今日は新鮮なミルクを初めて飲んだ。チーズの材料だから同じ味かと思ったが、ずいぶん違って驚いたよ。レックスも美味《おい》しいと喜んで、おかわりをねだっていた。お父様《とさま》にも送らなきゃと、牛とミルクの絵を描いてくれたから同封する。それから、レックスと小川を散歩している時に見つけた魚が――』

保養地に来てから三日目。毎日厚い手紙を寄越してくる伴侶に、俺はなるべく同じだけの厚みを返すようにしていた。しかし、俺からはレックスのことや保養地での新鮮な体験を書けばいいが、エルはよく話題が尽きないものだ。昔から筆まめだったな、となんだか懐かしくなった。

一通り書き終えてペンを置くと、隣で今日の勉強を終えて本を読んでいたレックスが顔を上げた。

「お父《と》さん《ーと》、おしごとおわった？」

「これは仕事じゃなくて、お父様への手紙を書いていたんだよ。レックスが書いてくれた手紙と絵も同封するからな」

「うん！　じゃあ探検いこ！　イセキもかいてお父様《とさま》におくる！」

「ああ。道具を持っておいで」

促すと、レックスは侍従の手を引いて自室へ走り出した。

俺達はここに来てから、探検と称して周辺の遺跡を調べている。遥《はる》か昔にこの地にあった国の跡だ。

石造りの建物は三千年を経てほとんど朽ちていたが、建物の土台やいくつかの柱などは、今もかろうじて形を残していた。

かつてあった国の名は、今は残っていない。連理の王国の初代国王が、名を残すことすら禁止したのだという。

なぜなら、ここは赤髪の王が治めていた国の跡地。

――青髪の王族に呪いをかけた者の遺跡だからだ。


（……やっぱり、今日もいる）

草原に埋もれた遺跡に向かって走り出そうとするレックスを止め、抱き上げる。本人は嫌がるし俺も魔力酔いが起きるが、この遺跡でレックスを傍から離したことはない。

いるのだ、例の赤髪の男が。

俺達が遺跡に来るたび、男は現れる。だがこちらには目を向けず、半透明の体で朽ちた遺跡を見下ろすばかりだ。

男が現れるようになってから、赤い蝶は見ていなかった。代わりに現れるようになった、蝶と同じ色の髪を持つ半透明の男。

（あの男の正体は、やはり……）

予想はしていた。だから俺はこの西の端の保養地を選んだんだ。

もしかして彼のことが何かわかるのではないか、と。

「……そこに、何かあるのか？」

赤髪の男に問いかけても、返事はない。俺の声が届いているかもわからない。

「お父《とー》さん、おろしてー。イセキかきたい！」

「……あの男に近づかないって約束できるか？」

「うん！」

レックスは俺の腕から下りると、赤髪の男とは反対方向に走り出す。ついていくと、多くの建物の痕跡が残っている広い場所に出た。詳しい者曰《いわ》く、この辺りは城下町の大通りがあった場所のはずだ。

レックスは大通りの中心に当たる場所で、侍従にキャンバスをセットしてもらっていた。

俺はレックスを横から見るように座り、遠くにいる赤髪の男を観察する。

（……全然動かないな。あそこは確か、城の跡地――立っているのは、裏門の辺りか？）

一昨日《おととい》、遺跡で初めて赤髪の男を見た時は、警戒してすぐに保養地の屋敷へと戻った。

昨日は少し観察したが、レックスが水遊びをしたいというのですぐに川の方へ行った。

王宮にいた時は、赤髪の男は神出鬼没で、現れてもすぐに消えていた。

だが保養地についてからは、いつもあそこにいるように思う。

（心なしか、半透明の体も少し濃くなってきているような……。土地の魔力が作用しているのか？

保養地までついてきた、彼の目的はなんだ？）

歴史も幽霊も、あいにく俺は専門外だ。それでなくとも、俺の推測が確かなら、彼について調べることは難しい。なぜなら、連理の初代国王は、赤髪の王の国についての資料を全て破棄させていたからだ。

そのせいで、王族にかけられた呪いを調べる研究者は俺を含め、資料の少なさという壁に突き当たってしまう。初代国王は、なぜ資料を残すことを禁じたのだろう。

(――俺の仮説が正しいか、確かめる術がどこにもない……)

赤髪の男の正体を裏付けるものがあればと遺跡に来てみたが、ここに現れた男の様子を見ていると、確信を得たような気もするし、曖昧なままでもある。

遺跡に男が現れた件は、エルへの手紙にはまだ書いていない。観察してみようと思う、などと書けば、あの心配性の伴侶は国政を二の次に、ここまで馬で駆けてきかねないからだ。かといって、ただでさえ多忙かつ寂しがりやのあの男に、止まった時間の中を再び長距離歩かせるのも御免だった。

だが、いつまでも隠しておくわけにはいかないだろう。今の俺は様々な大義名分で誤魔化しながら、エルという個人の意思をないがしろにしている。

保養地にまで赤髪の男が現れたと知ればエルは心配するだろうし、俺達の傍についていたいと強く願うはずだ。

それがわかっていて知らせないでいるのは、彼を最も愛する者として、自分を許せなくなりそうなほどの裏切りだった。

(どうするべきか……。もし今王宮に戻ったら、あの赤髪の男はついてくるのかな。しかし、仮にこの保養地に置いていって、何か災禍が起きてもよくない。もう少し調べてみるべきだが……調べたところで、これ以上何か出てくるのか……？）

三千年前の遺跡はかなり風化しており、歴史学者が調べた以上のものが見つかるとは思えない。俺が得たのは、赤髪の男が一箇所に立ち続けているという視覚情報だけだ。それも、俺とレックス以外には確かめようがないという。

（…………っ！　そうだ、俺とレックスが同じ絵を描けば、少なくとも同じ男を見ているという証明になるな。消えないし動かない今なら描けるんじゃ……？）

俺達が見ているものを共有できれば、情報の幅は広がる。あの男は髪の編み込みが特徴的だったから、上手《うま》く描き写せれば大きな手がかりになるだろう。

——問題は俺の絵が、ものすごく下手だということだ。

以前、エルの似顔絵を描いてみたことがあるのだが、エル以外にはそもそも人類であるという判別すらしてもらえなかった。

毎日間近で見ているエルですら上手く描けなかったのに、赤髪の男の複雑な編み込みが俺に描けるだろうか。

（……下手でも、描かなきゃな。できないなんて言っている場合じゃない）

そうと決まれば、と立ち上がる。

今日はレックスのために何枚かキャンバスが用意されているはずだ。まずは俺からあの男に近づいてスケッチし、安全だとわかればレックスにも描いてもらおう。

親バカかもしれないが、レックスはよい絵を描く。伸び伸びと自由に、それでいて細部は精緻に。レックスなら編み込みもちゃんと描いてくれることだろう。

「レックス、お父さんちょっと向こうに、――……っ⁉」

レックスの後ろからキャンバスを覗き込み、息を呑んだ。

レックスはいつも物や人や風景を――目に映るものを描いていた。

だが今、少なくとも俺の目に映る風景と、レックスが描いている風景はまるで別物だった。

「……レックス、何を描いているんだ……？」

侍従に目を向けるが、彼も困惑していた。どうやら最初からレックスはずっとこの絵を描いていたようだ。

目の前に広がるのは朽ちた遺跡と草原と農地だけ。俺には茶色と緑、そして空と雲の色しか見えない。

だが、レックスのキャンバスには様々な色が施されている。

「城下町！」

レックスは手を止めないまま、にこやかに告げた。

その目は確かに、目の前の風景をまっすぐに見ている。

キャンバスに描かれているのは商店らしき沢山の建物が並ぶ、大通り。

呼び込みをしているような人物、買い物をしているような人物、皆が笑顔の幸せそうな光景だ。

――そして、キャンバスの中央には二人の人物が、やはり笑顔で立っていた。

一人は、連理の王国の王族と同じような青髪の男。短く整えられたエルとは違い、髪は背中まで長く伸びている。

もう一人は、肩まで伸びたウェーブがかった赤髪。何箇所かに、特徴的な編み込みが施されている。

二人は服装も他の人物とは違っていた。

さすがに五歳の子の絵だから大きな違いはないが、他の人物に比べて中央の二人の服は装飾が多い。

おそらくは、王族の服。少しだけ色濃くなっていたあの男も、似たような服を着ていた。

（やはり、そうだったか――）

この絵を歴史学者に見せるまでもない。特徴的な編み込みは、半透明の男と絵の中の男で全く同じものだった。

俺の中で予想が確信に変わる。

（――あの男は王族に呪いをかけた、赤髪の王だ）

しかし、そうだとするともう一人の男は誰なのだろう。

（こっちの青髪の男は、まさか連理の王国の初代国王なのか……？　だが、どうして二人とも笑顔でこの国にいるんだ……？）

連理の王国の王族の祖先は、かつて傍らに比翼を置き、強大な魔法を自在に操って国土を広げていたという。

今俺達が立っている場所にあった赤髪の王の小国は、その時代に滅ぼされ、赤髪の王は青髪の王を呪ったはずだ。

『呪われろ、青髪の王族たちよ。これよりお前たちは寿命のうちに番を得ること叶わず。番は必ず違う日、違う時に生まれ、貴様らを見つけることはない』

連理の王族が物心つくと同時に習うという呪いの文言が、耳の奥でぐるぐる回る。

謎がひとつ解けたが、それを覆い尽くすほど大きな謎が生まれたことに、俺は頭を抱えた。

夕方になり、屋敷に戻る。

あの後、レックスは遺跡で何枚か絵を描いたが、城下町を描いたあの一枚以外は俺に見えているのと同じ風景だった。

色々質問してみたが、最初の絵を描いている時のことは「わかんない」「うーん、おぼえてない！」と元気に答えてくれた。

（謎が謎を呼ぶな……）

「アレス様、エレフセリア国王陛下から手紙が届いております」

「ああ、ありがとう」

レックスと一緒に手を洗い、風呂へと送り出す。自分は部屋で着替えてから談話室に向かった。帰ってすぐ風呂に入る体力は、俺にはもうない。

ソファに腰掛けると、侍従がエルの手紙を銀のトレイに乗せて差し出してくれた。今朝こちらから風の魔道具に入れて送ったばかりなのに、もう返事が来たらしい。風の特急便を使ったのだろう。高価だから使わなくていいと事前に伝えてあったんだが。

『親愛なるアレス。手紙をありがとう。あなたとレックスが保養地で楽しく過ごしているなら、私にとっても嬉しいことだ』

そんな書き出しに苦笑いが漏れた。

「……エル、俺が隠し事しているのに気づいているな……？」

長年エルと文通した経験からの勘だが、過ごしている〝なら〟の辺りに含みを感じる。

（そろそろエルや、俺達を助けてくれる人たちにも伝えるべきだな）

今はレックスの絵もある。あの絵を歴史学者が調べれば、俺が一人で考えるよりずっと多くのことがわかるはずだ。

俺とレックスが見ているものは、おそらく幻覚ではない。あの絵はきっと、それを裏付けてくれる。

「城から同行してくれた皆さんに伝えたいことがある。夕食の後、集まってもらえますか」

「かしこまりました、アレス様」

城からついてきてくれたのは、数人の侍従と護衛、医師、コックだ。

彼らは皆、王族の時を止める能力を知っている。その身にかけられた呪いのことも。

（彼らに全てを話して……エルへの手紙も、今夜中に書いて明日の朝一番に送るか）

エルの手紙を開いたまま思案していると、とてとてと軽い足音が聞こえてきた。

「お父《と》さん《ー》《と》」

「ん、レックス、眠いのか？」

「うん……」

侍従に連れられたレックスが、目を擦りながら談話室に入ってくる。

支えられていなければ今にもその場で寝転びそうなほど、眠たげに船を漕《こ》いでいた。

「アレス様、陛下からの手紙を読まれている時に申し訳ありません。レックス様はお風呂でもずっとこのご様子で……」

「いいよ、手紙は後でも読める。レックス、今日は沢山絵を描いたもんな。疲れたか？」

「うん……」

ソファに座る俺の膝によじ登ろうとしてきたレックスを抱き上げる。くらりと魔力酔いが起きた。抱きしめた体はポカポカと温かい。風呂上がりというだけではないだろう、眠い時のレックスはいつもこうなる。

今日は集中して絵を描いていたから、体力に限界がきたようだ。

「お腹《なか》はすいていないか？　今日はもう寝る？」

「うん……」

夕食はまだだが、外にいる時におやつのサンドイッチを食べていたから、今日のところはいいだろう。

「じゃあ寝室に行ってベッドに入ろう」

「レックス様、さあこちらに」

侍従がレックスを抱えるため手を広げる。だがレックスは俺の腕の中でイヤイヤと首を振った。

「お父《と》ー《ー》さ《と》んといっしょにねる……」

「俺と？」

「レックス様、それは……」

「いいよ。今日はお父さんと一緒に寝よう」

俺がエル以外の人間に触れていると魔力酔いを起こすことを、レックスは知らない。侍従は知っているため躊躇《ためら》ってくれたが、俺は彼女に頷《うなず》いてみせると、レックスを抱え直した。

眠るまで枕元で絵本を読み聞かせたことはあるが、一緒に寝たことはない。こんな可愛いわがままを言われたのは初めてのことだ。

寂しかったのだろうか。生まれ育った王宮とは違う環境に来たばかりだし、エルもいない。赤髪の男の件もある。レックスは不安なのかもしれない。

「今日はこのままレックスと寝るから、さっきの話は明日の朝に」

ほとんど眠ってしまったレックスの頭を支えながら、侍従に声をかける。夕食後に全てを話すつもりだったが、今日はレックスを優先させることにした。

侍従はレックスの寝顔を見て微笑み、頭を下げた。

「かしこまりました。寝室にアレス様のご夕食をお持ちしましょうか」

「いや、そんなにお腹は減っていないから……ああ、でもそうだな、何か軽いものだけ貰《もら》えますか」

「すぐに用意させます」

食べ盛りのレックスと違い俺は軽食を断ったから、昼食以降は何も食べていない。そのため腹はすいていたが、空腹も過ぎれば食欲を失う。

夕食はいらないと言いかけ、しかしエルのことを思い出して考えを改めた。

保養地に来るにあたり、心配性の伴侶から食事はおろそかにしないよう口酸っぱく言われていた。手紙でも毎回確認されていて、先ほど読みかけになった手紙にもおそらく書かれていることだろう。毎回書いてこなくてもいいと思っていたが、エルの目論見《もくろみ》は正しかった。今日も三食きっちり摂ってから寝ることになるだろう。エルは俺よりも俺のことを理解していた。

(エル……会いたいな……)

離れていても、ふとした瞬間にはいつもエルのことを考える。

今日は何をしたのだろう。今は何をしているのだろう。

会いたい。会って、抱きしめたい。

同じ国でも遠く離れた空の下、彼も同じ思いでいてくれるだろうか。

読みかけの手紙の続きを想像しながら、俺は寝室で夕食を摂り、レックスを抱きしめて眠った。

「ん……？」

ふと眠りから目覚める。半分夢を見たままの視界に、窓から差し込む月明かりと、広くがらんとした寝台が映った。

「……レックス!?」

一緒に寝ていたはずの我が子の姿が見えないことに気づき、眠気が吹き飛ぶ。慌てて起き上がり部屋の中を探すが、我が子の姿はどこにもない。

「レックス、レックス!!」

「どうなさいました、アレス様」

俺の声に、寝室の扉を開けて二人の護衛が入ってくる。

「レックスがいないんだ、どこにも！　外に出ていないか？」

「なんですって……!?」

「そんな、我々は不寝番をしていましたが、この扉は一度も開いておりません」

「っ！　まさか……!!」

すぐさま窓に駆け寄り、身を乗り出して下を覗き込む。レックスの衣類は全て事故防止の魔法が編まれているが、それでも二階の寝室から落ちれば無傷では済まない。

「アレス様、危のうございます、そのようなことは我々にお任せください……!!」

護衛の手に抗《あらが》いながら、夜の闇に目を凝らす。幸い、どこにも小さな人影を見つけることはなかった。

「よかった……落ちてはいないみたいです」

「それは何よりです。ですがもう、危険な真似はおやめください」

「すみません……。でも今はレックスを探さないと——もしかしたら、時を止める異能が発現したのかも」

「!! 屋敷は戸締まりがされていますが、念のため周囲にレックス様の足跡がないか探してきます。屋敷中の者も起こし、一緒に探させましょう」

「私はアレス様の護衛を。どこへなりとお供いたします」

「ありがとう」

俺は駆け足で、心当たりを手当たり次第に探していく。

レックスの部屋、食堂、トイレ、娯楽室。王家所有の屋敷はもてあますほど広く、子どもが隠れるような隙間は山ほどあり、焦りが募る。

屋敷に来てからレックスが行った場所は全て回っても、探している姿は見つからなかった。

「レックスが行きそうな場所、他に心当たりは……」

屋敷は戸締まりがされているはずだが、まさか本当に外に行ってしまったのではないか。外に出て、人さらいに捕まったのではないか——最悪の想像が浮かんで止《や》まなくなる。しかし、まだ探していない場所を閃《ひらめ》いた。

「絵は……レックスの絵は、どこに保管されていますか？」

「それでしたら侍従が……あ！　ちょっと来てくれ！」

レックスが書いた絵は、王宮に戻る時まで保管するため、侍従がどこかに持っていったはずだ。

護衛はすぐさま近くの部屋を回っていた侍従を見つけ、呼び止めてくれた。

「レックス様の絵を保管したのはあなただったな？　どこだ？」

「絵でしたら、全て地下室に……ですが、レックス様は場所を知らないはずです」

「地下室……ありがとう、念のため行ってみます。案内してもらえますか」

「こちらです」

護衛は頷くと、早足で歩き出す。

廊下の突き当たりを曲がると、古い扉があった。ぴったりと閉まっている。

「ここの地下は温度と湿度が一定のため、美術品の保管に使われています。私が開けましょう、アレス様はお下がりください」

護衛が念のためと警戒しながら、扉を開ける。地下に続く階段は暗く、ヒヤリと冷たい空気で満ちていた。

五歳の子がこんなところを一人で下りるとは思えない。だが、胸騒ぎがした。護衛の後をついて階段を下りていく。

突き当たりにはもう一枚扉があり、そちらも閉ざされていた。

護衛が開けると、隙間からランタンの光が漏れ出る。

「！　アレス様、中に誰か……」

「レックスだ……!!　間違いない、声が聞こえる！」

耳を澄ませると、呻《うめ》きとも泣き声ともつかないレックスの声が聞こえた。

「お下がりください。一気に開けます！」

護衛が扉を勢いよく開ける。

ランタンの光の中、床に座り込むレックスの背中が見えた。一人のようだ。何者かにここまで連れてこられた可能性も考えていたが、ひとまず安心した。

「レックス!!　無事でよかった、こんなところで何を……何、を……」

「ひぐっ、うう、うううううぅ……」

レックスは一枚のキャンバスに向かい、一心不乱に拳《こぶし》を叩きつけていた。画布がやぶれ、木のボードが割れ、破片が幼い手を傷つけている。

その血で絵が赤く汚れていたが、かろうじて笑顔の人物が見える。特徴的な編み込みが施された赤髪の王と、背中まで伸びた青髪を持つ王。

レックスが壊していたのは、昼間に描いた城下町の絵だった。

「レックス、血が出ている、やめなさい……っ!!」

「やだあああっ!!　やだ！　やだっ!!」

止めようとしがみつくが、レックスはイヤイヤ期の癇癪《かんしゃく》のように金切り声を上げながら抵抗する。

手をこれ以上傷つけさせないよう両手で掴《つか》むが、子どもと思えないほど力が強く、振りほどかれそうだった。

それに、俺の魔力酔いがひどい。レックスの妊娠中から魔力酔いは起きていたが、普段の何倍もの苦しみがあった。ひどい嘔吐《おうと》感をこらえても、気を抜けば失神しそうなほど目が回る。

「手を貸してください、俺だけじゃ無理だ……っ！」

護衛に声をかける。だが彼は何もない場所で、戸惑った様子でしきりに手を動かしていた。

「何かに阻まれる……申し訳ありません、これ以上近づけないのです！」

「なんだって……うっ」

「やだあああああ!! わああああああああ!!」

血のすべりを借りたレックスの手に逃げられ、顎をしたたかに殴られる。魔力酔いも相まって意識が飛びかけたが、口の中を噛んでどうにか意識を繋いだ。

「レックス、レーックス、落ち着いて。どうした、何が嫌なんだ？」

「やだあああ!! やなの!! やーだああああああ!!」

「レックス、お父さんに教えて。絵が嫌なら、お父さんが隠してやるから、お前はそんなことしなくていい」

隙あらば絵を壊しに戻ろうと暴れるレックスを全身で抱きしめ、どうにか動きを止める。だがひどいめまいに襲われ、耳の奥でレックスの声がうわんうわんと反響していた。

レックスを落ち着かせようとするが、嫌だとわめいて暴れるばかり。舌を噛まないよう小さな口に指を差し込むが、このままでは俺はいずれ意識を失うだろう。

（この様子、ただごとじゃない……すぐにでも医師に診てもらわないといけないのに、俺だけじゃ今のこの子を運べない……）

いつの間にか、護衛の姿が消えていた。助けを呼びに行ってくれたのだろう。

誰かが来るまで俺が保てばいいが、情けないことに自信がない。意識が段々と遠ざかっていく。

だがそんな弱音を心に浮かべる暇もなく、更なる問題が現れる。

「…………っ！　どうしてここに……」

かすみゆく視界に、見覚えのある半透明の男が入ってくる。

絵と同じ編み込みが施された、赤髪の男。

——古代の王の、亡霊だ。

男は俺達の傍に立つと、感情が読めない目で見下ろしてきた。

「……あなたの目的はなんだ。どうして、俺達の前にだけ現れる」

世界が明滅して見える。気力だけで持ちこたえていたが、魔力酔いが限界だった。

相変わらず泣き叫びながら暴れるレックスを抱いたまま身を捩って後ろに隠し、じりじりと後ずさる。

追いかけるように半透明の足が前に進み、その手がこちらに向かって伸ばされた。

「や……やめろ‼　何かするなら、俺だけにしてくれ。この子は見逃してくれ……っ‼」

目を瞑り、赤髪の男に背を向けてレックスを強く抱きしめた。

超常の存在に、効果があるかはわからない。それでも俺の体で何かを防ぐことができるなら、少しでもレックスに健《すこ》やかな未来が訪れる、一縷《いちる》の望みにかけたかった。

(——エル)

意識が遠ざかり、目の前が暗くなっていく。

耳元で泣き続けるレックスの声すらも遠ざかっていく。

（エル、会いたい。会いたいよ。エル……）

混乱と恐怖でぐちゃぐちゃの頭の中で、その名前だけははっきりと形をもっていた。

「たすけて……」

涙とともに流れ出たうわ言は、心の奥に隠した本心。

レックスは、俺や他の人達で守るから、エルはよき国王であってほしい。

でも俺が本当に傍にいてほしいのは、一番に頼りたいのは、たった一人だ。

「たすけて、エル……」

「——遅くなってすまない、アレス」

「…………っ!?」

消えかけた意識が戻ってくる。先ほどまでの苦しみが、一瞬の間に全て霧散していた。

周囲の景色も、あの地下室から、館の一室に変わっている。赤髪の半透明の男の姿はどこにもなかった。

俺とレックスを抱きしめるのは、苦しみの中で焦がれた男。

「エル……!?　本当に、エルなのか？」

「ああ。あなたのエルだ。よく一人で頑張ってくれた。ありがとう、アレス」

エルはレックスを片腕で受け取ると、侍従に引き渡し、ベッドに寝かせるように指示を出す。

レックスはまだ泣いていたが、不思議と先ほどよりはずっと落ち着いていた。

今いる場所はレックスの寝室のようだが、周囲には護衛や医師もいて、診察道具と医薬品が置いてあった。誰もが止まった時の中を移動させられたらしく驚いた様子だったが、エルの姿を認めると、すぐに命令に従って動き出す。レックスはいつの間にか完全に落ち着いており、ゆっくりと眠りに落ちていた。すうすうと、穏やかな寝息を立てている。

「レックスはもう大丈夫。後は皆に任せよう」

「う、うん……」

緊張が一気に緩み、全身の力が抜けた。エルの腕に抱かれていなかったら、床に転がっていたことだろう。

「エル……ごめん、レックスがああなったの、俺のせいかもしれない。君に黙っていたことがあるんだ。実はこの保養地に来てから……」

「アレス、いいんだ。自分を責めるな」

「でも……んっ」

なおも言い募ろうとする俺をエルはマントで隠すと、唇を合わせてきた。

キスは色っぽい行為のはずなのに、エルの体温や唇の柔らかさを感じるうち、昂《たかぶ》った精神が宥《なだ》められ、安らぎ、落ち着いていく。

「あなたは十分、レックスを守ってくれた。ありがとう、アレス。あなたはあの子の立派な父親だ」

エルは俺を抱きしめ、キスの合間に言い聞かせるように何度も囁く。

「……だが願わくば、あなたの苦しみを私にも背負わせてほしい。私は確かに赤髪の男を認識できないが、アレスを一人で戦わせたくない。それに――」

エルの声は理性的であろうとしていたが、その表情は苦しげだった。悲痛で、懇願するような眼差しを、俺に向けていた。

「あなたが傍らにいないことに、耐えられない。あなたは私を立派な王だと思ってくれているが、実際は三日離れただけで胸が張り裂けそうになる情けない男だ。あなたが伴侶じゃなかった時間、自分がどうやって息をしていたかも思い出せない。――お願いだアレス。どうか、傍にいることを許すと言って」

逞しい腕でぎゅうと抱きしめられる。俺よりずっと若く頼もしい、俺の伴侶。

この腕の中にいるだけで、俺はなんでもできるような気がした。余裕が生まれ、頭が先ほどの出来事から得た情報をすさまじい速さで処理し始める。

だけど今は、今だけは、情報よりも目の前の男を優先することを自分に許した。

エルのおかげで生まれた余裕で、ゆっくりとエルを抱き返す。

「こんなことを言える立場かはわからないけど……俺も、寂しかった。勝手してごめん。一人にしてごめん」

落ち着いて見てみると、エルの靴は案の定ボロボロだ。俺の比翼の片割れは一人では飛べないが、健脚らしい。

俺達が本当に鳥だったらよかった。そうしたら、一緒に飛んでやれるのに。止まった時間の中で、この男を独りで歩かせないで済むのに。

「一緒にいよう。もう離れないよ。――来てくれてありがとう、エル」

二章　挨拶

「王族の時を止める力、暗殺の心配がないのは助かるが、結構不便だな」

俺は屋敷の外に置かれた大きな箱——駕籠《かご》と呼ばれる移動用の魔道具を見て呟《つぶや》く。

レックスの異変の後、大人は全員で集まり、夜明けまで情報を共有した。そして、全員で王宮に戻ることを決めた。

だが、エルは今日も公務があるため、再び時を止めて一足先に戻る必要がある。その時、できることなら俺とレックスのことも一緒に連れて帰りたいと、珍しく強固に願ってきた。さすがに止まった時の中、二人も抱えていくのは大変じゃないかと聞けば、この駕籠が出てきたのだった。

エルが止めた時間の中では、自然物すらも停止するため、自然の力に由来する魔道具や魔法は本来機能しない。暗殺者から攻撃系の魔道具や魔法で狙われても時を止めればいいのは利点だが、他の便利な技術も同時に全て封じられる。

だがエルは駕籠作りの技術者を他国からわざわざ招き、エル自身の魔力と同調して動くものを作ったのだという。それならば、エルが止めた時の中でも動かすことができる。

駕籠は本来なら、持ち主が移動に使うための道具のはずだ。しかし急ごしらえゆえに、大きな欠点があるらしい。

この駕籠はエルが歩いた土の上を追いかけるという動作しかできないそうだ。だからエル自身は乗ることができない。俺達を乗せるためだけに作り、ここまで持ってきていた。

「まったく、君は多忙だろうに、いつの間にこんなものを作ったんだ？」

「呆《あき》れているか、アレス。いずれこんなこともあろうかと、備えておきたかったんだ……」

エルが、俺の腕に抱いたレックスごと抱きしめてくる。

レックスは夜中の様子が嘘《うそ》のように、朝起きた時にはケロッとしていた。夜中の記憶はなく、手の怪我の治療や医師の診察を、不思議そうに受けていた。

その後、いつの間にか来ていたエルに喜び、一緒に囲んだ食卓で朝ご飯をモリモリ食べ、今は俺の腕の中で二度寝している。抱きかかえていると魔力酔いはあるが、昨夜ほどひどくはない。昨夜、レックスには何があったのだろう。

いつも通りの様子のレックスにひとまず安心したが、念のためすぐに王宮に連れ帰り、侍医にも診てもらうことにした。

「呆れるどころか、感心しているんだよ。実際に使う場面が来たんだから、先見の明があって頼もしい王様だ。でも……」

レックスを起こさないよう片腕で抱き直し、空いた手でエルの頬を撫でる。

「君は働きすぎだよ。あまり無理をしないで……こら、なんで嬉しそうにするんだ」

「すまない。あなたに心配してもらえるのは、何日ぶりだろうと思って」

エルは感情の動きをあまり表に出さない。王になる者として厳しく育てられたため、理性と節制が深く根づき、いつでも穏やかで揺るがない賢王としてふるまっている。

だが俺の前でだけ、エルは少しだけ普通の男に戻る。喜びを隠さず、蕩けるような笑顔を浮かべ、俺の頬に何度もキスをした。

「ここまで徒歩だと何日くらいなんだ？　八日くらいか？」

「あなたに会えると思えば辛い時間ではなかった。あなたがいない王宮にいる時間の方が、よほど長く感じた」

「……次からは、なんとしてでも君を一緒に連れていかないとな」

「うん。そうしてくれると嬉しい」

エルの声音は穏やかだが、目はかなり本気だった。

今までは、俺が離れるのも場合によってはエルのためになると判断していた。だが、どうやら全面的に間違っていたらしい。今回はむごい仕打ちをしてしまった。

「んんー……お父《とーと》さん？　もう王宮《おうち》ついた？」

「起きたかレックス。王宮はまだだよ。ほら、お父様の駕籠に乗せてもらおう」

「うん……のる……」

「私が乗せよう。レックス、おいで」

レックスは眠たげにむにゃむにゃ言いながら、エルに向かって手を伸ばす。エルはレックスをしっかり抱きかかえると、駕籠を開けた。

駕籠の中は広くはないが、窮屈でもない。風通しがよさそうな御簾《みす》という薄い壁に囲まれ、外の風景もよく見えた。

エルがレックスを寝かせ、俺はその横に乗り込む。大人でも足を伸ばしてゆったりと座ることができた。

御簾ごしに、見送ってくれる人々が見える。王宮から保養地へついてきてくれた人達は、来た時と同じように馬車で戻る手はずになっていた。

「一足先に戻る。皆は帰路を急がず、安全な道を選んでゆっくり戻ってきてくれ」

「はい！　エレフセリア様も、道中お気をつけて」

皆に挨拶を済ませたエルが戻ってくる。俺とレックスは朝食の時に、世話になった礼と挨拶をしたから、後は出立するだけだ。

「エル、疲れたら時間を動かしなよ。マッサージくらいならしてやれるし、火の通った温かいものを食べた方がいい」

「ありがとう、アレス」

御簾ごしに、エルが微笑むのが見えた。次の瞬間、瞬《まばた》きもしていないのに風景と、自分の体勢が変わっていることに気づく。

見慣れた東屋《あずまや》は、間違いない。数日ぶりの、王宮の中庭だった。

そして体勢は、クッションにもたれて座っていることには変わりないが、若干ずれていて違和感があった。レックスも、寝ている位置が少しずれている。

「もうついたのか……エル、移動お疲れ様。運んでくれてありがとう。でも……なあ、君はただでさえ歩き通しで大変なのに、道中で俺達を抱きかかえていたりしないよな？」

「さすが聡明《そうめい》だなアレス。……見逃してほしい」

まさかと思ったが遠回しに肯定され、頭を抱える。

どうやら本当に、時を止めて歩いている間、俺やレックスを抱きかかえていたらしい。

若さとはすごい。体力が無尽蔵にあるんじゃないだろうか。もちろん、そんなはずはないのだが。

「侍医に診てもらって、疲労回復の指導を受けてくれよ」

「あなたの言う通りにしよう。――だから、もっと喋《しゃべ》ってくれないか。アレス、あなたの声を聞けることが嬉しい」

「……うん」

駕籠から降りようと縁に腰掛けると、エルはこらえきれないように抱きしめてきた。

俺にとっては瞬きすらもしない一瞬。だがエルは喋らず動かず、意識もない俺とレックスとともに、何日を過ごしたのだろう。

つくづく、歯がゆい。一緒にいたところで、止まった時間の中ではこの男を孤独にしてしまう。

エルの耳元で、しっかりと言葉を重ねる。

「エル、君を愛している。いつだって、君の幸いと健康を願っているよ」

「ありがとう、アレス。私も言葉に尽くせないほど、あなたを愛している」

「ふふ、そうみたいだな。ちゃんと伝わっているから、俺も伝えないと。今夜は君をたっぷり労るからな。道中で披露できなかった俺のマッサージの腕前見せてやる」

「楽しみだ。前に、同僚と肩こりをほぐし合うのだと言っていたな」

「君は手紙の些細《ささい》な内容もよく覚えているなあ」

いまだ眠り続けるレックスをエルが抱き上げ、駕籠から降ろす。

レックスの部屋まで運ぶというエルの横に並び、王宮に入った。

——そこに、赤髪の男が立っていた。

「…………っ！」

驚きで足が止まる。駕籠にはいなかったはずだが、どうやら移動手段がなくても関係なかったようだ。

半透明の男は、俺を見て口を動かすと、風景に溶け入るように消えていった。

「アレス？　……また見えたか。ここにいるんだな」

「ああ。……でも、消えた。一瞬だったけど……何か、言っていたような」

赤髪の男――おそらく古代王の亡霊は、何か短い言葉を口にしていた。

音は耳に届かなかったが、その時の表情が強く印象に残っている。

「声は聞こえなかったけれど――憐《あわ》れまれていた気がする」

「憐れみ？　あなたをか？」

「うん。……そうだ、もしかしたらあの口の動きは……『可哀想《かわいそう》に』かも」

「可哀想、か」

エルと顔を見合わせる。

初恋の男と結婚し、子どもも五歳になる。我ながら、望む以上の幸せを得られたと毎日思っているから、憐れまれる心当たりがない。

「アレス、私に不満があるのなら言ってほしい」

「俺とレックスのためなら無茶を厭《いと》わないことと、暑い日でもくっついて離してくれないこと」

「……すまない……」

「嘘だよ。そんな君も愛してるからな。無茶はしてほしくないけどさ」

俺はエルに対して過保護なのかもしれない。つい口うるさくしてしまう。

だがエルはすまないと言いつつ嬉しそうに笑ってくれるのだから、俺達は本当に相性がいいらしい。

俺は今、間違いなく幸せだ。

だが、第三者から見たらどうなのだろう。

俺もかつて、考えたことがある。比翼とは、運命に番を決められているとは、なんと理不尽なのだろうかと。俺のような年上の男を運命とされて、エルが可哀想だと、あの時は本気で思った。

「なあエル。もしかしたらあれは俺ではなく、王族の比翼に向けられた言葉なのかも」

あの赤髪の男の国は、連理の初代国王によって滅ぼされた。

そして彼は、今に至るまで三千年続く呪いをかけた。

『呪われろ、青髪の王族たちよ。これよりお前たちは、寿命のうちに番を得ること叶わず。番は必ず違う日、違う時に生まれ、貴様らを見つけることはない』

番とは比翼のことだ。俺にとってのエルであり、エルにとっての俺である。

あの亡霊は王族のことを強く恨んでいるから、王族の比翼となった俺を憐れんだのではないだろうか。

「ふむ、そうかもしれない。……だがアレス、レックスの絵では、赤髪の古代王と連理の初代国王は、伝わっている歴史とは違う関係があったように見えた」

エルにも、レックスが描いた城下町の絵を見てもらっていた。絵は破られた上に血で汚れてしまっていたが、描かれた二人の王の表情と、赤髪の王の髪型はかろうじて判別できたのだ。

初代国王らしき人物については、表情以外の判別がつかない状態だったため、王宮に戻ってから俺が肖像画を確認することになっている。赤髪の王の編み込みはエルも見覚えがなく、歴史学者に見せるため写しを作成して持ってきていた。

「そうだよなあ。あの絵がもし本当に過去の場面を描いたものだったなら、少なくとも仲がよい時期があったはずで……それなのに、どうしてあんな呪いをかけるに至ったんだろうな」

「当人に聞ければ話が早いが……難しいな」

「当人って、あの赤髪の古代王か？　確かに話を聞ければいいけど……」

発話ができない相手でも、言葉さえ通じるならば文字盤を作り、視線を使って会話してもらうことは可能だ。だが、あの亡霊が応じるだろうか。

「いや」

エルは首を振ると、視線を下ろした。

俺たちの足元。王宮の床へと。

「初代国王の方だ。彼の名はリベルタス。この王宮の地下で、自らの時を止めて眠り続けており――存命だ」

「え!?」

＊＊＊

「お父《とーと》さん、レックス、お外いきたい……」

「だめだよ、熱があるんだから寝てないと」

肖像画の確認や、初代国王リベルタスの詳細を聞くなど、やりたいことは色々とあった。だがあの後、エルの腕の中で目を覚ましたレックスがぐずったかと思えば、熱を出していた。

侍従は任せてくださいと言ってくれたが、俺かエルがついていないと泣くため、今日はレックスの傍にいることにする。エルは後ろ髪を引かれていたが、仕事に行ってもらった。

侍医に診てもらったが、疲れが出たのだろうということだった。昨夜のレックスの様子がおかしかったことも共有し、王宮ではしばらくの間、レックスの周囲では常に誰かが起きて見守っていくことになった。

「ねるのやだぁ、だっこ……」

「わかった、ほらおいで」

熱で赤くなった顔で手を伸ばされると弱い。抱き上げて、背中を撫でてやりながら、部屋の中をゆっくりと歩く。魔力酔いは辛いが、この子の熱を代わってやれないことの方がもっと辛い。

「おえかきしたい……」

「熱があるのに？　そんなにお絵描きが好きになったのか？」

レックスはどちらかというと、座って何かするよりも体を動かす方が好きな子だ。

情操教育の一貫として絵の授業を受けてはいるし、似顔絵や興味を持ったものを描くことはある。

しかし、課題でもないのに自分からやりたいと言い出すのは保養地にいた時と今回の二回だけだった。

まして今回は、熱で体が辛いはずだ。

「おえかきしたい……ねむくないの」

「眠くないって、今にも寝そうなのに。ほら、ベッドに戻ろう」

「やだぁ……お父《と》さ《ー》ん《と》かくの……」

「すごく嬉しいよ。熱が下がって、元気になったら描いてほしいな。いい？」

「うん……」

喋りながらまぶたが下がってきたレックスを、そっとベッドに横たえる。汗に濡れた小さな額を、冷やしたタオルで拭った。

子ども用の寝巻きも汗で濡れていたが、すぐに淡く輝き、乾いた生地に変わる。風魔法がよく働いているから、着替えさせるのは起きてからでいいだろう。

（レックスが起きた時のため、冷えた果実水を用意しておいてもらうか）

音を立てないよう静かに立ち上がろうとする。だが俺の指を、小さな熱い手がぎゅっと握って阻んだ。

「……いかないで……」

「どうした、心細いのか？」

まぶたを開くのすら大変そうなのに、手の力は強い。レックスは年相応に甘えん坊ではあるが、ここまでして俺を引き留めようとするのは珍しい。

「はなれないで……いっしょにいて……」

「……わかった。離れないから、レックスも眠りな」

「うん……」

ベッドに入ると、レックスは俺にすがるように抱きつき、すぐに眠りに落ちた。

これだけくっついていると、本を読むなどのことをしていれば起こしてしまいそうだ。

「俺も一眠りします。レックスに薬を飲ませるので、昼食の時間に起こしてください。あと、冷えた果実水をお願いします」

「承知しました、アレス様」

部屋の入口付近で控えていた侍従に声をかける。部屋の扉は開いており、護衛も二人立っていた。

これならば、昨夜のようにレックスがどこかに行こうとしても止めてもらえるだろう。もし時止めの異能が発現したとしても、王宮には備えが多いため安心だとエルが言っていた。

心配する必要がないとわかると、俺にも眠気が襲ってきた。

（エルは大丈夫かな……旅の疲れが出ていないだろうか……）

眠りに落ちる瞬間、脳裏に浮かんだのは、青髪の伴侶の姿だった。

＊＊＊

（これは、夢だ……）

自分は今、夢の中にいるのだと直感した。明晰夢《めいせきむ》というやつだろう。だが、体を自由に動かしたりすることはできなかった。

王宮の中庭で、俺は東屋に座っている。

離れたところでイーゼルを立て、俺を描く人物がいた。

青い髪で、少しラフだが貴人の服装をしている。

（……エル？　夢の中にもエルが……いや、別人だ。エルじゃない）

一瞬見間違うほど、その男はエルに似ていた。よく見れば髪が長く、後ろで縛って背中まで垂らしている。

（彼は俺をモデルに、絵を描いているのか……？）

ぼんやり考えていると、ふいに青髪の男と視線が交わった。

「アレス、疲れたか？」

（！）

名を呼ばれたことに驚いた。声もエルと似ているが少し違うこの人は、俺の名をなぜ知っているのだろう。

「いや、考え事をしていただけ」

口が勝手に動いた。だがこの声は、俺のものではない気がした。

「おお私のアレス、悩みなら分けてくれ。今日は何が気にかかるんだ？」

「王として、悩みなんて山ほどある。君はなんでもその力で解決するが、俺のような凡才は、民のために考え続けることしかできないんだよ、リル」

俺はようやく気づいた。この〝アレス〟は、俺ではない。どうやら二人は国王同士で、俺はその片方の視点を借りて、この場の会話を聴いているようだ。

「アレス、私を利用しろ。私が力を使えるのはアレスが傍にいてくれるからだ。あなたを見つける前、私が狂王と呼ばれていたのを知っているだろう？」

「……こら、駄目だリベルタス。我が国が正式に併合されるまで、君は他国の王なんだから、政治には関わらせない」

（リベルタス……？　どこかで聞いた名のような……）

大事なことだった気がするのだが、思い出せない。

「つれないことを言う……」

青髪の男の落ち込み方が、ずいぶんエルに似ていて、笑ってしまった。青髪の王族にこのような落ち込み方をさせるなんて、まるで、そう、まるで――比翼だ。

「アレスは私の比翼で、私はアレスの比翼なのに、ちっとも頼ってくれないな」

（………‼　やはり、そうなのか）

「比翼なんて、我が国にない制度を持ち出されても困る」

「制度で括《くく》れるようなものではないと言っているのに、強情だなアレス。あなたの魂は、もう理解してくれているのに」

青髪の男は絵筆を置き、優雅な足取りで近づいてきた。

東屋の柱に手をつき、ベンチに座る〝アレス〟を見下ろす。

青髪の男は幸せに満ちた表情で、〝アレス〟の目を覗き込んだ。

――瞬間、険しい顔で〝俺〟が睨まれる。

「貴様は誰だ？」

（…………ッ‼）

低い声とともに放たれたのは、心臓が握りつぶされたかと思うほどの殺気だった。臓腑《ぞうふ》が冷え、呼吸が止まる。

俺は苦しさにもがくこともできず、意識が遠のいていき――

＊＊＊

「アレス、アレス‼」

「――ハ……ッ!!」

揺り動かされ目を覚ますと、レックスを腕に抱き、一緒にこちらを覗き込むエルの姿があった。間違えようがない、俺のエルだ。

「エル……ッ!!」

無我夢中でしがみつく。恐怖で心臓が痛いほど脈打っていた。

「昼食に呼びにきたら、ひどくうなされていた。悪い夢を見たのか?」

「いや……違う。多分……ただの夢じゃなかった」

エルに背を撫でられるうち、心が落ち着いていく。見た夢を忘れないうちに、何度も頭の中で繰り返し、脳裏に焼き付けた。

「あれは過去だ。この王宮の、三千年前の光景だ」

「なんだって……? それはまさか」

「ああ。でも所詮は夢だ、確かめないと」

今にして思えば、なぜ気づかなかったのか不思議なくらい、現代の王宮とは異なっていた。東屋の種類も、中庭から見える王宮の建築様式も、植物の植え方も、全く違う。

呪いのことを調べている間、様々な資料に目を通したからわかる。長く続く王朝の中で、王宮は何度か大規模な改修があり、あれは――建国当初の建築様式だ。

夢は、目を覚ました瞬間から、指の間をすり抜ける砂のように消えていく。

だからすぐにでも確かめる必要があった。

「エル、今すぐ連理の初代国王――リベルタス様の肖像画を見せてくれ。もし夢が本当なら、赤髪の古代王の名はアレス」

俺と同じ名の古代王。俺はおそらく、彼がいつか見た光景を、夢で見たんだ。

「あの二人は——比翼だった!!」
＊＊＊

連理の初代国王の肖像画は、間違いなく俺の夢や、レックスの城下町の絵で見た男の姿だった。王族の肖像画は定期的に写しが作成されているため、三千年前の人物であっても間違いはない。

あれから数日かけ、様々な分野の学者も交えて夢の考察が行われた。

その結果、俺は今——実家の門の前にいる。

最初は、俺一人で行くつもりだった。

しかしなんだかんだと言いくるめられ、王宮の書記官に扮《ふん》したエルと、街の子と同じ服を着たレックス、そして数人の護衛も一緒という大所帯だ。レックスは俺たちと手を繋ぎ、はしゃいでいる。

「なあエル、本当に行くのか？　わざわざ親に挨拶なんてさあ……」

「ああ。ずっと気にかかっていた。始めに、今までの不義理を詫《わ》びなければ」

「いいって……。結納品の交換はやってくれたんだし……」

俺の実家は王都郊外の街で、生活用の陶器を作って売っている。

両親ともに健在だ。俺は兄弟姉妹が多いが、今は全員が家を出て、別の家庭をもっていた。

末の妹は十年前に嫁に行った。平民は通常、二十歳までには結婚するものだからだ。

だが、俺は四十歳を過ぎても独身だった。研究ばかりで結婚する様子を見せない息子に、両親はずいぶん気を揉《も》んでいたものだ。

もはや俺も両親も結婚を諦めきっていた時、エルが現れた。そして、あれよあれよという間に結婚した。

その際だが、両親には手紙での知らせと、相手が王族とわからない程度のちょっと豪華な結納品の交換だけに留《とど》めている。

結婚した時、俺の腹はすっかり大きくなっていたし、相手はエレフセリア国王陛下だ。エルは挨拶に行くと言ってくれたが、俺が断った。そして両親には『王宮で出会った相手と子ができて結婚した』とだけ伝えた。

そのせいで両親は、俺がよい家柄の同僚に手を出して妊娠させたと思っている。

『とにかく嫁に優しく、嫁を優先しなさい』と何度も言われたため、今まではこれ幸いと、年始の挨拶も俺だけがちらっと顔を出す程度でいた。嫁は舅《しゅうと》や姑《しゅうとめ》に会いたくないものだろうと言えば、両親は納得してくれた。

だが——エルだけは納得していなかった。

この国の平民は、年始に親族で集まるのが通例となっており、エルも参加したがっていた。しかし、顔出しをしていない俺と違って、王族のエルは行事などで非常に忙しい。そのため年始の挨拶は、いつも俺だけで行っていた。

ゆえに、エルは常日頃から、俺の実家に行くチャンスを窺《うかが》っていたようだ。

今回、俺の実家でとあるものを調べる必要があると知ると、エルはすぐさまお忍びで街に出る手はずを整えた。

一応、親には結婚相手を連れていくと手紙を出したし、エルには両親が俺の相手を女性だと思っていることは伝えてある。

だが非常に不安だ。結婚相手が男性だと知り、両親はどんな反応をするのだろうか。

連理の王国は古来より同性婚が認められているが、庶民は子を作る組み合わせで結婚することが多い。女性同士の妊娠技術は四十年ほど前からあったが、男性側が産む技術はつい最近俺の研究が実って普及したばかりで、男性同士の婚姻となると庶民の中ではまだまだ珍しいのだ。

両親は俺の研究を知ってはいるが、だからといって息子が男性と結婚して子を産んだと聞かされるのは、驚くのではないだろうか。

「うぅ……こんなことになるなら、最初から男性と結婚したと伝えておけばよかった……」

「ご両親が驚くことを防ぎたかったのだろう？　そして、私が罵倒される可能性も考えてくれた。違うか？」

「……違わないよ。ああもう、君は本当に俺のことをよくわかっているな……!!」

両親は愛情も懐も深い、優しい人達だ。だが人間は驚いた時、吐き出すつもりがなかった拒絶が口をついて出ることがある。

理性や善性で止められるはずのそれらが表に出てしまった時、言った側も言われた側も傷つくものだ。俺はそれを一番恐れていた。

想像だけで落ち込んだ俺の肩を、エルがレックスと繋いでいない方の手で抱き寄せる。親子で円ができた。

エルが額をくっつけ、鼻を擦り合わせてくる。穏やかな瞳が、まっすぐに俺を見ていた。

「安心してくれ、アレス。一度で受け入れてもらえなくても、許してもらえるまで何度でも誠実にご挨拶に伺うつもりだ」

「なんて挨拶するつもりなんだよ。まさか、息子さんと結婚させてくださいって？」

「そう。順番は前後したが、あなたと結婚する者として当然の権利だ」

「権利なんだ……」

両親への挨拶なんて緊張するものを、権利と言いきる者がいるなんて思わなかった。

俺の場合、東の保養地にいるエルのご両親とは、向こうの事情で手紙のみの挨拶で済んで、安堵《あんど》したくらいだ。まあ比翼を他者に見せたくないという理由で、結婚の挨拶を手紙だけでよしとする両親は、珍しい部類だろうが。

「緊張するが、楽しみだ。ご両親に納得いただけるまで、最愛のアレスと我が宝のレックスを私がどれだけ愛しているか、いくらでもお伝えしよう」

「俺はそれを隣で聞くはめになるの……？」

エルが緊張すると口にしたことで、俺の気は緩んだ。

そうだ、この国の王様ですら緊張する場面で、俺が一人で思い悩んでいても仕方がない。

一人じゃないんだ。エルも、レックスも、助けてくれる人々もいる。

「よし……じゃあ、行くか」

意を決して、俺は玄関へと向かった。

「おかえり、アレス」

「アレス、おかえりなさい。あら、そちらは……？」

呼び鈴を鳴らすとすぐに両親が揃《そろ》って出迎えてくれる。二人とも少し緊張した面持ちで、普段より良い服を着ていた。

「あーっと、父さん、母さん、紹介する。彼はエル。王宮で書記官をやっている。貴族に連なる人だから、後ろの人達はその護衛」

「息子の上司の方ですか。こんなところまでお越しくださってありがとうございます」

父がエルに向かって頭を下げる。

庶民は国王陛下の顔を間近で見ることはないし、エルは黒髪のウィッグを使って変装していた。しかし高貴な気配は隠せておらず、両親は自然と腰が低くなる。

「待って、その、違うんだ、上司じゃなくて、この人が俺の……結婚相手」

「ええ!?」

「結婚相手って……アレスがこの方とか!?」

二人とも、それはそれは驚いた。でも嫌悪はない様子だから、心から安堵する。

「う、うん。それで、この子はレックス。俺が産んだ、俺とエルの子。レックス、ご挨拶できるか？」

レックスは少し人見知りをして俺達の後ろに隠れていたが、促すと前に出て、勢いよく指を五本立てた。

「おじーさま、おばーさま、こんにちは！　僕はア……レックス、五歳です！」

アレクシア、と名乗りそうな息子に一瞬ヒヤリとした。普段は愛称で呼ばれたがるし言いたがるのに、緊張した時に出てくるのはアレクシアの方らしい。エルフセリア国王陛下が結婚したことと、子の名前がアレクシアであることは公表されているから、危ないところだった。

まあ、王家の家名を名乗らなかったから上等だ。言いかけた時点でエルに時を止めてもらって阻止する手はずになっていたが、必要なかった。

「よくできたなレックス。偉いぞ」

「レックスちゃん、こんにちは。会えてとっても嬉しいわ。ふふ、目元はエルさん似で、顔つきは小さい頃のアレスそっくりね」

「こんにちはレックス。ほ、本当にアレスからこの大きな孫が生まれたのか……？」

「父さん、俺の研究知ってるだろ。生まれた時はもちろん今よりずっと小さかったけど、確かに俺が産んだ子だよ」

「妊娠したのか……」

「妊娠したよ」

父さんは俺の顔と腹に何度も視線を往復させ、呆然とする。

「あらお父さん固まっちゃった。玄関を塞いでごめんなさいね、この人ったら、受け止めるのに時間がかかるみたい。横を通って上がってくださる？」

父と長い付き合いの母は動じることなく、エル一行を奥へと通した。

ダイニングには、兄弟姉妹の結納の時と変わらない量のごちそうが並べられている。こんなに大きな息子のためでも、張り切ってくれたようだ。

飲み物を用意するために立ち上がった母についていて、台所に行く。茶葉を入れたポットに湯を注ぐ母さんの隣で、カップを温めた。

「母さん、あんまり驚いてないね？」

「そりゃあね、アレス。四十過ぎた息子がいきなりいいところのお嬢さんと結婚したとか言うから、実在しないいんじゃないかと疑ってたの。手紙やたまに会った時も、何か隠していそうだったしね。その理由が全部わかって、安心したくらい」

「そうなんだ。……エルには感謝しないとな」

「そうよ！　男性とは思っていなかったし、あなたよりずっと若い人だったのは驚いたけど、すごくしっかりしていらっしゃって……どうしてアレスと……？　アレス、あなた騙《だま》されてない……？」

「騙されてないよ」

母さんが疑うのも尤《もっと》もで、苦笑してしまう。

俺も最初は、エレフセリア様の姿をした詐欺師だと思ったものだ。

「エルは俺をすごく大事にしてくれている。俺も、あの人を大事にしたいと思ってるよ」

「思うだけじゃ駄目よ。あなたは昔から、何かにのめり込むと他をおろそかにしがちだから、気をつけなさいね」

「うん」

母の助言が骨身に沁《し》みる。心当たりは山ほどあった。エルの忍耐と許容にもたれかかる関係にならないよう、努力をしていかなくては。

（亡霊の件が落ち着いたら、エルのやりたいことを聞いてみるか。実家への挨拶みたいに、エルが言ってこないだけで色々我慢させていそうだ）

香り立つ茶を淹《い》れたカップをトレイに並べ、ダイニングに戻る。

「お待たせ。レックスには果実水もあるよ」

「食事の時に飲んでいいの!?」

「うん。お祖父《じい》様とお祖母《ばあ》様のこの家は、お祝いの時だけは特別に飲んでいいことになってるんだ」

「わーい!!」

子ども用のカップに入れた果実水を渡すと、レックスは身を乗り出し、片手で取ろうとしてしまう。カップが傾いてこぼれると思ったが、次の瞬間にはカップは平衡を取り戻し、果実水の水面が揺れるだけになっていた。

エルの力だ。時を止められる伴侶、子育てにおいても頼もしすぎるな。

母が違和感に気づかなかったか横目で見るが、皆に取り皿を配っており、こちらを見ていなかった。ほっと胸を撫で下ろし、エルにはありがとうと目配せをしておく。微笑《ほほえ》みとともに目配せが返された。

宴席の準備が整った頃、玄関で固まっていた父がようやく戻ってくる。

エル達が座る対面に、俺と両親は腰を下ろした。

「先ほどは失礼を……ああ、アンフ、準備を任せてしまってすまない……。ええ、改めまして、アレスの父のアルムです。今日は私達の家へようこそお越しくださいました」

「やだ、名乗り忘れてた！　母のアンフです。いつも息子がお世話になっております」

夫婦が頭を下げると、エルも居住まいを正した。元々姿勢も所作も見ていて気持ちがいいほど美しい男だ。そんな彼が意識をするだけで、周囲の空気すら凛《りん》と澄んだものに変わり、自然と高貴さを滲ませる。

「エルと申します。このたびは急な来訪にもかかわらず、素晴らしい宴席を用意してくださって感謝します」

エルは立ち上がり、深々と頭を下げた。まさかの最高礼だ。国王陛下が何してんだ。

俺や両親は動揺したが、護衛達はわかっていたようで、自分たちも立ち上がり、それぞれ名乗ってから頭を下げる。

両親も慌てて立ち上がろうとしたが、エルが「どうかそのままで」と止めた。

「食事をいただく前に、お話ししたいことがあります。よろしいでしょうか」

「え、ええ。どうぞ……ああ、お座りください」

「ありがとうございます」

エルはもう一度頭を下げると、音を立てずに座り直した。その姿すら様になっており、レックスがキラキラした目で見つめている。そうだなレックス、お父様かっこいいな。

「ご挨拶が遅くなり、申し訳ありません。私は王宮でアレスに惚《ほ》れ込み、文通を申し込みました。手紙でのやり取りの末、直接会うに至り、アレスに結婚を許してもらいました」

嘘はついていないが、言えないことが多いため、どうしても少し曖昧になる。それでも、エルの真剣さは俺にも両親にもよく伝わってきた。

「結婚した時点で、アレスの腹には私の子が、レックスがいました。ですが、レックスを授かったから結婚したのではありません。もちろん、レックスを授かったのは心からの喜びです。しかし私はお腹の子のことを知る前からずっと、アレスのことを愛していました。婚姻から五年経っても、この気持ちは色褪《あ》せるどころか、毎日愛おしさが積み重なっています」

（ぐぅ……っ！　俺、どんな顔してこれ聞いていればいいんだ）

嬉しいが、気恥ずかしい。気恥ずかしい九割だ。

まさかこの歳になって、両親の息子として、伴侶の告白を聞くことになろうとは。両親に初孫が生まれたのは今の俺よりずっと若い時だったというのに。

荒れ狂う俺の心の中を知ってか知らずか、エルはどこまでも真剣で、誠実で、かっこよかった。

身分なんて微塵《みじん》も気にせず、両親に向かって再び深々と頭を下げてくれる。

「私は生涯を通してアレスを愛します。どうかそのことを、ご両親にもお許しいただきたい。お願いいたします」

涙が出そうだった。俺のために、この男はここまでしてくれるのか。

両親は二人揃って圧倒されて固まっていたが、やがてハッと我に返ると、こちらも深々と頭を下げた。

「こ、こちらこそ——アレスをお願いします」

「ご挨拶をありがとうございます。この子をよろしくお願いします」

「ありがとうございます……!!」

許しを貰ったエルは顔を上げると、晴れ晴れとした満面の笑みを浮かべた。

最近は馴染《なじ》みすぎて忘れていたが、そういえばエルは立ち居振る舞いだけではなく、顔立ちも非常に美しい。ましてあまり感情を強く出さない男の、これでもかというほど晴れ晴れした笑顔だ。

それを真正面から見た俺達は、見惚《みと》れすぎて親子三人で仲良く固まったのだった。


俺達が落ち着いた後、宴席が和やかに始まった。

「まさかエル殿の方からうちの息子にアタックされたとは……」

「結婚まで大変だったでしょう。アレスは昔から、自分への好意に鈍いから」

「そうですね……確かに長い間、友人としか思われていませんでした。ですが、それでも十分に幸福でした。アレスの手紙はいつでも、彼の優しさと懐深さが現れていたから」

「お父《とー》さん《と》ね、すごくやさしいよ！」

両親とエル達が歓談する横で俺は、引き続き襲いかかる気恥ずかしさを誤魔化すように、久々の実家の味を堪能していた。王宮の料理も好きだが、口に馴染むのはやはり実家の味だ。

エルも護衛達も、料理を美味しいと食べてくれていた。連理の王国は国全体に毒消しの魔法がかけられているため、毒見の必要がないのがありがたい。王宮とはさすがに素材のグレードが異なるから口に合うのか心配していたが、杞憂だったようだ。

レックスなどは気に入ったおかずをおかわりしたがり、祖父と祖母を喜ばせた。


「おなかいっぱい！　ごちそうさまでしたー!!」

「まあレックスちゃん、いいご挨拶。デザートに甘いものもあるのだけど、後にする？」

「デザート！　たべます！　たべたーい！」

「俺が取ってくるよ。どこにある？」

「あらアレス、ありがとう。食器棚の上の皿よ、見たらすぐわかるから」

「了解ー」

我々もと立ち上がろうとする護衛達に座っていていてくれと手で制し、空いた食器を集めてから台所に向かう。

（食器棚の上の皿……あれか。なんでこんなところに置いたんだ……？）

台所の食器棚は俺の身長よりも高い。さっき台所に来た時は気づかなかったが、見上げると確かに素焼きの大きな皿が、ドーム状の覆いをかけられて鎮座していた。

手を伸ばし、慎重に棚から下ろす。

覆いを取ると、思わず呻き声が漏れた。

「まさか、こんなものを用意していたとは……」

両親手製の皿に乗せられていたのは、鮮やかな赤色のパイ。結婚式の時のお祝いで振る舞われる伝統的なものだ。

中にいくつもの具材が入っており、この先の人生で様々なよいことが訪れますようにという願掛けが籠められている。

だが、作るのが大変な割に味が混ざりすぎてそんなに美味しくはないパイは廃《すた》れつつあり、今はもっと簡単に、様々な焼き菓子で代用されている。今どきこれを作るのはよほど張り切った結婚式の時くらいだ。

うちでは、兄弟姉妹の中で最初に結婚した長女の時にだけ作られた。

（父さんも母さんも、兄弟姉妹の中じゃ俺が最後の結婚だからって浮かれたな……？）

結婚式ではないのに、わざわざこんなものを用意してくれたんだ。俺はどうやら、かなり両親に心配をかけていたらしい。

だがこんな浮かれきったものを、どんな顔して持っていけばいいのか。

「アレス、それがデザートか？」

「！　エル⁉」

声をかけられ振り向くと、エルがお茶のポットを持って立っていた。お湯の追加に来たのだろう。重ね重ね、国王陛下が何やってるんだ。

思わずパイを後ろに隠すが、俺より背が高いエルにひょいと覗かれてしまう。

「これは……」

「ちょっとその、両親が浮かれてくれたみたいで」

「……結婚式をやり直そう。ご両親も呼んで」

「いい、いいって。息子が国王と結婚したなんて知ったら、驚くどころじゃ済まないだろ」

「……そうだな」

エルはポットを置くと、自然な動作で俺を抱きしめた。俺にとってもはや最も落ち着く場所となった腕の中で、様々な感情が溢《あふ》れ出す。

「なあエル、俺さ」

「うん？」

「君と結婚してよかった。今日は一緒に来てくれてありがとう。──俺も毎日、君に惚れ直してるよ」

「アレス……キス、しても？」

「ふふ、うん。いいよ」

エルの唇が重なってきた。変装の黒髪も似合っているが、やはり深青の髪の方が俺のエルらしいな、なんて考えながら、目を閉じる。

実家の台所の片隅で俺達は身を寄せ合い、触れるだけのキスで静かに愛を確かめ合うのだった。

結婚式のパイを平らげた後のお茶の時間。エルとレックスが父と和やかに歓談しているのを横目に、俺は母に問いかける。

「母さんあのさ、うちの家系図ってどこかにある？」

「家系図？　あるとしたら、アレスさん……あなたの曽祖父のお屋敷ね。覚えている？　隣町の」

結婚の挨拶も重要だったが、実家に来ることになった本題はこちらの方だった。

「ああ、子どもの頃に何度か行ったよな。そういえばあのお屋敷、かなり広くなかった？」

ややこしいが、俺の名は曽祖父と同じだ。アレスという名は昔から一族の男子によくつけられてきた名前だと、子どもの頃に聞いたことがある。

――だから今日、家系図を見にきた。

俺が夢で見て以降、連理の王国や周辺諸国へ秘密裏に人が派遣され、『アレス』という名の古代王について調査が進められている。初代国王は資料を破棄させたが、残っているものがあるかもしれないという可能性に賭けて。

あの亡霊の手がかりを見つけだし、なぜ俺やレックスの前に現れるのか、彼の真意を知る必要があった。

そのため、赤髪の家系でアレスという名が伝わっている俺の家も、念のため調べてみることになったのだ。

初代国王に話を聞けたら早いのだが、かの人物は城の地下で自らの時を止め、永遠に近い眠りについているそうだ。彼が眠る石室は、王族の異能が時止めに変わる前に生み出されたという分厚い氷の向こうにあり、姿を見ることも叶わなかった。

「あのお屋敷、立派よね。話してなかったかしら？　うちの一族は八代ほど前までは、この国の貴族だったのよ」

「え……そうなんだ？」

ドキリと心臓が跳ねる。今の今まで、俺の家系は代々庶民だったと思い込んでいた。だから家のことを調べても何も出てこないだろうと諦め半分だったのに、にわかに可能性が高まってくる。

「なんでも、時代の波に乗り切れずに没落して爵位を返上したそうよ。残った財産をやりくりしていたけど、あなたの曽祖父の方のアレスさんが浪費家でねえ。あのお屋敷を建てて豪遊して、全部使い切っちゃったって」

「へぇ……。今お屋敷は誰か住んでる？」

「ちょっと前まで母さんの姉夫婦が住んでいたけど、引っ越してからは無人ね。古いお屋敷だから使い勝手が悪いみたいで。隙間風もすごいんだって」

あのお屋敷どうしようかねえ……とため息を吐く母には悪いが、今の俺達には好都合だった。

エルの方をちらりと見ると、視線が絡む。そっと目配せをしてみせた。可能性がありそうだ、と。

「なら、今から行ってもいい？　鍵あるかな」

「門の横に生えている木の、洞の中にあるはずよ」

「不用心な……。でも助かる、後で行ってみるよ」

「家系図は、あるとしたら屋根裏ね。古いものばかり置いてあって埃《ほこり》とクモの巣がすごいから、気をつけて」

「うん」

なぜ家系図が必要なのかを聞かれないのはありがたかった。両親は割とそういうところは放任主義で、子どもの好きにやらせてくれる。

この人にとっては、俺はいつまでも子どもなのだな、としみじみ思った。

でも、俺も今はレックスの親だ。子を守るためにできることがあるなら、気がはやる。

「ありがとう、母さん。父さんも。俺達、そろそろ行くよ」

「もう行くのか？　夕食も食べていったらどうだ」

「お父さんったら、引き止めないの。でも、アレスもエルさんもレックスちゃんも、よかったらまた来てね」

「必ずまた伺います。年始は仕事の都合で難しいのですが、そちらもいずれは」

（いずれって、エルの年始の予定が空くとしたら、退位後なんじゃ……）

本来、王座は独身の者のみが座る慣習だが、エルは他の王族に番探しを許すために、俺と結婚しても王位に居続けている。

だが俺という比翼を得たエルが、一刻も早く退位したいと望んでいることは知っていた。まさか俺の実家をきっかけに、賢王エレフセリアの退位が早まったりしないだろうなと、内心穏やかではない。

そんな俺の心境を知ってか知らずか、エルは最後まで優雅かつ穏やかで、すっかり両親を虜《とりこ》にしていた。両親への挨拶は、大成功だろう。

レックスも楽しめた様子で、馬車に乗り込むと名残惜しげにいつまでも手を振っていた。

「エル、レックス、ありがとう。母さんと父さん、二人に会えて嬉しそうだったよ」

「またきたい！　おじーさま、こんどきたら、おさらのつくりかたをおしえてくれるって！」

「強く優しい方々だったな。彼らの善良さを守ることは、アレスの伴侶としては元より、王としても私の目標のひとつになる。レックスも、よく覚えておきなさい」

「はい、お父様《とさま》！」

対面の座席に、並んで座る親子を見て、不思議な気持ちになった。自分の伴侶と息子に対して、『微笑ましい』と『恐れ多い』の二つの感情が同時に押し寄せる。

実家帰りに一緒にいるのが王族だなんて、数年前の自分に言っても信じないだろうな。

「ところで、アレス。聞きたいことがある」

「うん？」

懐いてくるレックスを抱っこしたエルは、ふいに真剣な目を俺に向けてきた。ちょうど惚れ直していたところだから、正面から射抜かれてドキリと心臓が跳ねる。

しかし、かけられた言葉はなんというか、俺が知る、いつものエルだった。

「アンフ殿が『アレスは昔から、自分への好意に鈍いから』と言っておられた。あなたに好意を寄せた人物が過去にいたのか？」

「え、母さんそんなこと言ってた？」

「ああ。……あなたは素敵な人だから、好意を寄せられるのは当然だ。しかし、あなたがその人物をどう思っていたかは、気になる」

言われてみれば、確かに宴席が始まったばかりの頃にそんな話が出ていた気がする。あれから色んな話をしていたのに、よく覚えていたな、エル。そんなにずっと気になっていたのか。

「ふ、ふふ……」

「アレス？」

「いやごめん、君が愛おしいなって。言っておくけど、全く心当たりがないよ。俺はずっと君に近づくために、勉強と研究に明け暮れていたんだからな！」

エルに一目惚れしたのは二十一歳の頃だが、それ以前も当然心当たりはない。あればさすがに覚えているはずだ。

なにせ結婚適齢期だからな、多少は色恋を意識した時期もある。相手がいなかったし、勉強の方が楽しかったから結婚は諦めたわけだが。

「俺の鈍さには、君も苦労しただろ？」

いたずらっぽく笑ってみせると、エルは安堵した様子で、柔らかな微笑みを向けてきた。

「そうだな、あなたの友として文通するのは幸福だったが、少し焦《じ》れることもあった」

それでも今は幸せだと、エルが囁く。

さっきは恐れ多いと思ったが、やはりこの男はどこまでも俺のエルなのだなあと、改めて実感した。


いざ到着した屋敷の屋根裏は、想像を絶する状態だった。

「うわ、この中から家系図を見つけ出すのか……」

まず、広い。王宮の俺の部屋に匹敵する広さだ。

そして、ものが多い。広々としているはずの床のほとんどが、大型の家具や、何かを詰め込んだ箱で埋め尽くされていた。

「埃がひどいから、レックスは下に戻ってな」

「ぼくも一緒に探す！」

「だめ。体に悪い」

家具を除外しても、箱だけで相当な数がある。これは手分けしても一日二日では足りなさそうだ。

「家系図と思われるものを見つけた。確認してくれ、アレス」

「え……!?」

下に行きたがらないレックスと格闘していた一瞬のうちに、エルが俺の前に移動し、紙の束を差し出していた。

「まさか、時間を止めて一人で探したのか!?　この中から……!?」

「貴族は家系図の更新が義務づけられているから、そう奥にしまい込まれるようなものではない。場所の見当も、おおよそついていた」

「それでも大変だっただろ。何も一人でやらなくても……」

よく見ると屋根裏部屋は、先ほどよりもあちこち動かされた様子があったが、確かに部屋中をひっくり返したというほどではない。

だがエルの服は少しくたびれ、時間を動かす前に払ったのだろうが埃が薄くついていた。

「……私には古代王の亡霊が見えないから、あなた達を直接守ることができない。この力で役立てることがあるなら、なんでもしたかった」

「エル、君ってやつは……」

家系図を受け取り、エルが自分では落としきれなかっただろう背中の埃を払う。

あらかたはたき落とすと、そのまま抱きしめた。逞しくも健気《けなげ》な背中に、頬を擦り寄せる。

「ありがとう。君はいてくれるだけで頼もしいのに、行動でも示してくれるな」

エルは振り向き、俺をそっと抱き返した。

見上げると、視線が絡み合う。自然と俺は背を伸ばし、エルは身を屈めた。

「すごい！　これ、レックスもいる？」

唇が触れ合う寸前、賑やかな声が上がる。

見ればレックスがいつの間にか家系図を近くの机に広げ、興味津々に眺めていた。

俺達は顔を見合わせ、苦笑する。

「レックスはいないよ。でも、記されているのはレックスの先祖だ」

「なんでレックスはいないの？」

「途中で書くのが止まっているから。書き足していけば、この辺りに、エレフセリアとアレスの子ども、アレクシアって書かれるよ」

家系図の空白に指で円を書くと、レックスはキラキラと目を輝かせる。

「わぁ……!!　ぼく、お父様《とさま》とお父《とー》さんの子どもなんだ！」

「ふふ、それは、生まれた時からずっとそうだよ」

俺の妹や弟もそうだったが、子どもは時に予想がつかないことを言う。微笑ましい。

家系図は管理が適当だったのか、年代がバラバラになっていた。エルはそのうちの何枚かをめくっていたが、ふと手を止める。

「アレス、ここを見てくれ」

「ッ！　これは――」

息を呑んだ。

書かれていたのは、およそ三千年前の人物。家系図で最も古いであろう人。

その名はアレスではなく、性別も女性だった。だがその名の横に描かれていたのは、おそらく貴族だった頃の、うちの家系の紋章。

――真っ赤な蝶だった。

「赤い、蝶……⁉　で、でも、貴族の紋章はとっくに調査されていたよな？」

俺とレックスにしか見えなかった、赤い蝶。俺が幻覚かと悩んだ時や、古代王の調査が始まってすぐの頃、この国の歴史は徹底的に調べられた。

その時、国に多数存在する紋章についても、紋章官がしっかりと調べてくれたはずだ。

だが、赤い蝶はどんな資料にも存在しなかった。

「青や黄など、赤以外の蝶の紋章は数種類あった。おそらくだが――初代国王リベルタスが古代王アレスの情報を破棄させた時期に、あなたの先祖は紋章の色を変更したのではないか」

「それで、一族の家系図でだけは、本当の色を残し続けたってことか……‼」

背を冷たいものが流れる。

もし全ての推測が当たっているなら。

俺とレックスは、直系でこそないだろうが、おそらくは古代王の血縁の――末裔《まつえい》だ。

「この家系図に記されている名をすぐに調査させよう。……それから、アレス。もうひとつ、気になるものを見つけたのだが……」

「………!!　なんだこれ……はは、もう調べなくても確定じゃないか……？」

エルが差し出したのは、一冊の本。かなり古いようで、ボロボロだ。表紙の文字も千年近く前ののもののようで、専門家ではない俺にはほとんどわからない。

だが、大きく書かれたひとつの単語だけは知っていた。俺はこのところずっと、その単語と向き合ってきたのだから。

「呪いについて書かれた本、か」

赤髪の古代王がなぜ俺達にだけ見えるか、因縁はわかった。

ならば次は、その理由を知るべきだろう。

＊＊＊

曽祖父の屋敷で発見された本は、早急に解読が進められた。その結果、俺達の想像はほとんどが当たっていた。

三千年前、連理の初代国王リベルタス様は、古代王アレスの国の資料を全て破棄させた。だが古代王の一族の中では密かに語り継がれており、千百年ほど前にたった一冊、口伝の内容が手書きでまとめられた。それが、あの本だった。

本の冒頭には、赤髪の古代王が青髪の連理の王に求婚され、それを受けたこと。

王家の婚姻という形で、赤髪の王の国が連理の王国に併合される予定だったこと。

国内での反発はあったが、赤髪の王の国では最も強い『呪《まじな》い術師』が王になる習わしだったため、表立っての抵抗はなかったことなどが書かれていた。

『呪《まじな》い術師』の『呪《まじな》い』とは、この本で初めて発見された単語だ。

読み解かれるにつれ、おそらく『呪《のろ》い』に近いもの、あるいは『呪《のろ》い』も『呪《まじな》い』の一種ではないか、という説が有力となった。

『呪《まじな》い』は、現代の魔法や、古代の王族の異能のように、幅広く様々な事象を引き起こせたらしい。

その力は時に、魔法や異能では説明できないほどの奇跡を起こすこともあったそうだ。

だが発動には生まれ持った素質と、何らかの条件が必要なようで、その条件というのがなんとも曖昧で抽象的な言い回しでしか書かれておらず、歴史学者の頭を悩ませた。しかし少なくとも生贄《いけにえ》や寿命などの、恐ろしいものではないらしい。

ここまでが本の序盤で、残り大半は、『呪《まじな》い』の実践方法が書かれていた。

道具や手順がなくても発動するらしいが、それらがある方がより簡単で負担が少ないという。現代でいう魔法と魔道具のような関係だ。

――解読が一通り終わった今、俺は王宮の中庭にいた。

本に書かれた呪《まじな》いの紋を写した羊皮紙と、小刀を持って。

「アレス、やはりもう少し効果を検証してからの方が……」

「他の人じゃ検証できなかっただろ。俺でも発動しない可能性は高いけど……もし何かあったら、エルの能力で止めて助けてくれ」

俺は今から、呪《まじな》いを実践するつもりだった。

なぜなら本の中に、『血縁者の亡霊を呼び出し、会話する』などという丁度欲しかった呪《まじな》いがあったからだ。古代王アレスを呼び出すことを、俺はすぐに決めた。

「当然だ。――あなたも、ずいぶん気軽にこの力を頼ってくれるようになったな」

「君が気軽に使うからな。夫夫《ふうふ》は似るっていうだろ。頼りにしてるよ、エル」

今はレックスを寝かしつけ、夜も更けた頃。中庭には何かが起こった時のためにエルや医師、護衛や王宮魔法使いなどの精鋭が勢揃いしていた。

――俺達はあの亡霊の真意を知らなければいけない。

彼が現代に、俺達の前に現れたことと、レックスの異変は、決して無関係ではないだろう。親として、そして王族に加わった者として、彼が危険な存在かを確かめる必要がある。

それに、もし彼が危険ではなく、俺達に何かを伝えたくて出てきたのなら――俺に解決できることがあるなら、力になりたかった。

国を滅ぼされた恨みからだと伝わっていた、連理の王族に三千年続く呪い。だが、実際は国は元より併合予定で、赤髪の王と青髪の王は愛し合う関係だった。歴史的事実を知るための資料は全て連理の初代国王が処分させ、当人は城の地下で外界を拒絶し、眠り続けている。

わからないことがあまりにも多い。その鍵を握るのは、当事者だけだろう。

「よし……始めます」

俺を守ってくれる人たちに宣言し、紋を写した羊皮紙を中庭の地面に置く。

小刀で手のひらを傷つけ、紋の上に一雫垂らした。

この呪《まじな》いで必要なのは、紋と、血縁者の血と、呼び出したい者の名前。

俺は静かに息を吸う。緊張で手が震えていた。

「〝アレス〟」

夢で聴いた名前。俺の家系に代々伝わってきた、俺と同じ名前。

俺が見た夢や、今まで立てられた推測や、呪《まじな》いの本の内容が、ひとつでも間違っていれば、何も起きないはずだった。

しかし――

「っ……蝶だ、蝶が出た……!!」

羊皮紙の周囲の地面から、無数の赤い蝶がぶわりと現れる。渦のように舞い上がるそれに俺は驚くが、周囲の誰も見えていない様子だった。

「大丈夫か、アレス!?」

エルが俺を引き戻そうとするのを手で制する。

「危険はない、まだ、とりあえず……!!」

蝶が目に入らないよう顔を腕で庇《かば》いながら、二、三歩後ずさる。俺の手を伝った血が、地面に滴り落ちた。

するとそこに、蝶が集まってくる。まるで蜜を吸うかのように、蝶は俺の血の跡に止まり、集まり、塊になり、そして――

――人の形へと変わった。

何度も見た、あの赤髪の男へと。

「古代王……っ!! 本当に、現れた……」

目の前に立つのは間違いなく、俺とレックスが目撃した彼だった。しかし、今はかつてのような半透明ではなく、俺達と変わらない、生者のような見た目をしている。

ウェーブがかった、独特の編み込みが施された赤髪。当時のものと思《おぼ》しき、上等な仕立ての装束。全てが細部まではっきりとしている。

「アレス、私にも……その男が、見える」

「！　エルにも見えるのか！」

エルは警戒した様子で、俺の前に立つ男を見ていた。

「アレス様、私達にも見えております！」

「浮かび上がるように現れました！」

「あの装束……間違いありません、当時生産されていた生地と一致します！」

周囲から次々に声が上がる。

呪《まじな》いは想像以上に強力で、本当に死者を呼び出し、皆にも見える形にしてしまったらしい。

どうやら俺は幸いにも、生まれ持った呪《まじな》いの素質があり、条件とやらも知らないままに満たしていたようだ。

「――古代の王〝アレス〟。俺はアレス・アウィス。連理の王国の王配で……あなたの血縁だ」

平民だった俺は、エルの配偶者となったことで、王族と同じ名字を得た。

といっても王配が俺だということは公表されていないため、婚姻の儀式の時に使ったくらいだ。名乗る機会は特になく、まさか最初に名乗る相手が亡霊とは想像もしていなかった。

『アウィス……』

亡霊は口を動かした。だが直接的な音は出ず、代わりに頭に直接、声が流れ込んでくる。低く、感情が乗らない声だった。

俺が驚くと同時に、周囲からも動揺の声が上がる。どうやらこの場にいる全員に届いているようだ。

『アウィス……そうか、お前はあの男……リベルタスの子孫に丸め込まれたか……』

亡霊は独り言のように呟く。

俺はふと、疑問を持った。

(なんで言葉が通じるんだ……？　亡霊だからか……？　いや、魔道具での翻訳に似た感覚がある……)

三千年前の人物とは、言葉が異なるはずだ。しかし、亡霊の言葉は俺達と何ら変わりないものに聞こえた。

もしかして、この男は生前に翻訳魔法を受けたのではないだろうか。

思い出すのは、強い異能が使えたという連理の初代国王リベルタス様。夢の中の二人の会話も、俺が聞き取れるものだった。俺には二人が同じ言葉で、仲睦《むつ》まじく会話しているように聞こえた。

もしリベルタス様が、異国の王に求愛するために、二人に翻訳魔法をかけたのだとしたら。それが、幾千年後の亡霊にも残っているとしたら。

——そんなの、愛じゃないか。

「教えてくれ、古代王《アレス》。あなたとリベルタス様の間に、何があったんだ？　二人は比翼として、互いに愛し合っていたんじゃないのか」

疑問を投げかける俺を、古代王はぎょろりとした眼差しで見つめた。

睨まれたのかと怯《ひる》みかけるが、瞳の中に溢れるのは――憐れみ。

『――可哀想に』

いつか、同じことをこの男に言われた。あの時は音が聞こえなかったが、間違いではなかったらしい。

「可哀想って、俺に言っているのか？　どうして……」

俺の言葉は途中で途切れる。

ぽろ、と涙がこぼれたからだ。亡霊王の、瞳から。

『比翼など、最悪だ。一目惚れを免罪符に、運命の名のもとに婚姻を強いられる。比翼は呪《のろ》いだ。王族を愛するように、決して離れないように、連理の枝に縛られる』

「なっ……!?」

俺や周囲の人々からどよめきが上がる。初代国王の比翼だった男からの、仕組みの否定。比翼として王宮に入った俺に優しくしてくれた人々には、受け入れがたいことだろう。

――俺は少しだけ、彼の言うことがわかった。俺も同じことを考えたことがあるからだ。

けれど、今は違う。あの時エルが言ってくれた言葉が、今は俺の言葉として、この胸の中にある。

「違う……運命なんて、きっかけに過ぎない。歳があまりにも離れた赤ん坊相手に一目惚れした時、そりゃ最初は戸惑ったけど……エルのことをもっと知りたいと思った。会うために努力し、年を取って諦め、子どもができて……迷ったし悩んだけど、受け入れることを決めた。それは全部、俺の意思だ。二十年以上俺が悩んで、俺が決めた。この胸にあるのは俺が煮詰めた感情で、運命に強いられたものじゃない」

「アレス……」

亡霊から目を離さない俺の耳に、エルの喜びの声が届く。こんな時でなければ、駆け寄って抱きしめてやりたい。そんな衝動だって全部俺のだ。運命なんかに分けてやるものか。

『呪《まじな》いが、弱まったか……幾千年……無理もない……』

「呪《まじな》い……？　もしかして、王族にかけられた、あの……」

古代王の国は、最も強い呪《まじな》い術師が王になると、本に書かれていた。呪《まじな》いは時として魔法や異能を超える奇跡を起こせたという。

この国の歴史の中で、唯一残された呪《まじな》いに似たもの、それは——王族にかけられた、あの呪《のろ》いだ。

『呪われろ、青髪の王族たちよ。これよりお前たちは寿命のうちに番を得ること叶わず。番は必ず違う日、違う時に生まれ、貴様らを見つけることはない』

あれが弱まったから、俺は例外的な比翼としてエルを見つけることができたのかと、そう思った。

しかし、亡霊は首を振り、嘲笑する。

『……違う。誰があの男の——王族の末裔を愛するものか』

「愛？」

『……条件を知らずに、俺を呼んだのか。呪《まじな》いは、慈愛、親愛、恋愛——愛の感情が向く相手にのみ、作用する。ゆえに、最も国と国民を愛する呪《まじな》い術師が国王になることが、我が国の伝統だった』

「そ……そうなのか」

言われてみれば確かに俺は先ほど、古代王の力になりたいと考えながら呪《まじな》いを行った。あまり意識していないが、一応慈愛に当たるだろう。偶然条件を満たしていたわけだ。

そして、あの本は不完全だったようだ。後世に記されたのだから無理はない。最も強い呪《まじな》い術師ではなく——最も国と国民を愛する呪《まじな》い術師が王になる。

呪《まじな》いは素質と、愛という条件が必要だが、その分魔法や王族の異能すら凌《しの》ぐほど強力だった。だから国を守る者として、最も強い王であることは間違いない、ということだろう。

「ならば、誰に呪《まじな》いをかけたんだ？　……もしかして……」

俺を憐れみ、涙まで流した古代王。

そして、王族が比翼と出会えないようになる呪《のろ》い。

点と点が繋がっていく。出てくる答えは、一つだった。

『そう。俺は王族の比翼となる者へと、呪《まじな》いをかけた。これから生まれてくる憐れな同類たちに、親愛と慈愛を籠めて。——比翼が王族に捕まらないように、と』

「………っ!!」

三千年にわたり王族を苦しめ続けた呪《のろ》いは、比翼への愛からくる呪《まじな》いだった。

でも、同意はできない。俺がそうであるように、比翼は他の人間を愛さない。二十一歳でエルに一目惚れするまで、俺は恋を知らなかった。それでも結構人生楽しかったけど——エルがいる方が、絶対にいい。

俺と同じ気持ちを、古代王も抱いたことがあるはずだ。夢の中で、俺は古代王になっていたからわかる。

二人はこの中庭で、俺とエルのように、幸せそうに笑っていた。

「どうして、初代国王をそんなにも憎んでいるんだ？　仲睦まじい時期もあったんじゃないのか」

『…………』

亡霊の体が揺らぐ。強く動揺しているようだった。

『あの男のことは……話したくもない』

「待っ――……」

ぶわり、と男の体が突如弾ける。真っ赤な渦が現れたのかと思った。

古代王の体が、無数の蝶に戻っていた。蝶は止める間もなく、夜の空に羽ばたいて消えてしまう。

自分の意思で逃げたようだから、再び俺が呪《まじな》いを行っても、出てきてはくれないだろう。残されたのは、血で汚れた羊皮紙だけだった。

「ああ……エル、ごめん、レックスの異変のことを聞き出せなかった」

「アレス、あなたは十分頑張った。今夜の対話は、重要な手がかりになるはずだ」

隣に来たエルに、肩を抱き寄せられる。マントで包まれ、夜風に冷えた体が温まっていく。

しかし、心は震えていた。俺は息子のための肝心の情報を、得ることができなかった。

どうしてだろう。レックスのあの恐ろしい異変のことが、頭に浮かんでこなかったのだ。

「……なんだか、彼が会話したがっている気がしたんだ……彼と話すことを優先してしまった……」

「呪《まじな》いの反動かもしれないな。愛を条件に発動する、死者との対話の術ならば、あり得ない話ではない。彼があれだけ多くを話してくれたのも、呪《まじな》いの効果があるのかもしれない」

「そうかも……」

おそらく、強制ではなかった。洗脳の類《たぐい》ではなく、なんとなく気を向かせる程度の感覚。

愛を条件に発動する呪《まじな》いは、逆に言うなら、相手を想《おも》っていなければ使えない。だからだろうか、呪《まじな》いの相手に――古代王に、俺は親近感を抱いていた。

あんなに短い時間の対話だったにもかかわらず、何年も付き合いのある友相手のような感覚。心を開き、心で繋がったようだった。

古代王の方も、同じだろう。だから、彼は俺のために泣いてくれた。心の底から、俺という人間を憐れんでくれた。彼は今夜、何ひとつ嘘をつかなかったと、なぜか俺は確信している。

「呪《まじな》いは、心を繋げるものなのかもしれない……」

「……アレス、どうか呆れないで聞いてもらいたいのだが」

「なに？」

エルを見上げると、気まずげな表情をしていた。

何事だろうか。固唾を呑み、続く言葉を待つ。

「……あなたの心と繋がれるのは、私だけでありたかった」

「………!?　い、いきなり可愛くなるな！」

思わず笑ってしまい、対話の余韻も後悔も吹き飛ぶ。エルにそんな意図はなかっただろうが、重い気分が少し晴れた。

「心配しなくても、呪《まじな》いは多分、もう滅多に使わないよ。わからないことも多いし」

「私には使ってほしい」

「ふふ、それはまた今度、ちゃんとこの力を研究してからな」

エルは本当に俺のことが好きだな、と改めて思う。

そして俺もエルのことが好きだ、としみじみ噛み締めた。

この気持ちは決して運命に強制されたものではない。比翼という関係は、きっかけに過ぎない。その気持ちを新たにする。

「……この後どうしよう、エル。レックスの異変を解き明かさないといけないのに……あの本には、他に使えそうな呪《まじな》いはなさそうだったよな」

「ああ。引き続き調査を進めさせるが、他の手段も検討しよう。ひとつ心当たりがある。後は私の仕事だ、アレス。任せてほしい」

「何をする気なんだ？」

エルは穏やかだった。揺るがず、頼もしい、この国の王。

だからエルは穏やかなまま、大きな決断もあっさりとこなす。

「初代国王リベルタスを目覚めさせ、彼の話を聞こう」

三章　飛翔

格子が嵌《はま》った窓から、空を見上げる。どんよりと厚い雲に覆われ、今にも雨が降りそうだった。

「お父《と》さん《ーと》、レックスは絵本をよむよ！」

「ああ、一緒に読もうか」

「うん！」

窓辺のくぼみから下り、駆け寄ってきたレックスを抱き上げる。

持っていた絵本は、王族の子が読むための、比翼や連理の王国について噛み砕いて描かれたものだ。レックスの歳では少し早いが、他の絵本はすっかり読み飽きてしまったらしい。

だが、レックスはよく辛抱している。もう長い間、外で遊べていないのだから。

――この要塞のような塔に、俺とレックスが入ってから、二週間が経った。

連理の王国、初代国王リベルタス様。地下の氷を溶かし、その向こうにいるとされる彼を起こすと決めたエルは、すぐに俺達をここへと入れた。

二百年ほど前の王族が建てさせた塔は、何重もの厚い扉に護《まも》られており、最上階の部屋は王宮で最も安全だと言われたのだ。時を止める力があっても最上階には巡り着けないようになっているらしい。

エルはこの塔が建てられた経緯をボカしたが、どうやら昔、王族同士が恋敵になったことがあったようだ。

（エルは、大丈夫かな……）

絵本を読み聞かせながら、エルのことを考えてしまう。

この二週間、エルには会えていない。同じ王宮内にいながら、日に一回、偽名での手紙のやり取りをするだけだった。

そこまで警戒する理由は、当然リベルタス様その人だ。

——比翼が亡霊となっているにもかかわらず、自らの時を止めて現代まで生き長らえているリベルタス様は、エル達王族からすると、かなり異質に感じるのだそうだ。

通常、比翼を失った王族は生きる気力を失い、死を望むようになる。悲しいことだが、歴代の王族達がそれを証明してきた。

比翼を失って、狂う王もいるらしい。歴史には記されることのない、王家の秘密。王族の人数が公開されない理由のひとつでもあるそうだ。

リベルタス様は狂っている可能性がある、とエルや学者達は推測した。ゆえにエルは、異能や戦う力を持たない俺とレックスを塔に隔離することを決めたのだった。

「ねえお父《と》さん《ーと》。古代のおーさまって、どうして比翼だったの？」

「ああ、そこに気づいたのか。すごいな、レックス」

「すごーい!?　うふふふふ！」

足をバタバタさせて喜ぶレックスの疑問は、絵本の中の比翼の仕組みについて書かれた箇所にあった。

——かつて比翼は同じ日、同じ時間、同じ国で生まれるものだった。

そんな一文だ。

同じ国で生まれることも比翼の条件だった。なのにどうして他国の王族である古代王が、連理の初代国王の比翼だったのか、と。

子どもの成長はすさまじい。立ったり喋ったりし始めたのがついこの前だというのに、今はもう絵本の内容を自分で考え、疑問を持つことまでできるのか。

「昔の人――王族のご先祖様は、強大な異能を使うことができて、すごく強かったらしいんだ。でも、比翼は普通の人だった。エルと、俺みたいにな」

「お父さん《とーと》は強いよ！　かけっこ速い！」

「ふふ、ありがとう。でもお父様はもっと速いだろ？　あと、時間も止められる」

「うん！」

レックスにエルの異能の話をする時、いつも少しだけ緊張する。自分も使えるのかと聞かれることを、俺は恐れていた。

レックスが異能を使えるようになるのは、いつになるのだろう。俺が心配したところでどうにもならないのに、焦りが募っていく。

「王族のご先祖様は、比翼を守るため、腕のいいお医者さんを世界中から集めていたんだ。初代国王が連理の王国を興す時も、医療魔法と馴染みがいい土の魔力が豊富だからこの土地を選んだそうだよ」

「へぇー!!」

国民として、この国の医療魔法の歴史はかなり長いということは漠然と知っていた。だが医療魔法のためにここで国が興ったということは王宮に入ってから初めて知り、驚いたものだ。

「腕のいいお医者さんが沢山いるところには、患者さんもいっぱい来るんだ。他の国からもね。その患者さんから、古代の王様が生まれたんじゃないかって言われているよ」

全て歴史学者の受け売りだった。

医療魔法が発達した現代でも、出産は命がけだ。三千年も前ならなおさらだろう。

他国の王族が連理の王国に来て出産することは、昔から珍しくないらしい。だから古代王もそのような経緯で生まれたのではないかと考察されていた。

「そうなんだ！　レックスの比翼も患者さんから生まれるの？」

「そうかもしれないなあ」

レックスの上半身を抱え、ぐるぐる回ってやる。レックスはキャッキャと笑い、遠心力で伸びた足をバタバタさせて喜んだ。

レックスの比翼はいつ生まれるのだろう。あるいはすでに、世界のどこかにいるのだろうか。

（……そういえば、初代国王リベルタス様の時代は、他国に比翼がいるのは珍しかったはずだ。他国の王族ともなると、会うのも難しいはずだが……リベルタス様は我慢できたのか？）

離れているのが耐えられないと、日に何度も会いにきていたエルを思い出す。今交わしている手紙は、時を止めた者に読まれるのを恐れて事務的だが、会いたいと思ってくれているだろうことは想像に難くない。

隔離されて以来、歴史学者の話もエルからの手紙で知るだけだ。リベルタス様についての考察がどれくらい進んでいるのか、俺にはわからなかった。

（……まあ、いずれ当事者から話が聞ければ、判明することか）

俺がこの時想像していたのは、夢で見た初代国王リベルタス様だ。

だが視界の端で何かが動いたため、ふとそちらを見た。

——もう一人の当事者が、そこにいた。

「な……っ!?　こ、古代王……!?」

『大きな声を出すな。気配を隠しているのに、あいつに見つかると困る』

「お父《とー》さん《と》？　古代のおーさま、いないよ？」

（レックスには、見えていないのか）

要塞のような塔に軽々と入ってきた亡霊――古代王アレスは、部屋の隅に立ち、こちらを見ていた。その体は今まで見たどの時よりも透き通り、後ろの壁とほとんど同化している。

『……俺に、聞きたいことがあるんだろう。答えてやる。その代わり、俺に協力しろ』

亡霊は、静かに告げた。


『――あいつは本当にひどい男なんだ！　物心つく前から求愛してきたし、勝手に婚約を取り付けてくるし、俺の留学先もこの国にしやがった！』

「あ、あの、俺はレックスの身に起こった異変について聞いたんだが……」

俺は亡霊から、愚痴なんだか惚気《のろけ》なんだかわからない話を、これでもかと聞かされていた。

『ああ、悪い。つまり……』

「お父《とー》さん《と》、古代のおーさま、城門できた！　見て！」

隣で敷物を広げ積み木で遊んでいたレックスが駆け寄ってくる。レックスは、俺が古代王としばらく話がしたいと伝えると、大人しく一人遊びをしてくれていた。この王宮を積み木で再現しようとしているようだ。

今までに完成しているのは、中庭の東屋と馬車。新たに作られた城門は、二つの円柱の上に、半円型の積み木が乗せられていた。

「すごいなレックス。ここのアーチなんてそっくりだ！」

「えへへへ!!」

『ほう、やるじゃないか』

「古代の王様も褒めてくれているよ。やるじゃないか、って」

「うふふふふー!!」

何かができあがるたびに見てもらいたがるレックス。古代王は意外にも毎回律儀に話を止め、一緒にレックスの力作を見てくれた。あまつさえ、レックスには聞こえないのに、言葉に出して褒めてくれる。

亡霊とは、思っていたより恐ろしい存在ではないようだ。この男が例外なのかもしれないが。

呪《まじな》いは、愛が向く方向に発動するらしい。そしてこの人は、国と国民を最も愛するがゆえに国王になったのだ。その愛情深さを垣間見《かいまみ》た気がした。

『……つまりだな』

レックスが王宮の製作に戻ると、古代王は話を再開させる。

『何かと、あいつに都合がいいことばかりが起きるんだ。異様だったよ。自然の力を借りる魔法とは明らかに違うし、心で繋がる呪《まじな》いとも違った。なんというか、すでに決まった事柄に介入するような……書き換えてしまうような、なんでもありの不気味なものだった。やつはそれを、王族の異能だと言っていたよ』

「エルの祖先の、異能……」

王族の異能は三千年前、時を止めるというものに変化したとされている。三千年前までの王族が使っていたという強大な異能の詳細は、不明な部分が多かった。

だが古代王はまさにその時代を生きた人だ。王族の異能も目にしていたらしい。そんな彼曰く、かつての王族の異能は不気味で未知のものだったようだ。

『聞かれる前に言っておくが、俺は詳細を知らない。俺はあくまで他国の王だから、正式に結婚するまでは教えなくていいとあいつに言ったんだ……、言ったんだよな……？』

古代王は後半、自らへ問いかけるように言葉を濁らせた。宙を見つめ、心がどこか遠くに行ったかのように、ぼうっとする。

しかし数秒経つと、ハッと我に返った様子で首を振った。

彼と会話している数十分の間、同じことが何度か起きている。俺も慣れたもので、そのタイミングを見計らい、声をかけた。

「王族の異能とレックスの異変が、どう関係あるんだ？」

『ん、ああ……あいつ――リベルタスが、俺と過ごした時間や比翼だったことを隠すように、記録を破棄させたことは知っているか？』

「記録を破棄させたことなら……」

リベルタス様は古代王の国に関する記録を全て処分させていた。古代王が語ったことが理由なら、リベルタス様の考えがますますわからなくなる。比翼の記録を、なぜ破棄させるんだろう。

「どうしてそんなことを……いや、待ってくれ。まさか……」

『なぜそんなことをしたのか、答えはわからない。真実は、あいつの中にしかない。問題はそう、ど・う・や・っ・て破棄させたか、だ』

ゾク、と背筋が冷えた。一心不乱に絵を破壊しようとするレックスの異様な様子。それにもかかわらず、翌日は全てを忘れた様子だった。

あれがまさか――三千年前の人物の異能のせいだというのか。

『あいつの異能――仮に〝現実介入能力〟と呼ぶか。記録を見つけた者は破棄すべし――なんて決まり事が国中に回り人々は俺とリベルタスの記録を速やかに破棄するようになった。三千年前、実際にあったことだ』

「そんな……三千年も経っているし、王族の異能は時を止めるものに変化したはずだろ？」

『異能を変化させる前に発動したものが残っているんだろう。あいつが引きこもっている万年氷だってそうだ。とはいえ氷は溶かされようとしているし、記録の破棄もすぐに効果が出なかったあたり、時間とともにかなり弱体化しているらしい』

「それならレックスは、いずれまた記録の破棄に動かされるのか？」

幸いあれからレックスに異変は起きていない。だが、古代王とリベルタス様が比翼だったという記録は新たに作られ続けている。

時間差があるというのなら油断はできない。レックスは絵を破壊するため、己の手が傷つくのも厭わなかった。幸い傷は跡も残さずに治ったが、再びああなると思うと恐ろしくて仕方がない。

『それは問題ないだろう。今はお前の呪《まじな》いが、その子を守っている』

「え……？　お、俺の……？」

『我らの呪《まじな》いは、おそらくこの国で唯一、王族の異能にも対抗できる手段だ。だから俺はあの時、その子に庇護《ひご》の呪《まじな》いを施そうとした。だがその前にお前の呪《まじな》いが発動して不要になったんだ』

「そんな、全く覚えがない……紋も、あの場にはなかった」

俺が呪《まじな》いを知ったのも使ったのも、レックスの異変より後のこと。使えるはずがない。

『知識も道具も必須ではない。呪《まじな》いは心で使うもの。必要なのは素質と愛。それに加えて、守りの呪《まじな》いであれば、心の余裕と、自信。お前はあの時パニックになっていたが、心の余裕を取り戻した瞬間、呪《まじな》いが発動していた」

「心の余裕——そうか、エルが来てくれたからか……!!」

胸が、熱くなった。そうか、エルと二人なら、レックスを守ることができるのか。もう傷つけさせずに済むのか。

一人では羽ばたけない比翼の鳥。でも俺には片割《エル》れがいる。そのことを、強く実感した。

だが古代王は苦々しい表情で、喜ぶ俺を睨みつける。

『——すっかり、あの王族に籠絡されているな。妹の子孫が——俺の血縁があの男の子孫に絡め取られるなんて、ひどい奇縁だ』

古代王は吐き捨てた。だが、やはり違和感がある。かつて見た夢での光景やレックスの絵には、彼らが仲睦まじかった頃の情景しかなかったからだ。

先ほど聞かされた愚痴か惚気かわからない話では、古代王はリベルタス様の異能を使った強引さに呆れてはいたが、嫌っている様子はないように感じた。

俺は古代王と心で繋がっているためか、嘘をついているかが感覚的にわかる。古代王は、ずっと真実だけを語っていた。少なくとも、古代王自身は真実だと思っていることを。

「……聞いてもいいか？　なぜ、あなたがそんなにもリベルタス様を憎むのか」

『………』

古代王は沈黙した。深く考え事をしているようで、時折その姿が激しく揺らぐ。あまりにも曖昧な亡霊という存在は、今にも溶けて消えてしまいそうに見えた。

しかし幸い消えることはなく、輪郭を取り戻した古代王は、戸惑ったような眼差しを俺に向けた。

『――覚えていないんだ』

「覚えて……いない？」

『……記憶がおかしい。リベルタスを恨み、憎む気持ちは強くある。今までのことは全て本心の……はずだ。だが、俺は確かに、かつてはあいつを比翼として、いずれ伴侶になる者として、憎からず思っていたはずで――考えが変わった出来事があるはずだ。それなのに、全く思い出せない。自分がなぜ死んで、なぜ亡霊として三千年後まで彷徨《さまよ》っているのかすら、わからない。俺が呪《まじな》いをかけたという話も――未来の者たちのためだったというのは嘘ではないはずなのに、どこか納得できない気持ちもある』

古代王は苦しげに、自らの胸を押さえる。亡霊でも、心が痛みを感じているのだろう。

「俺に協力しろと言っていたのは、記憶の矛盾の調査か」

『そうだ。お前の呪《まじな》いで俺達は繋がったために、こうして話ができているが、俺は今、あいつに見つからないように存在を薄めている。このまま動き回るのはものすごく疲れるんだ。お前の影に潜ませてくれ』

「亡霊でも、疲れとかあるんだな」

『お前もいずれ亡霊になった時にわかることだ。今は知らなくていい。……嘘はついていない。わかるだろう？　死者交信の呪《まじな》いで心が繋がったお前相手に、俺は嘘をつけない』

「ああ、そうみたいだな」

確かに古代王には、言葉にできないような繋がりを感じ続けている。

『俺はお前の影に隠れ、リベルタスの目を逃れるから、やつから話を聞いてほしい。協力すればお前にもメリットがある。お前と息子を呪《まじな》いで守ってやるし――癪だが、お前の伴侶にも同じ呪《まじな》いをかけてやる。それに、比翼が出会わないようにする呪《まじな》いを解きたいんだろう？　息子や、他の王族のために。俺の記憶を探ることは、有用なはずだ』

脅すように、懇願するように、古代王は俺を睨みつける。

だが、彼の愛情深さに少しでも触れた者なら、それを虚勢と受け取るだろう。だって彼は、憎んでいる王族の末裔にさえ、愛が向かなければ発動できない呪《まじな》いをかけると言ったのだ。

彼の言葉に嘘はない。おそらくエルが俺の伴侶だからという理由だけで、彼の心はとっくにエルを受け入れている。なんて甘くて、優しい王様だ。

「協力するよ、古代王アレス。でも、ひとつ訂正する。呪《まじな》いを解くのは、王族のためだけじゃなく、王族の番になる者のためでもある。俺は、エルに出会えて幸せだから」

『……全ての番が幸せになるとは限らない』

俺の言葉に、古代王は憮然《ぶぜん》として抗ってみせる。

「そうかな？　番が拒否すれば、王族は無体なことをできないよ。彼らは、番に好かれるためなら自分の欲望は二の次にするから……あなたも心当たりがあるんじゃないか？」

古代王は、呆気《あっけ》に取られた様子で俺を見た。やはりリベルタス様も番に甘かったようで、しかし古代王はその気持ちを利用するなど考えたことがないのだろう。

「それに、王族は比翼を決して諦めない。ならば、比翼同士が出会うのは若い時の方がいいだろう。片方が家庭を持ってから、出会ってしまう方が悲劇だ」

『お前、案外したたかだな……?』

「四十年以上世間で揉まれていれば、小ずるさも身につく」

二十代後半に見える古代王は、目を丸くする。対話できなかった頃はわからなかったが、感情が豊かで、表情がよく変わる。

若くして亡くなった愛情深い王は、人としてとてもまっすぐだった。俺からすると眩《まぶ》しいくらいに。

俺はすっかりこの男が人として好きになり、レックスの件がなかったとしても協力してやりたい気持ちになっていた。

『──頼もしいな、アレス。では、協力関係の成立だ。守護の呪《まじな》いを、お前達にかけよう』

「どんな効果なんだ?」

古代王が俺とレックスに向かって手を振ってみせる。変化は特に感じないが、どうやらそれで呪《まじな》いは終わったらしい。

『お前達を害そうと考えた者には、お前達の姿が見えず、触れなくなるようにした。これならば、時が止まったとて害されることはない』

「呪《まじな》いも、結構なんでもありだな……」

現代に残っていないのがもったいないくらいの技術だった。

古代王は亡霊らしく音も立てずに近づいてきて、俺の影の中に吸い込まれる。

『そうでもないぞ。王族の異能よりも効果の範囲は限定的だ。魔法ほどの汎用性もない』

古代王が影に入っても、頭に響く声は変わらず届く。

『俺が影にいる間、お前も心で喋れば俺に届くからな』

（えっ⁉　全部聞こえるのか？）

『お前が俺に伝えたいと思ったことだけだ。……こら、お前の伴侶と息子の可愛かったエピソードを送ってくるな。さっきの仕返しか？』

（わ、わざとじゃない。あなたに伝えたいことと考えたらつい浮かんできたんだ）

頭で会話する感覚は奇妙で、無意識に惚気てしまったらしい。古代王はあははと笑う。

『冗談だ。念話の呪《まじな》いが初めてならよくある。すぐに慣れるさ』

（冗談なんて言うんだな……）

亡霊に対してこの例えはおかしいかもしれないが、古代王は活《い》き活きとしていた。おそらくは生者と同じだ。目的がなければ気が塞ぎ、喋る相手がいれば活気づく。

思えばこの人は、三千年も亡霊として存在し続けているのか。亡霊の暮らしがどんなものか俺には想像もつかないが、おそらく楽しいものではなかったのだろう。

人は肉体が死んだ時、その魂は空の果てにある楽園に向かうと信じられている。楽園で幸せに過ごしながら、再びこの世界に生まれ落ちる日、生まれ落ちる場所を自分で決めるのだ、と。

（古代王、何か未練や心当たりはないのか？　リベルタス様から話を聞くにしても、もう少し情報が欲しい）

『……………未練……心当たり……？』

古代王は長考していた。記憶が混乱しているようだし、新たな手がかりは望めないかと思った頃、ぽつり、と自信なさげな声が届く。

『リベルタスと、何か約束していた気がする。俺は、どこかで――あいつが来るのを、待っていた』

＊＊＊

連理の王国、現国王エレフセリアは、王宮の貴賓室にいた。その視線の先に、三千年の眠りから目覚めたばかりの初代国王、リベルタスが立ち、窓から連理の王国を見下ろしていた。

背中まで伸びた青い髪から艶は失われておらず、体も衰えた様子はない。まるで一晩眠っただけのような様子だった。

エレフセリアは男の様子を観察し、異能は間違いなく時を止めるものだと結論づける。仮に、伝えられる王族の歴史が全て間違っていたとしても、三千年前に使われていた強大な異能は、すでにない。時を止める異能は非常に複雑で、脳の異能に関わる領域を全て使うと、現代の研究で判明していたからだ。

「三千年か。時を止めていれば、瞬き程度の時間だったな。文化は多いに進んでいるようだが」

「国土は全盛期の七分の一ほどだ。今は武力ではなく、輸出入で発展している」

エレフセリアは平静を装いつつ、警戒を強める。リベルタスがあまりにも穏やかで、落ち着いているからだ。

エレフセリアから見て、リベルタスは明らかな異常者だった。

――かつてリベルタスの異能で作られたとされる、城の地下の万年氷の厚い壁。

エレフセリアはその氷を、何日もかけて溶かす工事をさせていた。

その間に、塔に避難させたアレスから、古代王と邂逅《かいこう》したことと、語り合った詳細が共有された。レックスの異変の件がひとまずの解決を得たことで、工事中断の案も出る。それほどに、狂っている可能性がある王族を目覚めさせるということはリスクがあった。

だが検討の末、工事は再開された。古代王の亡霊が現れた件については解決していなかったことや、比翼にかけられた呪《のろ》い――改め呪《まじな》いを、解く手がかりがあると考えられたためだ。

アレスに取り憑《つ》いた古代王曰く、祝福に近いものは呪《まじな》い、悪意が多く混じるものは呪《のろ》いと呼称されるという。

エレフセリアは、もし自分が使うことができるなら、呪《のろ》いでアレスから古代王をすぐに引き離すだろう、と内心で密かに考えていた。

当然、口や態度には出していない。年上の伴侶に釣り合うよう、エレフセリアは自らを律し、包容力があるように振る舞っていた。だがアレスがしきりに申し訳なさそうにしていたため、悋気《りんき》は見透かされていただろう。他者が気づかずとも、アレスだけはエレフセリアの機微に気がつく。彼はエレフセリアのことをよく理解していた。

二十日かけて工事が終わり、エレフセリアは、三千年開けられることがなかった地下の石室へと足を踏み入れた。

石室に置かれていたのは、一人用の棺《ひつぎ》。その中で、一人分と思われる風化した人骨を抱きしめて眠るリベルタスがいた。骨はもはや原型をほとんど留めていなかったが、間違いなくリベルタスの比翼である古代王のものだろう。

自らの命の時間を止め、眠り続けていたリベルタスは、魔道具で体温を上げられるとすぐに目を覚ました。

そして、三千年の眠りから目覚めたばかりと思えないほど穏やかに、「今は何年だ？」とエレフセリアに問うたのだった。

――それから、まだ半日も経っていない。

だが貴賓室の窓から国を見下ろすリベルタスは、時の流れによる変化にも馴染みきり、現代を面白《おもしろ》がっているように見えた。

その姿は到底、比翼を喪《うしな》った王族ではない。

エレフセリアは、静かに問いかける。

「あなたほど長く眠り続けた王族はいないが、数十年ほどの眠りの者でも、変わった世界にはもっと強く驚いていた。あなたは落ち着いているな」

この場にいるのはエレフセリアだけ。護衛も含めて人払いをしていた。

王宮には、王族が乱心した時のための備えが数多く仕込まれている。時を止めた状態での加害には、ある程度の対策と治療法が確立されていた。連理の王国が医療魔法に力を入れてきた、裏の理由だ。

それでも、時を止める王族を相手にする時は、王族のみが望ましい。

「ずいぶん警戒しているな、エレフセリア。そんなに心配しなくていい。私はただ、我が比翼の遺言を果たそうとしているだけだ」

「遺言？」

「――あの人らしい、優しい言葉だった。詳細は言わないよ、エレフセリア。比翼の言葉を独り占めしたい気持ちは、君にもわかるだろう」

「…………」

わからない、と言えば嘘になる。だがエレフセリアは、アレスが喪われ、遺言のみが残った世界のことなど、想像さえもしたくはない。

アレスより早くもなく遅くもない、同じ時間にともに空の楽園に旅立つことが、エレフセリアの望みだった。アレスには長生きをしてもらわなければならない。

当然、アレスをこの狂人に近づけるつもりはなかった。古代王の呪《まじな》いの効果を確かめた上で塔から出ることは許したが、リベルタスには決して近づかないよう繰り返し約束させた。

だがアレスは幼子ではなく、判断力と行動力がある立派な大人だ。更にはしたたかな一面もある。

そのため大人しくしているはずがないと、エレフセリアは予想していた。

＊＊＊

（遺言ってなんだ？　古代王、思い出せるか？）

『いやー……全く覚えてない……。俺の遺言ってなんだと思う？』

（俺に聞かれても……）

貴賓室の扉の前で、俺と古代王は中の様子を窺っていた。

エルには数日前、古代王が現れたことや、呪《まじな》いのことなどは共有してある。

エルは半信半疑だったが、実際に時を止めて邪心を抱いてみたところ、古代王の呪《まじな》いの効果が証明できたそうだ。そのため俺とレックスは塔を出る許可を得た。

邪心の内容は教えてくれなかったが、まあ多分俺を塔に一生閉じ込めておきたいとか、そういったところだろう。

レックスは乳母と護衛に預け、俺達は調査のために王宮の中を歩き回っていた。だが、俺はエルにひとつだけ伝えていないことがある。

——俺と古代王の目的は、リベルタス様と話すことだ。

そんなことをエルが許すはずはない。そのため、こっそりと貴賓室に来た。だがそこにはエルがいて、踏み込めない。おそらくエルは俺が来る可能性も考慮して、自らリベルタスと対峙《たいじ》した気がする。

（リベルタス様、かなり物腰柔らかい方に見えるんだが……）

初代国王リベルタス様といえば、異能をもって周辺諸国を征服していった王だと伝えられてきた。征服王、好戦王、狂気王といった様々な異名が残されている。

その伝説からなる印象と、貴賓室にいる男は、ずいぶんかけ離れて見えた。

『いや、あれは間違いなく猫を被《かぶ》っている』

（そうなのか？）

『ああ。昔のあいつはもっとこう……野蛮だった。俺のことを最も愛していて、二番目に愛するのは戦だと平然と言っていたからな。俺との婚約に反対する者は片っ端から粛清していたし……』

（か、苛烈だな……）

『そういう時代だったからな。現代人は皆上品で穏やかだ。もしかしたら、あいつは……現代人のフリをしているのかもしれない』

（リベルタス様が？　目覚められたばかりなのに、現代人のことなんていつ知るんだ？）

『例えば……あいつも亡霊として動き回っていたとか……違うな、あいつは生きているな』

古代王は自分で立てた仮説をすぐに否定した。二人して、貴賓室の扉の前で考え込む。

しかし突然、古代王が悲鳴に近い呻き声を上げた。

『ッ‼　アレス、今、違和感があった——気づいたか？』

（いや、俺は何も。またか？　さっきから何回も言っているよな）

『一瞬だったが、世界が揺れたような強烈な違和感があっただろ！　お前はなんで気づかないいんだ！』

影の中から憤慨されるが、言われたような違和感を俺は感じ取れなかった。古代王は今日、時間も状況もランダムに、何度か違和感を覚えているらしい。

（それってどんな——……）

感覚なんだ、と言葉は続かなかった。おもむろに、貴賓室の扉が中から開かれたからだ。

「……………ッ！」

「やあ、人の気配がすると思えば、立ち聞きかな」

背中まで流れる青い髪に、エルと同じくらいの長身。リベルタス様が、俺の前に立っていた。

その向こうにいるエルは、やはり俺が来ることを予想していたらしく、呆れと諦めが混じった声をかけてくる。

「……どうしてここに来た」

俺はリベルタス様に向かい、うやうやしく頭を下げた。

「お初にお目にかかります、俺はアルムと申します、リベルタス様。失礼をお詫びします。比翼のエレフセリアの顔を見にきたのですが、リベルタス様とお話し中のようでしたので、声をかける機を窺っておりました」

エルは、俺をアレスと呼ばなかった。その意を汲《く》み、俺も咄嗟《とっさ》に父の名を名乗る。リベルタス様の比翼、古代王アレスと同じ名は、この男を刺激するかもしれないからだ。

「おおアルム殿、あなたの比翼を独占してしまい、こちらこそ失礼した。だが私は現代のことが知りたいし、エレフセリアも私に聞きたいことがあるようで、もうしばらく長い話になる。アルム殿も同席されてはいかがかな？」

「俺のような者がお邪魔しても、よろしいのでしょうか」

「当然だ！　比翼は片時も離れず傍にいるものだ。エレフセリアも、よもや否《いや》とは言わないだろう」

「アルム、会いにきてくれて嬉しい。一人にしてすまない」

エルは俺とリベルタス様の間に失礼でない程度にさり気なく割り込み、俺を横抱きに抱え上げた。

「うわっ……い、いきなり持ち上げるな、エル」

「あなたは、最初からリベルタス殿に会うことが狙いだったな」

「うっ……許してくれ、深い事情があって……」

小声で話していた俺達の視線が、同時に俺の影へと向かう。

「そういうことか」

「そういうことだ……」

囁き合っていると、古代王の声が頭に届く。

『こらお前たち、比翼同士のくせに、俺が理由で喧嘩《けんか》するな』

（古代王は、比翼否定派か肯定派かどっちなんだよ……!!）


「ふむ、私が知りたかったことは以上で全てだ。長い時間ありがとう」

昼食と軽食とお茶の時間を全て使い、リベルタス様は現代についての様々な質問をした。エルや俺の回答を、彼は時折驚いたり感心したりしながら熱心に聞き、現代の情勢や文化など多くのことを学んでいった。

特に、時を止める異能の詳細については興味深げで、エルを質問攻めにしていた。なんでも、時を止める異能に変化してすぐに眠りについたため、他の王族のことはおろか自分の異能の詳細すらも、よくは知らなかったらしい。

ついでに、俺の影の中で、古代王も興味深げに聞いていた。どうやら亡霊といっても、今のように意識を持って動き回るようになったのは、つい最近らしい。

元は長い時間の影響で意識が散逸していたのが、血縁である俺が王宮に入った影響で引き寄せられ、人の形に戻ったんじゃないか……と影の中で考察していた。

「私の質問を優先してくれたこと、感謝する」

「礼は不要だ、リベルタス殿。三千年の変化を知りたいと思うのは当然のことだろう」

「そう言ってもらえると助かるよ。では、そちらの話も聞こう。特に――アルム殿は色々と質問したがっていそうだ」

「お、俺ですか？」

突然水を向けられて驚く。

非公式とはいえ、ここは初代国王と現国王の会談の場。優先されるべきは、現国王であるエルだ。だがエルに視線を向けると、頷かれる。俺は頷き返し、おそるおそる口を開いた。

「リベルタス様の……比翼の話を伺っても？」

「ほう？　アルム殿は我が番に興味が？」

「ええ。同じ王の番として、どのような方だったのかと」

研究とエルのことばかり考えて生きてきたから、腹芸はあまり得意ではない。

俺の緊張が伝わったのか、エルは安心させるように肩を抱き寄せ、さすってくれた。影の中の古代王からも『頑張れ！』と声援が飛んでくる。

「もちろんかまわない。だが彼について語ることは数多く、私には選べないな。何が聞きたい？」

「そうですね……デートに行った場所、とか……」

古代王は未練として、『どこかであいつが来るのを待っていた』と言っていた。

ならばと、とりあえず場所についての質問をしてみる。

「ふふ、デートか。なるほど、そうだな……」

『……………ッ!!　アレス、また違和感だ！』

（またか!?　なんなんだ一体……）

影の中の古代王が再び違和感を訴える。だが俺も、おそらくエルも、何も感じなかった。リベルタス様にも変化はない。

もしかして、亡霊である彼だけが感じるものなのだろうか。

リベルタス様は俺の様子には気づかず、話し始めた。

「我が番は他国の王だったために、デートは互いの国に赴くことが多かったな。私から彼の国へ行くことも当然あったが、彼は会いたがる私を憐れみ、よくこちらへ足を運んでくれた。この王宮の中庭で、他愛ない会話をしている時が、彼の愛を最も実感する時間で――幸福だったよ」

リベルタス様は比翼の話をする間、本当に幸せそうな表情をしていた。

猫を被っていると古代王は言っていたが、少なくともこの瞬間だけは本心だろうと思う。

『……覚えているよ。ここに来た俺を、あいつはいつも帰したがらなかった。また来ると言えば、嬉しそうに笑ったから、その顔が見たくて何度も出向いたんだ』

古代王は独り言のように呟いた。過去を懐かしむ言葉の中には、確かな慈愛が籠もっている。

「仲がよい比翼だったのですね」

「ああ。彼は私を愛してくれたし、私は彼のためなら、なんでもできた。彼に相応《ふさわ》しい王になるため、異能を振るったものだ。あの頃の私に敵《かな》う者は、国内にはいなかった」

かつての王族の異能――古代王曰く〝現実介入能力〟を使い、リベルタス様は国土を広げ、反乱分子を粛清していったらしい。

だが、引っかかることがあった。

リベルタス様は比翼のために腕を振るったと言いながら、誇らしげどころか、過去を悔いているようだったのだ。

その疑問を口に出す前に、リベルタス様は俺を見た。

先ほどまでの幸福そうな表情は消え、ギラギラと瞳孔が開ききった、恐ろしい目で。

「――だから、彼が狙われた。私は愚かで傲慢で、彼を守りきれないほど恨みを買っていたことに気づいていなかった……ッ」

「アルム、私の後ろへ」

「あ、ああ……」

エルが俺を立たせ、庇うように前に立つ。

突如豹変《ひょうへん》したリベルタス様は、胸元を掻《か》きむしりながら、どこか遠くを眺めていた。

「アレスは、中庭で……私の眼前で、倒れた……」

『中庭……？　ああ……っ！』

古代王が影の中で、何かに気づく。

『中庭……思い出した、俺はそこで死んだんだ！　――暗殺された！』

「暗殺……!?」

「そう、暗殺だった。彼の国を併合する準備が整い、正式に婚約できると伝える日だった。中庭に彼の姿を見つけ、駆け寄ろうとした時、一瞬で――魔道具による凶弾で――彼は――」

リベルタス様は震え、滂沱《ぼうだ》の涙を流していた。比翼を失った王族は、それが天命であったとしても狂うほど苦しむと聞く。

それなのにこの男は目の前で、他人の手によって番の命を奪われたというのか。

俺は王族ではないが、もしエルが目の前で――そんなこと、考えただけでも恐ろしい。同情するところはある。だが正気を取り繕うのをやめた男が何を企《たくら》んでいるのかわからない以上、油断はしない。

「やはり、とうに正気を失っていたか、リベルタス殿」

エルが低い声で告げる。

「当然だろう……耐えられるものか。彼のいない世界など、滅んでしまえと何度考えたことか……」

「だが、あなたは王族の異能を変化させ、比翼のいない世界で眠り続けることを選んだ。それはなぜだ？」

「――そんなこと、決まっているだろう、エレフセリア」

エルの問いかけに、リベルタス様は嗤《わら》う。

「我が最愛の番――アレスを、蘇らせるためだ。なあアレス」

「…………ッ!?」

リベルタス様の目が、ぎょろりと俺を射抜く。

狂気で塗りつぶされた瞳は輝き、希望に満ちていた。

「ああ、アレス。我が最愛。いるんだろう、この城に。ずっと君を感じていた。君が目覚めた気配がしたから、私も目覚めたんだ!!　もしかしたら、この場にもいるのか？　そこのアレスには、あなたの呪《まじな》いがかかっているものな」

「なっ……!!」

俺の名も、古代王アレスが亡霊としてこの城に現れたことも、俺の影に潜んでいることも――三千年の眠りから目覚めたばかりのリベルタス様が知るはずはない。

だがリベルタス様は推測混じりとはいえ、全てを言い当てた。

「なぜ知っている、と言いたいのか？　なに、ほんの数百回、やり直しただけだ。話題を変え、相手を変え、質問を変え……」

「やり直し……？」

「アレス、撤退を。この男は、おそらく——」

エルが何かを言おうとした。瞬間、世界が揺れる。輪郭を失い、融《と》けていく。

（………!?）

俺の疑問も何もかも、融けて消えていった。

＊＊＊

「仲がよい比翼だったのですね」

「ああ。彼は私を愛してくれたし、私は彼のためなら、なんでもできた。彼に相応しい王になるため、異能を振るったものだ」

リベルタス様は誇らしげに笑う。だが、それが余計に違和感を覚える。

失われた比翼の話をしているとは到底思えない。今の彼は、比翼がいて安定している王族そのものだった。

『アレス！　今の、気づいたか!?　いや、覚えているか!?』

（………？　なんだ、また違和感か？）

古代王が影の中から叫ぶ。例の違和感があったのかと思ったが、今まで以上に焦った様子だった。

『リベルタスだ！　やり直したって言って——時間が戻った！　あいつは、時を止めるだけじゃなく、巻き戻せるんだ！』

「な……っ!?」

「どうかしたか、アルム殿？」

「――アルム、私の後ろへ」

「あ、ああ」

エルもまた何も気づいてはいないようだ。だが俺の異変を感じ取り、即座に立ち上がらせ、自らの背に庇った。

『俺は記憶を――死の前の記憶を取り戻して、全てを思い出した！　あいつへの愛も思い出して、沢山の呪《まじな》いが繋がり直して……だから覚えている……でもこの一回だけじゃない、あいつはおそらく、何度もやり直している！』

影の中から古代王が必死にまくしたてた。にわかには信じがたい話だが、嘘ではないと俺には、わかる。ならば、俺にできることは何か考えた。

「……エル、リベルタス様は時を巻き戻すことができる」

「時を……？　――なるほど、現代にすぐに順応してみせたのも、時を繰り返して学習したか」

エルは俺の言葉を信じ、すぐに飲み込んでみせた。

驚いたのは、リベルタス様の方だ。

「……どうやって知った？　まさか、認識できる者がいるのか？　不用意なことを言うべきではなかったか」

リベルタス様は悔いた様子だったが、この話を聞いてもすぐに巻き戻さないあたり、能力にはおそらく制限があるのだろう。

『アレス。おそらく、巻き戻ったのは数分程度だ』

「巻き戻せるのは数分だな。一度使ったら、連続での使用はできないらしい」

古代王が気づいたことを、俺の口からエルとリベルタス様に共有する。

再び巻き戻される可能性があるなら、少しでも情報を多く引き出し、古代王に保持してもらうべきだと判断した。現段階では、相手の能力はほとんど未知。対策を立てられるほどの要素がない。

だが、そんな考えは向こうも気づく。

「私から話を引き出そうとしているな。まあ、いいだろう。必要な情報は全て得た。話してやろう」

（必要な情報……？）

『あいつ、俺を蘇らせると言っていた。方法までは聞いていないが、俺がこの城にいることをなぜか知っていて、部屋にいるんじゃないかと予想もしていた』

リベルタス様が想像以上に情報を持っていたことに、ぞっとする。地下で発見され、すぐにこの部屋に運ばれたはずの人間では知り得ないはずの情報ばかりだ。

「……この城にいる古代王を、蘇らせることがあなたの目的か」

「そうだ。わかっているじゃないか、アレス」

今の〝アレス〟が俺と古代王、どちらを指したものなのか、俺にはわからなかった。リベルタス様の目は俺達を見ているようで、どこも見ていない。空洞と変わらない空虚な瞳で俺達を睥睨《へいげい》し、椅子に座ったまま、だらりと姿勢を崩した。

「――アレスは私の目の前で、暗殺者の凶弾によって斃《たお》れた。駆け寄った時まだ息はあったが、医者を呼んだところで助からないのは、見ただけでもすぐにわかった。当時の私の異能は強大だったが、人の命を救うことにはからきしで……だから医者をかき集めていたのに、肝心な時に私もやつらも、なんの役にも立たなかった……」

リベルタス様は無力感に苛《さいな》まれ、全ての気力をなくしたような様相だった。だがその目だけがギラギラと輝き、エルの後ろに庇われた俺を睨むように見つめている。

「だから私は自らの異能をもって、異能を変えた。誰にも邪魔されないよう、アレスの遺体とともに、氷で道を閉ざした石室に籠もり……我ら一族が生まれ持つ異能は時を戻すことだと、世界と自らに介入して変化させた。——だが、失敗した」

歴史とは異なる話。おそらくこちらこそが、真実なのだろう。

しかし現代の王族の異能は、時を戻すことではない。

「時間という大いなる流れに干渉することは、我ら一族の強大な異能の全てを犠牲にしても、困難なことだったのだ。変化は中途半端に——時を止めることだけを可能にした。だが、それではアレスを助けられない。私は絶望した。——絶望の中で、気づいたのだ。時を巻き戻すことは、できると。異能は変化の途中で止まっているだけなのだと、気づいた」

リベルタス様の声は暗く、顔にも影を落としている。しかし瞳の奥で、爛々《らんらん》と希望が輝いていた。

「異能の変化に足りないのは、魔力だった。自分自身の魔力を大量に使えば、異能の変化は促される。生命がもつ容量の何倍、何百倍、何千倍……とにかく大量の魔力が必要だった。だから、私は眠ることにしたのだ。命の時間を止め、魔力器官だけはわずかに動かし続ける——それによって少しずつ、止まった己に魔力を蓄積し、目覚めた時に一気に消費することで、異能の変化を完了させる」

絶望の中、一筋の希望を見つけた執念。そして、実行する執念。

それは、完全に狂気の沙汰だった。

「理論は正しかった。だが、誤算があった。変化は、あまりにも微々たるものだった。三千年眠り続け、戻せるようになったのはたったの五分。その上、一度戻したら五分経過するまで再び使うことはできない。アレスが生きているあの時間に戻ることは不可能だと、何度も何度も何度も何度も試して、私はようやく思い知った。絶望したよ――しかし、再び希望を見つけた」

何度心が折れてもおかしくない絶望を乗り越えてきた男に圧倒される。ただひたすらに、強い。対面しているだけで、怖気《おじけ》づくほどの迫力があった。

「巻き戻しを試している間に知ったが、この王宮には三千年後のアレスの血縁、アレスと同じ名、更にはアレスと呪《まじな》いで繋がった者がいた」

その情報は戒厳令が敷かれ、あの夜に呪《まじな》いを目撃した限られた者しか知らないはずだった。誰もが忠誠心篤《あつ》く、口が硬いはずだ。

「――その情報を聞き出すため、何人を脅した？」

「なに、時を戻し、全てがなかったことになったよ」

エルの詰問に、リベルタス様は悪びれることなく告げる。

恐ろしく、許せない所業だった。だが他人事《ひとごと》とは思えない。

狂王リベルタス――番を目の前で暗殺された王族。

エルが俺を同じ形で喪《うしな》えば、おそらく同じ末路を辿るだろう。リベルタス様と古代王は、未来のエルと俺かもしれなかった。

「これは運命だろう！　同じ時代に、私と、アレスと――アレスの器になり得る人間がいた！」

リベルタス様は、高らかに笑う。

「器……まさか、俺のことか……？」

「そうだ、お前という器に、アレスを入れる。アレスの呪《まじな》いで、魂を入れ替えさせる」

「――黙って聞いていれば、そのような妄言を」

恐ろしい計画だった。実行されれば、古代王は俺の体に入り、俺は――亡霊と化す。俺はそんなの当然御免だし、エルも見たことがないほど激昂《げっこう》していた。

「狂王リベルタス。現国王エレフセリアの名のもとに、貴様を投獄する」

一瞬のうちに、リベルタス様の手が魔道具の錠で拘束されていた。

「ほう。止まった時の中で魔道具を使うか」

止まった時の中で、魔道具は動かない。だがエルが作ったものは例外だった。対王族用に、備えていたのだろう。

リベルタス様は感心した様子で微笑むと、次の瞬間には拘束具が破壊されていた。時を止めて破壊したらしい。

少し跡がついた手首を振りながら、余裕がありそうに立っていた。

「現代の魔道具は便利だが脆《もろ》いな。うん？　またか……ん？」

その手が、再び拘束される。リベルタス様は動じなかったが、瞬きのうちに二個、三個と増えていく拘束具に、初めて表情が崩れた。

「――何をした？　エレフセリア」

「さあ？」

初めて、未知への警戒を滲ませるリベルタス様。だが、彼を敵対者とみなしたエルは何も答えない。

現代では、王族の時を止める能力への対処法がいくつか確立されていることはエルから聞いたことがある。だが詳細は知らない。エルも、全てを知っているわけではないらしい。エルが乱心した時のためだ。

王族は時止めの力と、三千年間付き合い続けてきた。その成果は今間違いなく、初代国王を圧倒している。

（あれ……エルのバングル、いつもと少し違うな）

ふと、視線の端でエルの腕に巻かれたバングルが気になった。視線でリベルタス様に勘付かれないよう気をつけつつ、意識を向ける。

パッと見は普段と変わらないものだが、色味がほんの少し違う気がした。

（バングルがわずかに振動すると――リベルタス様の拘束が増える。なるほど、王族の時止めを察知して震える魔道具、かな。先制して時を止めて拘束することで、時止めを使わせること自体を妨害しているのか）

俺も魔道具の勉強はしているが、機構が想像すらできない、雲の上の技術だった。

バングルはリベルタス様の方向からだとエルの袖に隠れて見えていないだろうし、振動もよほど意識しなければわからない。リベルタス様にとっては完全な不意打ちだろう。

だが、奥の手があるのはリベルタス様の方も同じだ。

――じきに、五分が経過する。リベルタス様の時を戻す力が復活してしまう。

エルもそれがわかっているのだろう。気がつくと、その手には剣が握られていた。殺気を放ちながらゆっくりと、リベルタス様に歩み寄る。

「ふ……私が時を戻す前に殺すつもりか、エレフセリア！　王族を王個人の判断で処刑とは、この国の法もずいぶん野蛮になったものだな」

法治国家の連理の王国では、国王といえど裁きなき処刑は、当然禁忌だ。リベルタス様もそれがわかっていて、エルを揺さぶる。

「最期の言葉はそれでいいか、リベルタス。私はアレスを守るために、何も惜しむことはない」

「エル、駄目だ……やめてくれ……っ」

「貴様の比翼は、違う考えのようだな」

「………」

もし今エルがリベルタス様を殺害すれば、間違いなくエルが糾弾される。人払いされているために、目撃者がいない。俺がどう庇おうとも、比翼の言葉は証言として信用されないのだ。

乱心もしていない王族を害することは重罪だ。リベルタスが現代人のフリをしていたのは、このためでもあるのだろう。

最悪の場合、エルの方が狂王として、国外れの監獄に収容されることになる。

（ここは、巻き戻された次の機会に、備えるべきだ……）

当然、リスクは高い。巻き戻されてしまえば、当然リベルタス様の方が有利になる。俺達は古代王からの情報提供を待たねばならず、その間は当然、リベルタス様への抵抗力を失う。

それでもエルは俺やレックスやこの国にとって、必要な人だ。ここで手を汚させるわけにはいかない。しかし、手段を選ばないであろうリベルタス様を止める術が、他にあるのだろうか。

（どうすれば……）

気ばかりが焦り、考えがまとまらない。それなのに、時間は刻一刻と過ぎていく。

貴賓室は今にも爆発しそうなほどの緊張と、重い沈黙で満ちていた。

『――やめろ、リベルタス』

ふいに、静寂が切り裂かれる。

リベルタス様の眼前に現れたのは、半透明の体。――俺の影の中にいたはずの、古代王アレスだ。

「アレス……ああ、アレス!!　やはりいたんだな、そうか、影の中か……!!」

狂気に満ちていたリベルタス様の瞳に、ほんの少し穏やかな光が戻る。

（古代王……!!　時間を稼ぐため、出てきてくれたのか……）

時を止めたり戻すことができる相手に、現在の自分の居場所を知らせることは、かなり危うい行為だ。長い沈黙も、ずっと思案していたのだろう。

だが愛情深いこの人は、出てくることを選んだ。――もしかしたらそれさえも、リベルタス様の策略かもしれない。

「アレス……アレス、アレスアレス!!　三千年後の世界でもあなたに会えるなんて、夢のようだ!!」

『近寄るな、リベルタス。俺はお前に会いたくなかったから、死んでからもずっと避けていたんだ』

拘束具をつけたまま駆け寄ろうとするリベルタス様を、古代王は冷たく制した。

呪《まじな》いによる繋がりは今も有効なようで、古代王が嘘をついていないことがわかる。

だが、そのことこそが奇妙だった。古代王は死の瞬間までリベルタス様を愛し、彼に会うために城の中庭を訪れていたはずだ。思えば、なぜ楽園に行かず亡霊になったのか、なぜリベルタス様を恨んでいたのか、その理由を聞いていない。

（亡くなった後に、何かあったのか……？）

比翼を喪ったリベルタス様の嘆きは、相当なものだっただろう。愛情深い古代王が、死後にそれを目撃したとして、恨みをもつのだろうか。

「つれない人だ……」

『――アレス、今からお前にいくつかの呪《まじな》いを教える。覚えたら、俺からの合図を待て』

「ッ！」

影の中にいた時のように、俺にだけ聞こえる声がした。古代王はリベルタス様を見据えたまま、俺に語りかける。

『心で伝える。感覚で覚えろ。そして――リベルタスを止めてくれ、アレス』

声とともに頭に流れ込んでくる、呪《まじな》いの手順。

少しだけ、理解する。呪《まじな》いは複雑だが、本質だけはシンプルだ。心を通わせ、心で使う、魔法の一種。それゆえに様々な可能性を秘めている。

本に記されていたのは、数ある呪《まじな》いのほんの一握りらしい。古代王から教えられたのはどれも、本には書かれていないものだった。

俺は息を吐き、目を閉じる。

（――エル、エル、聞こえるか……？）

心の中で、エルに呼びかけた。古代王が俺に使ったものに近い、声を届ける呪《まじな》いで。

（……アレス？）

エルはリベルタス様の傍で、剣を握り、警戒していた。その緊張を孕《はら》んだ声が返ってくる。

（エル、俺を信じてくれ。二人で――リベルタス様を、止めたいんだ）

教えられた呪《まじな》いは、三つ。今使っている念話と、愛する者と混じり合う呪《まじな》いと、愛憎の呪《のろ》い。

その内容を、全て説明する時間はない。感覚で理解したから、そもそも言語化が難しい。

ゆえに曖昧な要点だけを伝えることになった。だがエルは、間髪入れずに返答してくれる。

（アレス、あなたを信じる。私は何をすればいい？）

（ありがとう、エル。俺が合図をしたら――）

手短に、作戦を伝える。その間も、古代王とリベルタス様は会話を続けていた。

「アレス、また二人で一緒にいよう。あなたの呪《まじな》いがあれば、私達は永遠に連れ添える」

『俺は誰かの体を乗っ取ってまで生きる気はない。それに、言ったはずだ。今際《いまわ》の際に――俺のことは忘れて、幸せになってくれと』

びくく、とリベルタス様の体が跳ねる。怯《おび》えた様子で耳を塞ごうとするが、拘束具に阻まれた。ガチャガチャと、拘束具を揺らす虚《むな》しい音がする。

「二度と……二度と言わないでくれ、アレス。私の幸せには、あなたが必要だ！」

『俺は、お前がいなくても平気だったよ』

（！　今の言葉は、嘘だ）

古代王は、俺と会話するようになって初めて嘘をついた。ならば、それが合図だ。

――おもむろに、古代王がリベルタス様を抱きしめる。透き通った体を、リベルタス様は拒まなかった。

「アレス……？　ああ、あなたのぬくもりが、恋しいな……」

呪《まじな》いや呪《のろ》いに必要なのは、素質と愛。そして、愛には様々な形がある。

愛憎の呪《のろ》い――それは、相手の全てを封じるもの。行動も思考も全てを封じ、完全に無効化する、恐ろしいもの。古代王は、それを行った。

「アレス、アレ……」

リベルタス様が停止する。もしこの状態を維持できたなら、事態はひとまず収束するだろう。

しかし、この呪《のろ》いには致命的な欠点があった。憎みながらも愛する相手を、無効化し続けることに、術者の心が保たないのだ。

ゆえに、止められるのは一瞬だけ。

だが、一瞬あれば十分だった。

(今だ……っ!!　エル、頼む!!)俺達にとって、一瞬は永遠に変えられる。

エルに合図を送った瞬間、時が止まった。――

エルと――俺以外の、全ての時間が。

「エルッ!!」

「アレス!?　なぜ動けて…!?」

止まった時間の中、俺はエルに駆け寄り、抱きしめた。エルは驚いた様子で剣を放り捨て、確かめるようにしっかりと抱き返す。

「エル、もう無茶をしないでくれ……!!　万が一君が投獄されたら、俺もレックスも悲しいよ」

「すまない、すまないアレス……。だが、どうしてあなたは動けているんだ？　夢のようだ……」

「古代王に教わった呪《まじな》いを使った。詳しくは後で話すよ。――今は俺に、君のことを教えてほしい。君の魔力を、俺に送って？」

「わかった。存分に受け取ってくれ」

曖昧な懇願にも、エルは即答してくれた。

触れ合った場所から、魔力がグンと送られてくる。腹がいっぱいのところに更に食べ物を詰め込むような圧迫感があった。

「うわっ、元気がいいな君の魔力。ちょ、ちょっと手加減して」

「気をつける。すまない、この状況に、かなり舞い上がっている」

「……ふふ、君は本当に愛しいな」

「本当に……夢ではない？」

「ああ。俺は確かにここにいるよ。確かめて、エル。……俺と。混じり合おう」

「うん」

エルの魔力が今度は静かに流れ込んでくる。やがて、二人の境目がなくなっていく。

これは、古代王から教わった最後の呪《まじな》い。『愛する者と混じり合うもの』だった。

最も漠然としていて、曖昧で、ゆえに無限の可能性を秘めた、最も呪《まじな》いらしい呪《まじな》い。

エルの時間に入ることができたのも、この呪《まじな》いの力だった。比翼である俺とエルは、元々深く繋がっていた。その繋がりを呪《まじな》いで補強したのだ。だが呪《まじな》いの可能性は、それだけに留まらない。

目を閉じると、俺はエルになる。エルの全てを、感覚で理解する。

エルの外見、エルの内面、そして——異能のことまでも。エルや、この世の誰もがまだ知覚していなかったことさえも、深く、深く認識していく。

王族の異能。その仕組み。

言葉ではなく、頭でもなく、魂で理解する。

——俺達は心を超え、存在の全てで混じり合う。それだけで、必要なものは全て揃うはずだ。

「エル、一緒に——」

「ああ。一緒に、狂王を止めよう」

エルもまた、俺と同じように理解していた。これらはきっと一瞬後、時間が動き出し、混じり合いがほどけたら全て忘れてしまうだろう。泡沫《うたかた》の夢のように不確かな理解。今この瞬間の中でだけ存在している確実だった。

混じり合う最後の時、俺達は唇を重ね合わせた。

——三千年以上前の王族が使っていたという、現実介入の強力な異能。

——赤髪の一族が使っていた、無限の可能性を持つ呪《まじな》い。

どちらも現代には残っていない。だが末裔である俺達には、素質があった。

俺達が混じり合うのと同時に、二種類の異能も融合していく。

エルの異能と、俺の呪《まじな》い。

やがてひとつの、光が生まれた。

光に名をつけるなら——それはきっと〝奇跡〟だろう。

そして、時間は動き出す。

――奇跡は、現実へと羽ばたいていった。

＊＊＊

貴賓室にいたはずのリベルタスは、ふと違和感に気がつく。

花が咲き乱れていた。見たことがないほどの、沢山の花が。

そこは貴賓室ではなかった。見渡す限りの、広大な花園だった。

いや――少し違う。少し離れた場所に、見覚えのある東屋が建っていた。

三千年前の王宮にあった東屋だ。愛する比翼との待ち合わせは、いつもこの東屋だった。

「ア……アレス……？」

東屋の中に、人影が見えた。後ろ姿だったが、見間違えるはずがない。

つややかな、ウェーブがかった赤い髪。お洒落《しゃれ》は興味がないと言いながら、リベルタスと会う時はいつも、複雑で美しい編み込みを施してきてくれた。

「アレスッ!!」

花を蹴散らして走る。

リベルタスは体が軽いと思ったが、なぜそう思ったのか、もはや気にしなかった。貴賓室にいたことも、拘束されていたことも、今は全てが関係のないことだった。

「リベルタス……ッ!!」

アレスもリベルタスに気づいたのか、東屋を出て駆け寄ってきた。二人で抱きしめ合い、花園に倒れ込む。

リベルタスは、しっかりと抱きしめたアレスの実在を確かめるように、何度も触れた。頬は温かく、首を触れば鼓動を感じる。

アレスもリベルタスに触れてきた。両目から止めどなく溢れる涙を、拭ってくれた。

「アレス……これは……夢か……？」

「いいや、現実だよ、リベルタス」

ほら、と赤髪の男は軽くキスをする。リベルタスは一瞬呆然《ぼうぜん》とするも、すぐに無数のキスを返した。

アレスは大人しく受けていたが、やがてその表情が歪《ゆが》み、涙を流し出す。

「ごめん、ごめんな、リベルタス……」

「何がごめんなんだ……？」

「……俺は、ずっと間違えていた……遺言も、死んでからも、ずっと……」


――アレスはかつて、遺《のこ》されたリベルタスに寄り添うため、亡霊となった。比翼という強い繋がりと、呪《まじな》いの力を持って。

しかし亡霊の体は不安定で、リベルタスに認識されるまで少し時間が必要だった。

アレスを目の前で亡くしたリベルタスは壊れ、荒れた。アレスは傍で、その全てを見ていた。

リベルタスが、アレスを失って傾きかけた国を異能によって制圧し、強制的に併合した時も。最後まで抵抗したアレスの臣下に「お前たちの王は我ら王族に、呪《のろ》いで一矢を報いた」と嘘を伝え、連理の王国の歴史にもそのように残した時も。嘘を真実にするため、二人が愛し合う比翼同士だったと伝えるあらゆる資料を破棄させた時も、アレスはずっとリベルタスの傍にいた。

アレスは憂いた。

比翼がいない王族は狂うとされているが、比翼を失った王族の方が、よほど正気を失う。

その頃には呪《まじな》いも成熟し、リベルタスの前に亡霊として姿を現わすことができるようになっていた。

しかし、アレスはそれを止めることにした。

リベルタスにしか認識されないアレスは、更なる不幸を呼ぶと考えたのだ。

アレスがずっと傍にいては、リベルタスは時間によって癒やされることすらない。もはや生者でないアレスが、リベルタスをこれ以上縛るべきではないと思い込んだ。

だからアレスは、身を引くことを決めた。

最後の贈り物として、アレスは姿を現すために溜め込んだ力を使い、一つの呪《まじな》いをかけることにした。

——未来の王族を救うために、比翼と会わなくていい呪《まじな》いを。

狂うほどの愛ではなく、人並みの幸福を得られればいいだろうと。リベルタスのような不幸な人間が、再び現れないようにと。

それは善意であり、祈りであり、願いだった。しかし現実には、未来の王族達は呪《のろ》いと解釈して苦しむこととなる。

アレスの思惑とは違っていたが、リベルタスが国の臣下についた嘘は、その瞬間に真《まこと》になったのだった。

呪《まじな》いをかけたアレスは、リベルタスがいる国から遠く離れることにした。

だがいくら離れようとしても、リベルタスへの愛着に抗えず戻ってしまう。

呪《まじな》いは心で使うもの。呪《まじな》いによって作られた亡霊は、心に嘘をつけなかった。

その頃には、リベルタスもまた、アレスの気配を感じ取れるようになりつつあった。

アレスがどこかにいると信じ、王宮を飛び出て、何日も森を徘徊《はいかい》することもあった。

狂王と呼ばれ、王座を追われたリベルタスを見て、アレスは一刻も早く離れることを決めた。

だから、自分に嘘をついた。

――リベルタスが憎い。比翼にしたこの男を憎んでいる。亡霊となって、化けて出るほどに。

無限に言い聞かせるうちに、リベルタスへの愛着は嘘で覆い隠され、自然と彼から離れていった。

それでも、やはりどこかで心残りがあったらしい。リベルタスが王宮の地下で眠りについたことを知ったアレスは、自らも死後の世界に向かわず、現世に留まることを選んだ。

千年も過ぎれば、生きていた頃の形を忘れた。

二千年過ぎる頃には、意識も曖昧になっていた。

三千年経つ頃……懐かしい気配を感じた。散らばりきっていた意識が、気配に引かれ、徐々に集まっていく。

妹の気配だった。妹というものが何かは、わからなくなっていたが、なんとなく引かれていった。

気配の先にいたのは男だ。大きい男と、小さい男。小さい男には、憎んでいた男が混じっている。

気配に引き寄せられるうち、自分にも形が欲しくなった。昔は、形ある生き物だった気がしたからだ。しかし、自分の形がなんだったか思い出せない。確か、飛ぶものだったように思った。

生きていた頃、どこまでも飛べるような気がしていた。しかし、実際に大空を飛んだ覚えはない。

(ならば、そこらをふわふわと漂う蝶だろうか──)

それは三千年ぶりに、アレスが思考した瞬間だった。

以降、ゆっくりと自我を取り戻し、記憶を取り戻していった。


──やっと思い出せた、全ての真実。

「……ずっと、後悔していたんだ、リベルタス」

「後悔？　……ねえアレス、こっちを見て」

顔を伏せて涙を流し続ける恋人に、リベルタスは優しく声をかける。

「許すよ。あなたの間違いも、後悔も、全て私が許す」

「…………ッ！　リル……!!」

アレスは三千年ぶりに、男の愛称を呼んだ。

リベルタスはいつも自信に満ちていて、傲慢で、しかしアレスには優しかった。

思い出が胸の中を駆け巡り、涙が止めどなく溢れる。リベルタスは雫が流れる頬に、愛おしげに何度も口づけをした。

「リル、リル……ッ!!　お、俺は、もっと早く──三千年前に、君に言ってやるべきだった」

「何を言ってくれるんだ、アレス？」

しゃくり上げるアレスを、リベルタスは辛抱強く宥めた。

長い時間をかけて、涙を止める。花園に、二人の邪魔をするものは何もなかった。

やがて涙が止まった時、意を決したアレスは、愛を言葉に乗せる。

「――愛しているよ、リベルタス」

「――――ッ!! 私も、あなたを愛している」

「うん」

「心の底から。何百年、何千年経っても、愛している」

「うん……!!」

アレスは再び涙を流す。先ほどまでの後悔とは違う、心からの喜びの涙を。

恋人達は微笑み合う。アレスはリベルタスを強く抱きしめると、囁いた。

「愛しているから、一緒にいこう、リル」

リベルタスは一瞬、目を丸くした。

しかしすぐに、表情を甘く蕩けさせる。

「――その言葉を待っていたんだ、アレス。三千年間、ずっと――」

花園の中に埋もれた幸福な恋人達は、いつしか二羽の鳥になっていた。

鏡写しのように、片翼と片足が欠けた鳥。

恋人たちは身を寄せ合って、羽ばたいた。

二羽一対の鳥は、抜けるような大空に向かって飛ぶ。どこまでも、いつまでも、寄り添いながら。

＊＊＊

時が動き出した時、貴賓室からはリベルタス様と古代王の亡霊の姿が消えていた。

それは俺達が生んだ〝奇跡〟が起こしたことだ。

――ほんの少しの、過去改変。

三千年前、古代王アレスと連理の初代国王リベルタスは、ほぼ同時期に姿を消した。

その歴史はほとんど変わらない。変わったのは、一対の比翼が離れ離れにならなかっただけ。

――そして、王族の呪《のろ》いが消えただけ。

今までの王族の歴史は、変わっていない。そこまで変化してしまうと、歴史が歪む。出会えなくなる比翼もいるだろう。

呪《まじな》いに縛りがあるように、〝奇跡〟にも縛りがあった。

〝奇跡〟は、不幸を作らない。

「――ようやく、全てが終わったな、アレス」

「ああ。そして、ここから始まっていくんだよ、エル」

額を擦り寄せてきたエルに、口づける。

「何が始まるんだ？」

「俺と君の夢が、叶う」

時間が動き出しても、俺達は抱きしめ合ったままだった。エルの魔力が俺に同調し、俺の魔力もエルと同調している。

だが、もう二度と〝奇跡〟は起こせないと理解していた。あれは人間の身には余るもの。たった一度起こせたことそのものが〝奇跡〟だった。

しかし、愛する者と混じり合う呪《まじな》いは、今も続いている。この体を離しても——これから先、ずっと。

「エル、俺は君と同じ時間を生きるよ。君の異能は、これからは俺にも作用する。俺の老化を止めて、好きなだけ長生きさせてくれ」

「…………ッ！　そんなことが、可能なのか!?」

「ああ。……やっと、止まった時間の中で君を孤独にしないで済む。祖先達からの、最高の贈り物だな」

リベルタス様が王族の異能を変化させなければ、古代王が亡霊として現れなければ、こんな未来はあり得なかった。

これもまた、一対の比翼が残した〝奇跡〟だろう。

二人で一羽の比翼の鳥。身を寄せ合えば、どこまでも飛んでいける。

「俺達も、どこまでも飛んでいこう、エレフセリア」

「もちろんだ、アレス。あなたと二人でなら——どこまでも」

＊＊＊

——あれから、十年が経った。

色々なことがあったものだ。

レックスは、十四歳になるまで異能が発現しなかった。異変の夜の影響だろうと言われている。

しかし幸いにも、比翼は十二歳の時に見つかった。西の保養地を再訪した際に、同い年の牧童に道端で求婚され、すぐさま承諾したのだ。

相手の家族が戸惑ったため、お友達から関係を始めることになり、今は同じ寄宿舎の同じ部屋で暮らしながらも、せっせと文通している。手紙を手渡しするのが楽しいらしい。

賢王エレフセリアは先日、惜しまれながらも退位した。

跡を継いだのは、妹であるミクロス様。いまだに比翼が見つかっていないが、俺やレックスの例を見るに、向こうから見つけてもらう方が良いのではと考えたそうだ。

『結婚相手募集中、身分は問わず』とアピールしながら、日々政務に勤しんでいる。そのため、すぐさまついた二つ名は結婚王。

将来の比翼に恥じないようにと、エルに負けず劣らずの善政を敷こうと励んでおり、国民から愛されている。

俺はというと、いまだにおそらく四十六歳。エルは、俺を守れる体でありたいと、同じだけ老化を止めている。

世間は時間が進んでいくのに、俺達だけは十年前のままというのは不思議な感じだ。だがそれも、いずれ慣れるだろう。

俺達の未来は、まだまだ長いのだから。

「なあ、エル」

「なんだ、アレス？」

二人きりの寝室で、じゃれながら笑い合っている時、俺は問いかけた。賢王の肩書を下ろした、青年へと。

「これから、どうしたい？　何かやりたいことはある？」

「それはもう、ずいぶん前から決めている」

即答だった。長年、自らの欲よりも国を優先し続けた男だ。確かに、鬱憤《うっぷん》も溜まっているだろう。

「なに？　教えてエル」

「新婚旅行だ」

「新婚⁉　……ふふ、いいね。行こう。君の相手をするためにつけた体力が、ようやく健全なことに役立つ」

思わぬ答えに笑ってしまった。俺の上がった口角に、エルは音を立ててキスをする。

「誘惑しないでくれ。今夜はあなたを休ませる日なのに」

「あははは！　君ってやつは、本当にいつまでも新婚みたいに誘惑されてくれるな。……なあ、いつ行くかとか、行き先はもう決めてるのか？」

「ああ。あなたが喜びそうな場所を巡り、年始までに帰国する日程を構築済だ」

「うちの実家の年始の挨拶にまで来る気か！　そういや、そんな話を前にしてたなあ……‼」

けらけら笑っていると、いたずらな手がくすぐってきて、更に笑い声が上がる。

エルのこんな子どもっぽい一面を知るのは、世界で俺だけだろう。そう思うと、くすぐられた疲労感さえも、愛おしい。

「楽しみだな、新婚旅行。……なあエル、君に言いたいことがあるんだけど」

「奇遇だな、私もあなたに言いたいことがある」

唇が触れ合う距離で、俺達は見つめ合う。

十年以上、言い続けていることだ。

だがきっとこの先飽きもせず、二人で一緒に、何千回と同じ言葉を繰り返すのだろう。

「「愛している」」

番外編　寄り添い睦《むつ》む鳥達よ

「お！　エル、君の足元にカニがいる」

「紫のカニか。珍しいな」

エルと二人で波打ち際を歩いていると、色んなものを発見する。

手のひらよりも小さなカニに興味を惹《ひ》かれてしゃがみ込むと、エルも一緒に覗《のぞ》き込んできた。

初めて見る色のカニは、俺達に気づいた様子もなく、悠々と目の前を横切り、海の中へと入っていく。

「可愛《かわい》いな。……レックス達は今頃、勉強の時間かなあ」

思わずこぼれた俺の言葉に、エルが笑った。

「小さいものを見てあの子達を思い出したのか、アレス」

「ち、違うよ。二人が喜ぶかなあって思っただけ」

「そうだな、きっと喜ぶ。次はここにも皆で来よう」

エルの退位後、初めての旅行――新婚旅行に出てから、今日で二週間ほど経《た》つ。

様々な国を巡る、俺達と数人の護衛だけの、小規模のお忍び旅だった。変装し護身の魔道具を身につける代わりに、護衛達は少し離れたところを歩いてくれている。

今いる場所は海沿いの温暖な国。

日が傾き始めた波打ち際で、エルと二人きり。なんだかすごく贅沢《ぜいたく》な時間だ。

十五歳になる息子のレックスは、新婚旅行ならばと同行しなかった。あの子は今、連理《れんり》の王国の寄宿舎で、自らの比翼と相部屋で暮らしている。そのため寂しくはないのだろう。

だが俺の中にはまだ鮮明に、あの子が甘えん坊だった頃の記憶があるから、少し寂しい。子どもの成長は本当に早いものだ。

今回の旅が終われば、レックスと彼の比翼も連れて再び旅行に出ようと、俺達はこの二週間しばしば話していた。

あの子達はきっとすぐに成人してしまうだろうけれど、それまでに一度くらい、公務でも勉強でもなく楽しむためだけに、国外に出るのもいいだろうと。

「アレス、海風が冷えてきたから、こちらへ」

カニがいなくなった砂浜を眺めていると、ふいに風向きが変わる。海から吹き付ける風は冷たいというほどではないが、温かくもなかった。

「壁にならなくてもいいって。ふふ、エルは過保護だよな」

笑う俺をエルは軽々と抱き寄せ、立ち位置を入れ替えた。

なんとなく、砂浜に刻まれたエルの足跡の上に立ってみる。俺の方が一回り小さい。

(レックスはまだ俺より小さいけど、いつかエルくらい大きくなるのかなあ)

そんな他愛ないことを考えていると、ずしりと体が重くなった。

「アレス」

「ん？　どうしたの、エル。ちょっと、ふふ、重たいよ」

エルが俺の肩を抱いたまま、少し体重をかけていた。

笑いながら押しのけると、すんなり引いてくれる。単なるじゃれ合いだが、退位後のエルはそんな触れ合いをよく好んだ。

エルは喜び、空気が和む。しかしすぐ、整った眉間に皺《しわ》を刻んだ。

「今、誰のことを考えていたんだ、アレス。足元を見つめながら、遠い目をしていた」

「君のことだよ、エル」

目をまっすぐに見つめ笑顔で告げると、眉間の谷が更に深くなった。

「あなたは嘘《うそ》をつくのが上手《うま》いな」

「あははは！　君にはすぐバレるけどね」

憮然《ぶぜん》とした様子のエルに、声を上げて笑う。

その顔を引き寄せながら背伸びして、眉間にキスをした。それだけで表情が緩んで皺が消えるのだから、何年経っても変わらず愛《いと》おしい男だ。

「考えていたのはレックスのことだよ。全く、君はやきもち焼きだな」

「嫉妬深いことは認める。だが……」

「エル？」

エルが何事かを言い淀《よど》む。あまり迷いを見せない男だから、珍しいことだ。

しかしすぐに気持ちを切り替えたのか、迷いの気配を丸ごと隠してしまった。

「いや、なんでもない。そろそろ何か飲もう、アレス」

この国では、空が茜《あかね》色に染まりだす時間帯は、暑すぎず寒すぎない丁度いい気温だ。

だが水分は確実に失われていると、医療大国の王はよく知っていた。そのため定期的に店を探しては自ら飲み物を購入し、俺に飲ませてくれる。

今回の旅行は護衛が侍従も兼ねているのだが、わざわざ呼んで買ってきてもらったりしないあたり、エルもこの二人きりの時間を楽しんでくれているのがわかった。

だけど今は、誤魔化すために店を探している。多分、無意識だろうけど。

「エル、飲み物はもう少し後でもいいよ。この辺でちょっと座らない？」

離れようとしたエルの腕を引き、視線をこちらへ向けさせる。

「疲れたか？　気づかなくてすまない」

「大丈夫、元気だよ。――君に悩みがあるなら、晴らしたいだけ」

「……心配させたか」

「君を心配するのは俺の権利だよ」

丁度いい場所に大きめの流木があったため、海に向かって座った。

二人で寄り添い、指を絡めて手を繋《つな》ぐ。

水平線に夕日が半分沈み、海は濃い黄金に染まっていた。うさぎが跳ねるような形の波が、キラキラと輝いている。

「話したくなければ、ここで波の音を聞いているだけでもいい」

結婚してから十五年ほどになるが、俺はエルが弱ったところを見た記憶がほとんどない。でもほんの時折、この男が悩みを抱えていると気づけることがある。そういう時、俺はすぐにエルの話を聞くようにしていた。最初に提案した時、とても安らいだ様子だったからだ。

もちろん、王としての悩みは話せないことも多い。だがそういう時は寄り添っているだけでも、エルは落ち着くようだった。

――幼い頃から王になることを決められていた男は、苦悩を飲み込むことばかりが上手で、吐き出すことは苦手になってしまったらしい。

だから俺は、エルが悩んでいる時、自分が比翼でよかったとしみじみ思う。好いた男に少しでも、癒やしを与えられる存在でよかったと。

祖先譲りの呪《まじな》いを使いこなせれば、もっとエルを癒やせるのかもしれない。だが、そっちは保留中だ。古代王が消えて以降呪《まじな》いは、研究目的以外では使わないようにしている。あまりにも曖昧で未知で不安定な技術だからだ。

「――実は以前から、この新婚旅行が終わる時、あなたに質問しようと思っていたことがある。いいか、アレス？」

エルは思案の末、悩みを口に出すことを決めたらしい。

波にかき消されそうな囁《ささや》きを聞き漏らさないよう、背筋を伸ばす。

「もちろん、なんでも聞いてくれていいよ。何年も温めてたのか？」

「ああ」

移動中の雑談で聞いたところによると、エルがこの新婚旅行を計画し始めたのは、かなり前からだそうだ。

正確な年数は聞いていないが、王として国に尽くす傍らで、旅行計画を考えることがちょっとした趣味だったらしい。

そんなに前から悩みを抱えていたということに、少し驚いた。しかも俺への質問だという。

俺達は結構会話の多い夫夫《ふうふ》だと思っていたが、そんなにも話しにくいことなのだろうか。

エルに限って、まさか別れ話ではないだろう。だが、それ以外にこんなに深刻そうな前置きの質問に心当たりがない。

「もしかし」

「違う」

「だよね」

念のため聞いてみようと思ったら、ものすごく食い気味に否定された。別れ話のわの字も出る隙がなかった。

「じゃあいいよ。万一、別れてくれとか別居してくれとかだったら、さすがに心の準備をさせてほしかったけど。そういうのじゃないなら、なんでも言って」

首を傾けてエルの瞳を覗き込む。たとえどんなに恐ろしい質問だったとしても、笑顔で答えてやろうと思った。

「……それなら、聞かせてもらうが……」

エルも俺の表情をじっと見つめていた。頬《ほお》に大きい手が添えられる。どんな些細《ささい》な変化も見落とさないように、観察されているのがわかった。

「――アレス。あなたが愛してくれているのは、エレフセリアなのだろうか、エルなのだろうか？」

「………え⁉」

あまりにも予想外の質問で、即答ができない。かろうじて笑顔は保っていたが、頭の中は混乱しきりだった。

少し考え、ようやくエルが言わんとしていることに気づく。

「もしかして、賢王エレフセリアか、文通相手のエルかって話か……⁉」

「そうだ」

「君、いつからそれ悩んでた⁉　さては数年どころじゃないな⁉」

「二十年……」

「付き合うより前から‼」

言いにくそうに告げられた年数に目を剝《む》いてしまう。

この男、付き合うより以前から、新婚旅行が終わった時に今の質問をしようと思っていたのか。

逆算すると、エルが悩み始めたのは十五歳の頃だ。文通しながら、いつか俺と会った時のことを悩んでくれていたらしい。二十年後に至るまで。

思わず胸を押さえた。正直、かなり可愛い。可愛すぎる。エルの能力で老化が止まって十年になるとはいえ、体は四十六歳のままのため、激しいときめきは衝撃が強すぎた。

だが、早く返事をしなければならない。

エルが意を決して質問してくれたのだから、すぐに答えてやりたかった。それがどんなに難解な質問であっても。

「エル——どっちの君を愛しているかなんて、考えたこともないよ。エレフセリアもエルも、どっちも君だろう？」

「……私は手紙であなたへの想《おも》いを募らせていったが、あなたはエルを友人としか見ていなかっただろう」

「それは、否定しないけど」

エルの視線が少し揺らぐ。

長年の付き合いでわかる、少し拗《す》ねている時の仕草だ。

「常に王としての姿を求められるエレフセリアと違い、手紙での私は内面を出していた。どちらを好いてもらえるか、ずっと不安だった。手紙での私は結局、友人以上の存在にはなれず――結婚後、あなたが一目惚《ぼ》れしたのは言葉を交わしたこともない〝エレフセリア〟だったことを知った。あの時から、長年の悩みが嫉妬に変わったんだ」

「君、自分に嫉妬し続けてたのか……複雑な三角関係だな……」

困惑するが、一応理解はできた。

人は立場によって思考が多少変わるものだ。俺だって、実家にいる時やレックスの親でいる時と、エルと二人きりの時では思考が変化する。

色んな一面がある、と言い換えることもできる。エルは自分のどの面が好かれているのか、ずっと気にしていたのだろう。

若く愛らしい悩みだな、と思った。老化が止まってからわかったが、精神は肉体の年齢に引っ張られる。だからなのかエルはずっと二十五歳のまま、激しい恋の熱情を抱え続けて、俺の周囲への嫉妬でしばしば苦悩していた。

なんとも恋人冥利に尽きる話だ。

「エル」

「！」

思わずキスしてしまった。すっかり日が落ちて人気《ひとけ》がないとはいえ、外なのにだ。

だが、どうしても今したかった。

この男といると、本当に飽きない。とっくに落ち着いていたはずの恋が、エルのおかげで何度でも再燃する。

「――君は覚えているかな、俺に幻覚呼ばわりされた日のこと」

「ああ……クズ男が私だった時の」

「あははは……っ！　細かいことまでよく覚えてるな！」

「身重のあなたを孤独にしてしまったこと、今でも悪夢に見る」

「全然君のせいじゃないのに。忘れなよ、もう」

およそ十五年前、俺がレックスを妊娠し、王宮から逃げ出した時のことだ。遠くの宿まで来たエルを、俺は幻覚だと勘違いした。そして俺は初めて、エレフセリアとエルが同一人物だと知ったんだ。

「あの時、俺はエレフセリア陛下の外見にエルの中身を持つ君を、すごく自然に受け入れていたんだよ。陛下かエルか、分けて考えようとしたら混乱したくらいだ」

「そうだったのか……？」

「うん」

十五年前なんて、俺くらいの歳《とし》になるとほんの少し前に感じるはずだった。だがずいぶん濃密で、人生が大きく変わった十五年だったな、と思い返す。

そのどんな時にも、エルがいた。近くにいない時もずっと、心の中にいた。

一目惚れした相手でもなく、文通相手でもない、俺の伴侶であるエルが。

「エレフセリアとエル、確かにそれぞれと違う形で出会ったけれど、ちゃんと向き合って言葉を交わせば、どちらも間違いなく同じ人間だった。文通相手のエルだって、俺はエレフセリア様に一途《いちず》だったから眼中に入れないようにしていただけで……筆不精の俺が自然消滅させず返事をし続けたのは、君だけだったよ。君から来る手紙をいつも楽しみにしていた」

手紙を交わした相手はエル以外にも何人かいたが、すぐに疎遠になっていた。

エルとの手紙が続いたのは当然、向こうの多大な努力と忍耐のおかげではある。だが、俺はいつしかエルに対し、親愛なる友と言うほどに心を開いていた。

エルの努力に乗っかってしまっていたが、もし彼からの手紙が途切れていたら、俺の方から縁を繋げようと努力していたことだろう。

そこまでしようと思えた他人は、後にも先にもエルだけだった。

「よかった……」

エルが額をくっつけてくる。

間近で見る顔には、安堵《あんど》の表情が浮かんでいた。

「不安だった。もしあなたが王としてのエレフセリアを愛しているなら、退位した私は、まだあなたに好いてもらえるだろうかと」

「そんなこと考えてたのか。俺は、君が退位したら、この先ずっと休暇のような時間を一緒に過ごせるんだと思うと楽しみで仕方なかったのに」

「あなたが……!?」

「うん。……なんでそんなに驚くんだよ」

「結婚後、初めて私の休暇が決まった時、一番に報告に向かったら、『そうなのか。ゆっくり休めよ』と言い切ったあなたが……私との休暇を楽しみに……?」

「君は本当によく覚えているな……!! あの頃は休暇を恋人と過ごすって発想がなかったんだよ！

両親は仕事中ずっと一緒だからって、休暇はそれぞれの趣味を大事にしていたし……」

あの失言は、俺もよく覚えている。結婚したばかりの頃のことだ。エルがやけに嬉《うれ》しそうな様子で「休暇の日程が決まった」と言いにきた。

日々多くの人に会っているんだから、一人で過ごせるのが嬉しいのだろうと思い、羽根を伸ばしてきなよと言ったら途端にエルの表情が曇ったのだ。

当時はエルがなぜ落ち込むのか理解できず、焦った。

だが今は俺もエルの休暇を――二人きりや親子三人で過ごす時間を、心から楽しみにしていた。

「人と過ごす休暇が楽しいものだと教えてくれたのは、君だよエル。友人のように遊んだり、恋人として睦《むつ》み合ったり……全部が君の一面だ。俺は、君が見せる全ての顔を愛しているよ」

「……自分に嫉妬するような情けない男でもか？」

「もちろん。色んな形で君の愛を知ることができて嬉しい」

月明かりが照らす頬に、頬を擦り合わせる。

見た目だけじゃなく、中身だけでもなく、俺に触れるぬくもりも耳元で囁かれる声も、俺にとっては全てがエルだ。愛しい男の、愛しい一部分。

「――ありがとう、アレス。私はあなたより年下で、もはや王でもない。けれど、これからもあなたに愛され続けたい。だから少し、焦っていた」

「年下なこと、そんなに気にしていたのか」

年齢を気にするのは、俺の方ではないだろうか。エルが若く魅力的な青年なのに対し、俺は筋力も体力も気力も枯れたおっさんだ。

本来なら、愛されている自信をとっくに失っていただろう。エルが常軌を逸するほど俺が好きだと言葉と態度で示してくるため、落ち込まずに済んでいるだけだ。

「エル、君が年下でも年上でも、俺はかまわないよ。愛しているのは君という人間なんだから」

「あなたに愛されている自覚はある。だが、あなたにとって魅力的であり続けるのは、私の命題だ。あなたはいつも落ち着いているし、しっかり者だから……釣り合う男にならなければいけない。私はまだまだ若輩者だ」

「君、さすがにそれは贔屓目《ひいき》が過ぎる……」

寄り添いすぎてほとんど抱き合ったような状態で耳元で囁かれ、頭がクラクラした。

あまりにも熱烈な告白。だが、内容には異議があった。国内外から賢王と称《たた》えられ続けた男が若輩者なら、俺は赤子未満になってしまう。

エルには俺が落ち着いているように見えるらしいが、そんなもの全て虚勢だ。

「年を食うと、感情の制御が難しくなってくるんだよ。怒りっぽくなったりする。だから意識して、落ち着いたフリをしてるんだ。だって――」

続けようとした言葉を、飲み込みかける。

愛されるための努力を口にするのは、俺の年では気恥ずかしい。ましてここは外だということを、急に意識してしまう。

だが、言えばエルはきっと喜んでくれる。そのためなら、喉に詰まった言葉を、この男にだけは届けてもいいと思えた。

「だって、君やレックスに嫌われたくないから……」

情けない言葉を、力なく告げる。

エルが俺に好かれたいと悩んでくれたように、俺もエルに愛想を尽かされないよう、日々地味な努力をしていた。

俺だって一応、それなりに必死なんだ。

「ッ」

耳元で息を呑《の》む音がする。そして、急激な浮遊感。

気づけば、エルに横抱きに抱え上げられていた。

「アレス——宿に戻っていいか？」

ほのかな月明かりの中で、エルの目が熱量を持って輝き、腕の中の俺を見下ろす。

「今すぐあなたを抱きたい」

緊張で喉が渇いた。まだ外なのに、熱が移って俺の内にも火が灯《とも》る。

うん、と告げた俺の声は掠《かす》れきっていたが、エルの耳には確かに届いたらしい。

優しく穏やかで紳士的な男は、目だけは獰猛《どうもう》に輝かせ、美しく微笑《ほほえ》んだ。

＊＊＊

二人で寝ても広いベッドには白いシーツがピンと張られ、赤い花びらが散らされていた。

その上に、宝物のように横たえられる。砂浜に護衛を置き去りにしないよう、エルは時間を止めずに宿まで戻ってきたが、その間俺は一歩も自分の足で歩くことはなかった。

「アレス……すまない、今夜はもう、あなたを離してやれそうにない」

「ふふ、いいよ、君が一緒にいてくれるなら、今夜と言わず何日でも――んっ」

煽《あお》ってくれるなと言わんばかりに、唇が重なってきた。入ってきた舌が、上顎をくすぐってくる。

シーツを乱しながら、服を脱がし合った。触れる肌は汗ばんでいて、吸い付くように馴染《なじ》む。

「アレス、月明かりに照らされるあなたは妖艶だな」

「そうかな……？　君はすごくかっこいい」

仰向《あおむ》けの俺に覆いかぶさってきた男の手が、肌の上をまさぐってくる。だが俺は、その胸を押して止めた。

「はぁっ、……ん、エル、前戯はいいよ」

「――まさか、仕込んであったのか？」

「うん……ふふ、朝からな……」

俺の後孔はすでに濡れていた。中を清潔にし、感じると濡れるようにする使い捨ての魔道具を仕込んでおいたのだ。

昨日はしなかったから、今日はするだろうと思い、朝にこっそり入れておいた。新婚旅行中、しない日が二日以上続いたことがなかったからだ。

けれど今までは、そんな真似《まね》したことがなかった。セックスの準備は恥ずかしく、直前になるまで考えないようにしていたからだ。エルもそれを知っている。

「新婚旅行、二週間目にもなるんだし、俺も少しは浮かれて羽目を外そうかなって……んんっ」

首と肩の境目を甘噛《が》みされて体が跳ねた。エルによって見つけられた、俺の性感帯だ。

前戯はいいと言ったのに、エルの手は胸の飾りにも触れてきた。押しつぶしたり、軽く引っ張ったりされるだけで、ぞくぞくと快感が這《は》い上がる。

声が上がりそうになるのを、エルの下で体を丸めてこらえた。

(もう、ガチガチのくせに……)

俺の足に硬いものが当たっている。それなのに、エルは奉仕をやめようとしない。

手を伸ばし、硬く脈打つそれを握り込んだ。エルが息を呑む。

「ッ、アレス」

「エル、はやく……」

いれて、とは口に出せなかった。さすがにまだそこまでは、理性も年上の矜持《きょうじ》も消えていない。

代わりに、エルの先端に腹を擦《こす》り付けた。痩せた腹筋の溝を伝い、へその下まで先端がすべっても、エルの腰はまだ離れている。

改めて見ても大きい。

最初の頃は毎回、エルが時間を止めて長いこと慣らしてくれたな、と思い出す。

今はすっかり形を覚え、あの頃ほどの負担はない。しっかり濡れていれば、ほとんど慣らさなくても入るはずだ。

「だめだ、アレス」

「あっ⁉ あぁっ……ん、んぐ……っ」

後孔に、逞《たくま》しい指が一本、すべりを借りて入り込んできた。俺の挑発への礼のように、前立腺を押さえつけられる。

電撃のような快感にあられもない声が上がりそうになるのを、急いで飲み下した。しかし、空いている方の手が口の中に侵入し、開かせてくる。

「声を我慢しないで。全部聞かせて、アレス」

「やっ、あ、あぅ、うぅう……っ」

こっちは口内の指を噛まないように必死なのに、エルは容赦なく、ぐちゅぐちゅと粘った水音が響くほど後孔をかき混ぜてくる。

エルも余裕がないらしく、その手つきはいつもより荒っぽい。だがそれが新鮮で、俺はいつもより早く昂《たかぶ》ってしまう。

「あぅっ、あっ、ああ……っ！　え、えぅ……もう、んぅっ……いれへ……っ」

いつしか俺は、身を捩《よじ》らせながら、いれてとねだっていた。イけば体力を失うのに、指だけで達してしまいそうだ。

しかしエルは俺自身よりも俺の体のことをわかっていた。絶頂の寸前で指が抜きさられ、少し落ち着くと指が増えて戻ってくる。もう少しでイけそうなのに、あと一押しが足りなかった。

焦《じ》らされることに抗《あらが》おうとしても、俺の腕ではエルの鍛え上げられた体軀《たいく》には敵《かな》わない。結局、三本の指を余裕で飲み込むようになるまで、ギリギリの快感で煮込まれ続けた。

「はぁっ……んっ……はぁ……っ」

ようやくエルの手から解放された時、俺はもうすっかりぐずぐずに蕩《とろ》けていた。視界をチカチカと星が舞い、荒い呼吸を繰り返すことしかできない。

エルが魔道具で手を清めている間、俺は火照った体で少しでも冷えたところを探して、シーツにすがりつく。

だがエルはそれが気に入らなかったらしい。すぐに引き戻し、密着して、自分の背に俺の手を回させた。

「アレス、すがるなら、どうか私に」

「ん……うん……」

エルの体も熱い。くっついているだけで、のぼせそうだった。しかし重なる心音が心地よく、夢中でしがみつく。

エルは俺の足を抱えると、硬く漲《みなぎ》ったものを後孔に擦り付けてきた。耐えきれず腰を揺らすと、先端が入り込んでくる。

「はっ、あぁ……っ、エル、エル――んん……っ、あ、ああっ……!?」

ゆっくり飲み込もうとしていると、一気に奥まで入り込んできた。

熱く硬いものが、中の感じるところを全て征服していく。

ビリビリと体が震え、のけぞりそうになった。

しかしエルの手がいつの間にかしっかりと腰と背中を支え、それができない。快感を逃がすことが、できない。

「ひ……、んっ、ぃ、いく……うぅ……っ」

俺のものはあまり硬くなっていないにもかかわらず、押し出されるように薄い精液を吐き出した。

とろりとしたそれが腹に滴《したた》る感覚すら、腹にエルを受け入れて敏感になった体では辛《つら》いほどに感じてしまう。

「アレス、大丈夫か？」

「んんっ……ん、だいじょ、ぶ……」

腹の中のエルが、はち切れんばかりに興奮しているのがわかった。だが俺の体が馴染むまで、俺を抱きしめたまま動こうとしない。

脈打つ感覚に感じた俺が昂って締め付けてしまっても、エルは奥歯を噛んでこらえていた。

数十秒経った頃、その唇にそっとキスをする。

「エル……うごいて……あっ、ああっ、ふ、ぅあ、ああ……っ!!」

許可が出た途端、エルは待ちきれないように動き始めた。俺と手を絡めシーツに押し付けながら、奥深くまで腰を進め、抜ける寸前まで出ていき、再び入り込んでくる。

「んっ、んん、んぐっ……んぅ……っ」

唇が深く重なってきて、無我夢中で貪り合う。俺が絶頂に向かって駆け上がる中、エルも息を詰めるのがわかった。

「アレス……ッ」

「んん……っ、あ、ああああ……っ!!」

熱いものが奥にぶち撒《ま》けられたのを感じた瞬間、俺も全身でイっていた。ビクビクと痙攣《けいれん》し、腹の中でエルのものを締め付けながら、重なる体を抱きしめる。

無意識のうちに、エルの背中に爪を立てていた。痛いだろうに、エルは幸せそうに笑う。

「アレス……」

「ん、んん……」

余韻でイき続けているのに、キスで息が乱れる。少しも休んでいないのに、腹の中でエルのものが再び硬くなっているのがよくわかった。

長い、長い夜になりそうだ。

＊＊＊

「おもたい……」

ベッドの上で二日目の朝日が昇る頃、暑さと重みで目が覚めた。

俺は気絶したようで、途中からの記憶がない。体もシーツも清められていたが、裸の体に同じく裸のエルがずっしりと半身を乗せていた。横向きの男に、抱きかかえられている形だ。

「エル、起きなよ、離して……あっ笑った。さてはもう起きてるな」

「……ふふ、すまない、アレス」

掠れきった声で抗議すると、くっつきたがりのエルは目を閉じたまま笑い、渋々俺を解放した。

密着していた箇所に外気が触れ、スウと冷える。

やっぱりちょっと寒いな、とエルの腕の中に戻った。エルは驚きながらも喜んで抱きしめてくれる。

(思ってたより、体力が残っているな……)

二日間ベッドの住民だったとは思えないほど、体力が残っていた。掠れているが、声も出る。

不思議に思い、エルの胸板を甘噛みしながら問いかけた。

「エル、満足できた？　かなり手加減しただろ」

「もちろん満足だとも。手加減したのは、時間を気にせずあなたと過ごせるならば、少しでも長い時間起きていてほしかったからだ」

「そういう理由の手加減ならいいか……」

俺はエルに思いっきり発散してほしかったが、当人がより嬉しい方を選んだならいいだろう。

エルの首と肩の合間に自分の頭を押し込み、目を閉じる。体は疲れているから二度寝しようかと思ったが、中々眠気がやってこない。

それどころか、後回しにしていたあることが脳裏をよぎり、気になって眠れなくなってしまった。

「……エル」

「うん？」

まったりした時間の中で、思考も穏やかになる。

エルとくっついていると恐れが消え、今なら、躊躇《ためら》っていたことを口に出せる気がした。

「あのさ、実は相談なんだけど……」

何年も前から考えていたが、ずっと先延ばしにしていたことだ。

保留しすぎて、もはやタイミングを失っていたが、俺もこの結婚十五年目の新婚旅行を契機と考えていた。

「……二人目が欲しいんだ。レックスの、弟か妹を」

俺は、家族を増やしたかった。兄弟姉妹が多い家で育ったから、賑《にぎ》やかな方が好きなんだ。

それに、遅すぎるくらいだが、レックスに弟妹を作ってやりたかった。

聡明《そうめい》なあの子は俺の年齢に配慮して口には出さなかったが、エルとミクロス様や、俺の実家の孫達を見て羨《うらや》ましそうにしていたから。

だが、エルに反対されるかもしれないと思うと中々言い出せなかった。

俺は高齢だし、そうでなくても出産は命がけだ。俺が逝《い》けば狂うと告げたエルは、新たな妊娠を許してくれるだろうか。

断られることよりも、俺が言い出した望みをエルが断ることで、今後気まずくなる方が嫌だった。

しかし、きちんと話しておかなければ、いつか俺もエルも後悔するだろう。

「どうかな、エル……？」

エルは重々しい表情をしていた。やはり駄目か、と思ったが、しかし。

「実は……私も同じことを考えていた。あなたとの子が、欲しい」

「えっ、そうなのか。てっきり反対されるかと……」

返事は意外にも快諾だった。

「少し前までなら、反対していただろう。だが、母子ともに負担の少ない出産補助の医療魔法が、年明けには認可される。痛みはほとんどなくなり、出産前後の体への負担も九割以上軽減される見込みだ」

「そ、そんな夢のような魔法が……!?」

「呪《まじな》いの研究の中で偶然発見された新技術がきっかけだった。あなたの耳には入らないよう、口止めを」

「口止め!?　どうして……？」

俺は王の伴侶という立場ではあるが、呪《まじな》いの研究は続けている。とはいえ、妊娠出産関係とは離れて久しいから、口止めしなくても俺が知ることはなかっただろう。

それをわざわざ、なぜそこまでして俺に隠そうとしたのか。

「……気まずくなりたくなかった。私もあなたとの子が欲しかったが、いくら軽減されると言っても、出産は辛く大変なものだろう。大きくなっていく腹や魔力酔いで、あなたは日常生活もままならなかった。だから断られるかもしれないと思っていたんだ」

「ああ……」

確かに、内臓を押し上げられることや魔力酔いは、軽減できたとしても日常の負担は相当なものだろう。腹に子がいる間は気をつけるべきことも多く、中々気が抜けない。

エルの言うことは納得できた。そして、笑ってしまう。

──気まずくなりたくない。

俺も、全く同じことを思っていたからだ。

俺達は本当に、似たもの夫夫《ふうふ》だったらしい。

「あははははは!!」

「アレス?」

突然腹を抱えて笑い出した俺に、エルは目を丸くした。

「あはは、ごめん、俺も君と同じ……断られて気まずくなりたくないなって、言い出せなかったんだ」

「そうだったのか……」

「うん。でも、君も同じ考えで嬉しい」

俺はエルの手を取って自らの腹に導いた。

『男でも妊娠する医療魔法』の紋が、そこにはある。今は非活性状態だが、簡単な条件で活性化するようにしていた。俺とエル、二人の手で円を描いた時だ。

その条件はエルも知っている。だから、俺の意図にもすぐに気がついた。

「……本当にいいのか、アレス？」

「もちろん。まあ俺の年齢的に、すぐには授からないだろうけど……回数を重ねればいつかは、な」

俺達は微笑み合うと、二人で一つの円を描いた。

紋が一瞬だけ、淡い光を放つ。活性化した証《あかし》だった。

「楽しみだな。俺達でいっぱい幸せにしてやりたい。どんな子だろう」

腹を撫《な》でながら、未来を想像する。

生まれてくる子は、楽園で幸せに過ごしながら、この世界に生まれ落ちる日、生まれ落ちる場所を自分で決めるのだと伝えられている。

ならばなんとなく、双子が産まれるかもしれないな、と思った。つややかな赤い髪と、エルに似た青い髪を持つ、比翼の双子が。

「どんな子でも、皆で幸せにしよう。そして、あなたは私が幸せにする」

「ふふ、もう十分幸せだよ」

「これくらいで満足されては困る」

「欲張りだなあ」

思わず笑ってしまったが、俺も、エルをもっともっと幸せにしてやりたいと思う。

俺達は本当に、似たもの同士のようだ。

それから二人で寄り添いながら、長い時間、他愛ない幸福な未来の話をし続けたのだった。

あとがき

梅《うめ》したらと申します。本書をお手にとってくださりありがとうございます。

また、お手元に届くまでに応援やご尽力くださった全ての方に厚く感謝を申し上げます。

そして蓮川愛《はすかわあい》先生、彼らを美しく格好よく描いてくださり、ありがとうございます。憧れの先生にご担当いただけたこと大変嬉しく、ラフなどの確認が届く度に飛び跳ねました。

本書は第一部がＷＥＢで連載していたお話を改稿したもので、以降は全て書き下ろしです。ＷＥＢ版を書き終えた当時から、本書の第二部に当たる部分の構想はあり、番外編として書くつもりでした。しかしながら長く体力も使うため、後回しになっておりました。

この度書籍化の機会をいただき、好きに書かせていただけてよかったです。番外編ではなく本編第二部という形で、ありったけの彼らを詰め込み完結させました。

楽しんでいただけましたら、何にも勝る喜びです。

梅したら

ファンレターの宛先はこちらです。
〒151-0051　東京都渋谷区千駄ヶ谷4-9-7　幻冬舎コミックス気付　梅したら　宛

【初出】

第一部　傾国のなりそこない
（小説投稿サイト「ムーンライトノベルズ」にて発表）

番外編　傾国になりたくない
（書き下ろし）

第二部　比翼連理の鳥は飛ぶ　一章　異変
（書き下ろし）

第二部　比翼連理の鳥は飛ぶ　二章　挨拶
（書き下ろし）

第二部　比翼連理の鳥は飛ぶ　三章　飛翔
（書き下ろし）

番外編　寄り添い睦む鳥達よ
（書き下ろし）

傾国のなりそこない

2024年11月30日 第1刷発行

著者 梅《うめ》したら
イラスト 蓮《はす》川《かわ》愛《あい》

発行人 石原正康
発行元 株式会社 幻冬舎コミックス
〒151-0051 東京都渋谷区千駄ヶ谷4-9-7
電話03（5411）6431（編集）
発売元 株式会社 幻冬舎
〒151-0051 東京都渋谷区千駄ヶ谷4-9-7
電話03（5411）6222（営業）
振替 00120-8-767643
デザイン kotoyo design
印刷・製本所 株式会社 光邦

検印廃止

©UME SHITARA, GENTOSHA COMICS 2024／ISBN978-4-344-85514-4／Printed in Japan
幻冬舎コミックスホームページ https://www.gentosha-comics.net